MW01114455

CUENTOS DE LOS HERMANOS GRIMM

Cuentos escogidos

CUENTOS DE LOS HERMANOS GRIMM
Jacob y Wilhelm Grimm

ilustraciones de
José Torres

Traducción: Roxana Prieto

© 2005 EDICIONES GAVIOTA, S. L.
Manuel Tovar, 8
28034 MADRID (España)
ISBN: 84-392-1627-0
Depósito legal: LE. 572-2005

Printed in Spain - Impreso en España
Editorial Evergráficas, S. L.
Carretera León - La Coruña, km. 5
LEÓN (España)

INTRODUCCIÓN

La escritura es una forma de la distancia, la distancia es una forma del sueño. Deberíamos, pues, haber visitado aquella distancia, este sueño, si quisiéramos dar cuenta de las moradas de la escritura: de aquel gran río del olvido.

Fue Wordsworth, al que Gullón menciona, quien definió la poesía como «emotion recollected in tranquility», y Bécquer quien acertó a decir, contra la opinión de muchos: «cuando siento, no escribo». El escritor más sujeto a los hábitos del romanticismo y el más realista suscribirían, sin duda, la bondad de estas consideraciones si hicieran uso de un tanto de ponderación literaria. Volaría muy lejos la paloma bíblica que volvió hasta el arca con un ramo de olivo —o de amor—. De muy lejos también acudiría Rebeca hasta las tiendas de Isaac.

Estos cuentos, que los hermanos Grimm tomaron de la tradición oral, proclaman muy bien que el imperio de la lejanía constituye parte de su esencia. En ellos el pasado —o el instante de la narración— nos devora y conduce a otro tiempo del verbo, muy otro tiempo que este que tú y yo, lector, padecemos. Así pues, «una mañana de verano» comenzó la iniciación del sastrecillo valiente, y «una mañana de verano» el oso y el lobo decidieron salir de paseo por el bosque. Más vagamente, «un día —dice el cuento— un hombre y una mujer estaban sentados a la puerta de su casa», o «un día el hermanito cogió a la hermanita y le dijo...», o «un labrador muy rico estaba un día a la puerta de su casa contemplando sus campos y huertos». Otras veces, la distancia se hace más larga aún, sin otra precisión que la maravilla: «cuando todavía se cumplían los deseos» o «cuando Dios Nuestro Señor caminaba todavía sobre la tierra». Hasta que —«érase una vez un hombre y una mujer» o «había una vez un pescador»— llegamos a la mejor ribera del cuento, el tiempo mítico de la indeterminación absoluta. Se ha consumado para nosotros el viaje que nos ofrece la escritura, el gran viaje que nunca haremos.

Toda hora tiene no sólo su sonido, sino el espacio de su sonido: toda escritura su paisaje. Los de estos cuentos eran los paisajes de nuestro amor, el múltiple nombre de nuestra inocencia. Al volver ahora, ellos nos dejan otra vez junto al huerto de antes, «el espléndido jardín» en donde crecen las verduras y las flores. Vuelve «el río muy grande», la casita de la aldea, la pequeña cabaña. O vuelve el bosque, que no deberemos temer, o la montaña, donde se oculta una mano celeste. Nos hallaremos de nuevo con el labrador —«que llevaba un gran ato de leña a la ciudad en un carro tirado por dos bueyes»—, con el herrero, el molinero, el sastre y el sastrecillo, y también con el zapatero y la hilandera, y, por último, con el rico y, sobre todo, con el pobre: o en el alba del mundo, el mundo que aún podremos recorrer.

«Algunos padres temen "mentir" a sus hijos cuando les relatan los acontecimientos fantásticos... de los cuentos de hadas.» Sin embargo, Bettelheim, de quien son estas palabras, muestra el error de tales padres, pues «la verdad de los cuentos de hadas es la verdad de nuestra imaginación, no de la causalidad normal». Errarían, por tanto, los padres que siguieran con sus hijos el método de la ficción moderna, que —dice Vargas Llosa— «dio un viraje en redondo y se orientó por un camino de sistemática opresión de lo real imaginario, de sometimiento a lo real objetivo», abandonando aquel concepto «más ancho de la realidad que la ajustada noción de realismo que estableció el racionalismo...»

Por el contrario, estos cuentos nos permiten la fantasía, que es parte de todas las cosas: ahora podrán cumplirse nuestros deseos —los tres deseos míticos—, conoceremos el lenguaje de los animales, que también saben hablar, se animarán los objetos —los mágicos dones—, todas las noches el pájaro de oro bajará hasta el árbol que da las manzanas de oro, Dios estará con nosotros...

*«El prodigio era tuyo y te hacías así vencedor de la
[muerte»,*

dice el verso.

Los investigadores han podido establecer la relación que vincula a estos cuentos de hadas —el cuento mara-

7

villoso— con el rito primitivo de la iniciación: aquellos cuentos derivaron o son símbolo de este rito, es decir, del rito, que se cumplía con la pubertad, por virtud del cual «el niño moría y resucitaba como un hombre nuevo», según Propp.

Muerte y resurrección, en efecto, andan juntas en estos cuentos de hadas: Blancanieves —«que tenía la piel tan blanca como la nieve, los labios y las mejillas tan rojos como la sangre, y el pelo tan negro como el ébano»— muere en el bosque y en el bosque vuelve a la vida, tras la presencia del príncipe; un príncipe también despierta a la princesa Zarza-Rosa de su sueño de cien años —casi del sueño eterno— con un solo beso de amor; el cazador libera a Caperucita del vientre del lobo, de donde asimismo vuelven a la luz de la vida los seis cabritos...

Príncipes o plebeyos, los protagonistas de estos cuentos deberán vencer muchas pruebas y desdichas, es decir, otras tantas sombras de la muerte, hasta su felicidad definitiva: o la separación —«el príncipe dijo a su novia: debo partir. Toma este anillo como señal de nuestro amor»—, o el encerramiento —cuando Ruiponce (Rapunzel en otras versiones) «cumplió los doce años la bruja... la encerró en una torre»—, o, tal vez, el hechizo —«le contó que una malvada bruja lo había hechizado»—, o la partida, el bosque —«el camino para el otro mundo»—, la empresa difícil...

Príncipes o plebeyos, los protagonistas de estos cuentos alcanzarán, sin embargo, la felicidad: para culmi-

nar sus empresas, el héroe recibe los dones mágicos —«cuando te pongas (la capa) te harás invisible»—, el príncipe, el plebeyo se casan con la princesa, los niños —Hansel, Gretel— regresan a la casa de sus padres. Una y otra vez vencida, y no menos a causa del prodigio de estos cuentos, retrocederá la muerte, que irá a ocultarse tras muchos y muchos días, muchos y muchos años, en no turbadora lejanía.

El final feliz pertenece a la esencia de los cuentos de hadas: es la función que Vladimir Propp define como «el héroe se casa y asciende al trono. Matrimonio». Faltan, pues, a esa esencia aquellos relatos que no son fieles al imperativo de felicidad definitiva: «Vuelve a casa. Está otra vez en su antigua choza. Y allí siguen viviendo el pescador y su mujer hasta el día de hoy», o también: «Y así se vio obligado a vagar por la tierra, sin un momento de paz...»

Son contrarios a la definición de estos cuentos semejantes finales, pero no lo son a otra cualidad suya: la crueldad. Los hermanos Jacob y Wilhelm Grimm dieron a sus relatos un título que pudiera inducirnos a engaño: Cuentos de la infancia y del hogar. *Nuestro engaño —es verdad— consistiría en creernos llegados a los umbrales del idilio, cuando lo cierto es lo contrario. La sombra del mal —la historia del hombre, según Sábato— tiende constantemente su sombra adversa sobre estos relatos: el mal que hay que vencer.*

Los investigadores han estudiado el valor educativo de estos cuentos, sus aspectos sociales, la ideología que transmiten. *No insistiré en lo ya dicho por otros. En cuanto a vosotros, lectores, lectores míos y de estos cuentos terribles, no tengáis la ambición del dinero o del poder, ni os apropiéis de la violencia: no matéis al pato, como hizo el sirviente; ni al lobo, como hizo el cazador; no matéis al judío (ni, por supuesto, al árabe), no odiéis a vuestra madrastra, no odiéis a la bruja. No queráis tampoco ser hilanderas, no os caséis con el príncipe.*

Con vuestros actos realizad la armonía —la armonía que es el futuro, según el filósofo—. Y que los días de vuestro amor sean tan infinitamente largos como los cabellos de Rapunzel.

FIDEL DE MIER

Ruiponce

RASE una vez un hombre y una mujer que deseaban ardientemente tener un hijo. Después de mucho tiempo de esperar en vano, la mujer tuvo motivos para creer que, por fin, Dios les concedería su deseo.

En la parte de atrás de su casa había una ventana que daba a un espléndido jardín, repleto de hermosas flores y verduras.

Pero el jardín estaba rodeado por un muro muy alto y nadie osaba entrar en él, porque pertenecía a una bruja muy poderosa a la que todo el mundo temía. Un día que la mujer estaba asomada a la ventana, contemplando el jardín, sus ojos se posaron sobre un maravilloso ruiponce, que es una especie de lechuga. Estaba tan fresco y tan verde, que sintió un vivo deseo de probarlo y se le hizo la boca agua. El antojo creció día a día, y como sabía que no podría satisfacerlo empezó a consumirse.

Viéndola tan pálida y en tal lamentable estado, su marido se asustó y le preguntó:

—¿Qué es lo que te ocurre, querida esposa?

—¡Ay! —dijo ella—. Me moriré si no puedo comer

un poco del ruiponce que crece en el huerto que hay detrás de nuestra casa.

Su esposo, que la quería mucho, pensó: «Antes que permitir que mi mujer se muera, conseguiré ese ruiponce, cueste lo que cueste».

Al caer la noche, saltó el muro y se introdujo en el huerto de la bruja, cogió un manojo de ruiponce y se lo llevó a su mujer. Ella preparó al momento una ensalada con él y se la comió con avidez. Pero su sabor era tan bueno y delicioso, que al día siguiente las ganas de ruiponce eran tres veces más fuertes. Su marido comprendió que no recobraría la paz a menos que hiciera otra visita al jardín. De modo que al anochecer volvió a saltar el muro, mas cuando llegó al otro lado se llevó un terrible susto: la bruja estaba esperándole.

—¡Cómo te atreves! —le dijo mirándolo con indignación—. ¡Cómo te atreves a entrar en mi jardín como un ladrón y robar mi ruiponce! Te haré pagar cara tu osadía.

—¡Oh, por favor! —dijo él—, te ruego que la justicia no te haga olvidar la piedad. Lo he hecho por necesidad. Mi mujer estaba asomada a la ventana y cuando vio el ruiponce sintió tal deseo de probarlo que hubiera muerto si yo no le hubiese llevado un poco.

Al escuchar esto, la ira de la bruja se desvaneció y dijo:

—Siendo así, puedes coger todo el ruiponce que desees, pero con una condición: que me entregues la niña que tu mujer va a dar a luz. Tendrá una buena vida y la cuidaré como una madre.

En su terror, el hombre accedió a todo, y en el momento en que su mujer dio a luz se presentó la bruja, puso a la niña el nombre de Ruiponce y se la llevó.

Ruiponce se convirtió en la criatura más hermosa que había bajo el sol. Al cumplir los doce años, la bruja la llevó a la espesura del bosque y la encerró en una torre que no tenía ni escalera ni puerta, únicamente poseía una ventanita en la parte más alta. Cuando la bruja quería entrar, se paraba debajo y llamaba:

—Ruiponce, Ruiponce,
suelta tus cabellos
y subiré por ellos.

Ruiponce tenía el pelo muy largo y hermoso, y tan fino como el oro hilado. En cuanto oía la voz de la bruja, deshacía sus trenzas y las ataba al pestillo de la ventana. Las trenzas caían hasta llegar al suelo, y la bruja trepaba por ellas.

Un día, pocos años después, ocurrió que el hijo del rey pasó por aquel bosque. Cuando llegó a la torre oyó cantar a alguien, con una voz tan hermosa que se detuvo y se puso a escuchar. Era Ruiponce, que cantaba en su soledad para entretener el paso del tiempo. El príncipe quiso subir hasta donde estaba ella y buscó una puerta, pero no pudo hallarla.

Cabalgó entonces de regreso a su casa, pero aquella voz había conmovido tanto su corazón que todos los días volvía al bosque para escucharla. Una vez, mientras escuchaba detrás de un árbol, vio llegar a la bruja al pie de la torre y oyó como llamaba:

—Ruiponce, Ruiponce,
suelta tus cabellos
y subiré por ellos.

Entonces, Ruiponce dejó caer sus trenzas y la bruja trepó hasta la ventana.

«Si ésta es la escalera que conduce a ella —pensó el príncipe—, también yo probaré mi suerte.» Y al día siguiente, cuando empezaba a oscurecer, fue hasta la torre y llamó:

> —*Ruiponce, Ruiponce,*
> *suelta tus cabellos*
> *y subiré por ellos.*

Al momento, los cabellos cayeron hasta el suelo y el príncipe trepó hasta arriba.

Al principio, Ruiponce se asustó mucho, porque jamás había visto a un hombre, pero el príncipe le

habló dulcemente y le contó que su voz le había conmovido hasta tal punto que desde que la oyó por primera vez supo que no tendría paz hasta que no lograra verla. Al oír esto, Ruiponce perdió completamente el miedo, y cuando el príncipe le preguntó si quería casarse con él, viéndolo tan joven y tan guapo, pensó: «Me amará mucho más que mi vieja madrina». De modo que dijo que sí, y le dejó besar su mano.

—Con gusto me iré contigo —dijo—, pero tengo que hacer algo para salir de aquí. Cada vez que vengas, tráeme un cordón de seda, yo iré haciendo una escalera y cuando esté terminada podré bajar para que me lleves cabalgando a tu castillo.

Acordaron que el príncipe acudiría por las noches, ya que la bruja lo hacía durante el día. Ésta no notó nada, hasta que un día Ruiponce le dijo:

—Dime, madrina, ¿cómo es que tú tardas tanto en subir, mientras que el joven príncipe lo hace tan rápido? Apenas si le lleva un minuto.

—¡Maldita niña! —gritó la bruja—. ¿Qué es lo que has dicho? Pensé que te había encerrado lejos del mundo, pero me has engañado.

En un arrebato de ira, la bruja cogió el hermoso cabello de Ruiponce, se lo enrolló varias veces en torno a la mano izquierda y con la derecha cogió un par de tijeras. En un tris tras, las tijeras hicieron su trabajo y las bonitas trenzas de Ruiponce cayeron al suelo. Luego, la desalmada bruja se la llevó a un desierto, donde la dejó en medio de la miseria y la necesidad.

Al anochecer de ese mismo día, ató las trenzas cortadas al pestillo de la ventana y cuando el príncipe llegó y llamó:

—*Ruiponce, Ruiponce*
suelta tus cabellos
y subiré por ellos

la bruja dejó caer los cabellos. El príncipe trepó por ellos, pero en lugar de su amada Ruiponce era la bruja quien estaba aguardándolo, con ojos llenos de furor y veneno.

—¡Ajá! —gritó—. Has venido para llevarte a tu querida esposa, pero el pájaro ha volado de su nido, ya no volverá a cantar. El gato se la ha llevado, y antes de que termine con ella te arrancará los ojos a ti también. Has perdido a Ruiponce para siempre, nunca volverás a verla.

El príncipe enloqueció de dolor, y en su desesperación saltó de la torre. No se mató, pero las zarzas en las que cayó le arañaron los ojos y se quedó ciego. Vagó por el bosque, alimentándose de raíces y bayas, y llorando y lamentándose por la pérdida de su amada esposa.

Durante varios años vagó miserablemente, hasta que por fin llegó al desierto donde Ruiponce vivía en la más extrema pobreza con los mellizos que había dado a luz, un niño y una niña. Oyó una voz que le pareció familiar, y, al acercarse a la ventana, reconoció al príncipe y se abrazó a su cuello llorando. Dos de sus lágrimas cayeron en los ojos de su amado y les devolvieron la luz. Él pudo volver a verla tan claramente como siempre. Entonces cogió a Ruiponce y la llevó a su reino, en donde fue recibida con regocijo, y donde vivieron felices y dichosos durante muchos, muchos años.

El sastrecillo valiente

UNA mañana de verano, el sastrecillo estaba sentado junto a la ventana de su casa, se encontraba de excelente humor y cosía con empeño. Acertó entonces a pasar por la calle una campesina que gritaba:

—¡Vendo mermelada sabrosa y barata! ¡Vendo mermelada sabrosa y barata!

Estas palabras sonaron tan dulces en los oídos del sastrecillo, que sacó la cabeza por la ventana y gritó:

—¡Sube, buena mujer, aquí tienes un comprador!

La mujer subió la escalera arrastrando sus pesadas cestas. El sastrecillo le hizo abrir los cacharros uno por uno. Los examinó todos, comprobando su color y oliéndolos, y finalmente dijo:

—Parece mermelada sabrosa, en efecto; dame tres onzas, buena mujer, y no me quejaré si llegan a un cuarto de libra.

La mujer, que esperaba realizar una buena venta, le dio lo que había pedido y se fue refunfuñando, muy enfadada.

—Dios bendiga esta mermelada y me dé fuerzas y salud —exclamó el sastrecillo. Luego de lo cual sacó el pan de la alacena, cortó una rebanada a lo largo de la barra y la cubrió con mermelada.

—Apuesto a que no me sabrá amarga —dijo—, pero antes de hincarle el diente voy a terminar mi chaqueta.

Colocó el pan junto a él y prosiguió con la costura, dando puntadas cada vez más largas en su entusiasmo. Mientras tanto, las moscas que estaban posadas en la pared, atraídas por la dulzura del aroma, se arremolinaron sobre la mermelada.

—¿Quién os ha invitado? —gritó el sastrecillo, y espantó a los indeseables huéspedes.

Pero las moscas, que no entendían sus palabras, se negaban a ser despedidas y continuaban acudiendo en número cada vez mayor. Por fin, en el límite de su paciencia, el sastrecillo cogió un trapo de la bolsa que tenía debajo de la mesa, gritando:

—¡Aguardad! ¡Ya veréis lo que es bueno!

Y las golpeó sin piedad. Después del primer ataque se detuvo y contó no menos de siete moscas patas arriba, lo que le hizo admirarse de su valor.

—¡Menudo hombre soy! —exclamó—. La ciudad entera debe saberlo.

Y en menos de lo que canta un gallo cortó y cosió un cinturón a su medida y bordó con grandes letras la siguiente inscripción: «¡Siete de un solo golpe!» Luego dijo:

—Pero la ciudad es demasiado pequeña. ¡El mundo entero debe saberlo! —y el corazón se le agitaba de alegría como la cola de un corderillo.

Así pues, el sastrecillo se puso el cinturón y decidió salir a recorrer el mundo, ya que su tienda era poca cosa para un hombre de su valor. Antes de partir registró la casa para ver lo que se podía llevar, pero no encontró más que un queso rancio que se metió en el bolso. Justo frente a su puerta vio un pájaro que había quedado atrapado en unos arbustos, y también lo metió en el bolso con el queso.

Sin que su entusiasmo disminuyera, emprendió el camino, y como era liviano y ágil, le parecía que no se cansaba nunca. Se dirigió hacia las montañas y, cuando subió hasta el pico más alto, encontro allí sentado a un enorme gigante que descansaba disfrutando del paisaje. El sastrecillo se encaminó directamente hacia él, sin el más mínimo temor.

—¡Hola amigo! —dijo—. ¿Contemplando el mundo? Justo ahí es adonde me dirijo, a probar fortuna. ¿Te gustaría venir conmigo?

El gigante miró al sastrecillo y dijo:

—¿Contigo, un cero a la izquierda?, ¿un insignificante hombrecillo?

—¿Conque eso crees? —dijo el sastrecillo, desabotonando su abrigo y mostrándole al gigante su cinturón—. ¡Lee esto y verás la clase de hombre que soy!

Cuando hubo leído la inscripción, «Siete de un solo golpe», el gigante cambió de opinión respecto al hombrecillo. Aun así, decidió someterlo a una prueba. Cogió una piedra y la estrujó hasta que de ella brotaron gotas de agua.

—Haz esto —dijo— si tienes la fuerza suficiente.

—¿Eso? —dijo el sastrecillo—. ¡Es juego de niños para un hombre como yo!

Dicho esto, hurgó en su bolsillo, sacó el trozo de queso y lo estrujó hasta que brotó el suero de él.

—¿Qué piensas ahora? —grito—. No está tan mal, ¿verdad?

El gigante no supo qué decir; no podía creer que aquel pequeño hombrecillo fuera tan fuerte. Entonces cogió otra piedra y la arrojó hacia arriba, tan alto, que los ojos apenas podían seguir su trayectoria.

—¡Muy bien vamos a ver si puedes hacer eso!

—¡Buen tiro! —dio el sastrecillo—, pero ha caído al suelo al final. Observa cómo la piedra que yo tiro no vuelve a caer.

Luego de lo cual, hurgo en su bolsillo, sacó el pájaro y lo arrojó al aire. Feliz de verse libre, el pájaro voló hacia arriba y no regresó.

—¡Y bien! —dijo el sastre—, ¿qué piensas de eso?

—Tengo que admitir que puedes tirar —dijo el gigante—, pero veamos qué puedes cargar.

Señaló un enorme roble que yacía en el suelo y dijo:

—Si eres lo suficientemente fuerte, ayúdame a llevar este árbol fuera del bosque.

—Perfectamente —dijo el hombrecillo—. Tú carga el tronco sobre tu hombro, y yo cargaré las ramas, que son la parte más pesada.

El gigante se echó el tronco sobre el hombro y el sastrecillo se sentó en una rama, de modo que el gigante, que no podía volverse para mirar, tuvo que cargar con el árbol él solo y, por añadidura, también con el hombrecillo, que se sentía tan contento en su confortable asiento trasero, que comenzó a cantar:

Tres sastres fueron a cabalgar un día.

Como si acarrear árboles fuera un juego de niños para un hombre de su fuerza.

Después de soportar la pesada carga durante una distancia considerable, el gigante quedó exhausto y grito al sastrecillo:

—¡Ehhh! Tengo que soltarlo.

El sastre saltó ágilmente de donde iba sentado y rodeó el árbol con sus brazos al tiempo que decía:

—Nunca hubiera creído que un árbol tan delgado fuera demasiado para un hombre de tu tamaño.

Continuaron andando y llegaron a un cerezo. El gigante cogió la copa del árbol, por donde las cerezas maduran antes, y la dobló hasta el suelo para ponerla en manos del sastrecillo, instándolo a que comiera. Pero éste era demasiado liviano para sostener el árbol curvado, y cuando el gigante lo soltó, la copa se disparó nuevamente a su sitio, arrojando al sastrecillo por los aires a gran altura. Al caer a tierra, ileso, el gigante le preguntó:

—¿Qué es esto? ¿Acaso no tienes suficiente fuerza como para sostener un arbusto?

—¿Que no tengo suficiente fuerza? ¿Cómo puedes decir algo semejante de alguien que mató a siete de un solo golpe? He saltado por encima del árbol porque ahí abajo hay unos cazadores disparando a los matorrales. Prueba hacerlo tú ahora, a ver si puedes.

El gigante lo intentó, pero no pudo saltar por encima del árbol y se quedó agarrado a las ramas superiores. Una vez más, el sastrecillo había vencido.

—Muy bien —dijo el gigante—, ya que eres tan valiente, te llevaré a nuestra gruta para que pases la noche con nosotros.

El sastrecillo aceptó de buen grado y los dos se pusieron en camino. Cuando llegaron a la gruta, los demás gigantes estaban comiendo sentados frente al fuego; cada uno tenía en las manos un cordero asado. El sastrecillo miró a su alrededor y pensó que aquel sitio era mucho más espacioso que su pequeña tienda.

El gigante le señaló una cama y le mandó que se acostara, pero como ésta era demasiado grande para

él, se acurrucó en una esquina en lugar de tenderse en el centro.

A medianoche, cuando el gigante creyó al sastre profundamente dormido, se levantó, cogió un barrote de hierro y de un solo golpe partió la cama en dos. «Esto te servirá de lección», pensó.

Al romper el alba los gigantes se fueron al bosque, olvidándose del sastrecillo por completo. Mas cuando lo vieron llegar tan campante y jovial como de costumbre, se quedaron aterrorizados. Creyeron que iba a matarlos a todos y huyeron tan lejos como sus piernas se lo permitieron.

El sastrecillo continuó su camino, y después de haber andado muchos días llegó al jardín de un gran palacio.

Como se sentía muy cansado, se tendió en la hierba y se quedó dormido, y mientras dormía, unos cortesanos que acertaban a pasar por allí lo examinaron de arriba abajo y descubrieron la inscripción de su cinturon: «Siete de un solo golpe».

—¡Por todos los diablos! —exclamaron—. Sin duda se trata de un héroe de guerra, ¿pero qué puede estar haciendo aquí en tiempo de paz? Debe de ser un señor muy poderoso.

Fueron entonces a contárselo al rey.

—Si hubiera una guerra —le dijeron—, un hombre como éste podría ser muy útil. No le dejéis marchar por ningún motivo.

El rey juzgó que era un buen consejo y envió a uno de sus cortesanos para que ofreciera al sastrecillo un puesto en su ejército. El cortesano volvió entonces donde se encontraba dormido el sastrecillo, esperó a que éste abriera los ojos y se desperezara, y le transmitió la oferta.

—Para eso he venido —dijo el sastre—. Estaré feliz de entrar al servicio del rey.

Así pues, lo recibieron con todos los honores y le asignaron una habitación en la corte.

Pero los soldados, impresionados por el hombrecillo, querían tenerlo a mil millas de distancia.

—¿Qué será de nosotros? —se decían—. Si tenemos algún problema con él, se nos echará encima y matará a siete de un solo golpe. En poco tiempo no quedaría ninguno de nosotros.

Así que se reunieron en consejo, fueron ante el rey y le pidieron que los relevara de su servicio.

—No podemos estar a la altura de un hombre que mata a siete de un solo golpe —le dijeron.

Al rey le entristecía perder a todos sus fieles soldados por uno solo, y hubiera deseado no haber conocido al sastrecillo. De buena gana se hubiera deshecho de él, pero no se atrevía a despedirlo por temor a que el héroe lo matase a él y a su pueblo, y se apoderara del trono.

Después de pensar mucho en ello, el rey tuvo por fin una idea. Mandó decir al sastrecillo que tenía una oferta que un héroe de su talla no podía rehusar. En un bosque del reino vivían dos gigantes que devastaban los alrededores matando, saqueando y quemando, y nadie se atrevía a acercarse a ellos temiendo por su vida. Si él atrapaba y mataba a los gigantes, el rey se comprometía a entregarle a su única hija como esposa y la mitad de su reino como dote. Además de esto, el rey enviaría con él a cien caballeros para que lo escoltaran en la empresa. «Esto me viene como anillo al dedo, no todos los días me ofrecen a una hermosa princesa y la mitad de un reino.»

—Trato hecho —replicó—. Me ocuparé de los dos

gigantes, sin ninguna necesidad de los cien caballeros. No creeréis que un hombre que mata a siete de un golpe se va a asustar de dos.

El sastrecillo partió con los cien caballeros a su retaguardia. Cuando llegaron a la linde del bosque, se volvió y les dijo:

—Quedaos aquí. Me encargaré yo solo de los gigantes.

Luego se internó en el bosque, escudriñando atentamente a izquierda y derecha, hasta que por fin divisó a los dos gigantes dormidos bajo un árbol. Roncaban tan fuerte que sacudían las ramas.

Rápido como un rayo, el sastrecillo cogió unas piedras y se llenó con ellas los bolsillos. Luego trepó por el árbol y se deslizó por una de las ramas hasta estar justo encima de los gigantes dormidos. Entonces empezó a arrojar una piedra tras otra sobre el pecho de uno de los gigantes.

Éste no se percató de ello durante un largo rato, pero por fin se despertó y, dándole un codazo a su compañero, exclamó:

—¿Por qué me estás golpeando?

—Estás soñando —contestó el otro—. Yo no te estoy golpeando.

Cuando se acostaron otra vez a dormir, el sastrecillo le arrojó una piedra al otro gigante.

—¿Qué pasa? —gritó éste—. ¿Por qué me apedreas?

—¡Yo no te apedreo! —gruñó el primero.

Discutieron un rato, pero como estaban demasiado cansados todavía, los ojos volvieron a cerrárseles. Entonces el sastrecillo cogió la piedra más grande que tenía y la arrojó, con toda su fuerza, al pecho del primer gigante.

—¡Esto se pasa de la raya! —grito éste, y saltando

enfurecido sobre sus pies empujó a su compañero tan fuerte contra el árbol que lo hizo sacudir.

El segundo gigante le respondió con la misma moneda, y los dos se encarnizaron de tal modo, que empezaron a arrancar árboles de raíz y apalearse el uno al otro hasta que los dos cayeron muertos en el suelo. Entonces el sastrecillo saltó del árbol, diciéndose para sus adentros: «Por suerte no arrancaron el árbol en el que yo estaba. Hubiera tenido que saltar a otro como una ardilla. Pero los sastres somos muy rápidos.» Luego sacó su espada, hizo con ella unos buenos cortes en el pecho de los gigantes y volvió adonde lo esperaban los caballeros.

—Misión cumplida —dijo—. Les he dado su merecido. Estaban tan desesperados que arrancaron árboles de raíz para pelear, pero eso de nada podía servirles contra un hombre que mata a siete de un golpe.

—¿Ni siquiera estás herido? —preguntaron los caballeros.

—¡Claro que no! —exclamó el sastrecillo—. ¡No tengo ni un rasguño!

Los caballeros no podían creerle, de modo que se internaron en el bosque con sus corceles y allí encontraron a los gigantes, tendidos en un charco de sangre, y todos los árboles arrancados junto a ellos.

El sastrecillo regresó a palacio y pidió al rey la recompensa prometida, pero éste lamentaba su promesa e ideó otra forma de deshacerse del héroe.

—Antes de entregarte a mi hija y la mitad de mi reino, tendrás que realizar otra tarea —dijo el rey—. Hay un unicornio suelto en el bosque y está causando mucho daño. Deberás atraparlo.

—Si dos gigantes no me asustaron, menos aún me asustará un unicornio. Siete de un golpe es mi divisa.

Así que se internó en el bosque con una soga y un hacha, y nuevamente les dijo a los caballeros que iban con él que lo esperaran en la linde. No tuvo que buscar mucho, ya que en seguida apareció el unicornio y se precipitó hacia el sastre, intentando atravesarlo de punta a punta con su cuerno.

—¡No tan rápido! —dijo el sastrecillo—. ¡No te va a resultar tan fácil!

Se quedó quieto, esperó hasta que el unicornio estuvo cerca de él y se ocultó con agilidad detrás de un árbol. El unicornio se lanzó con toda su fuerza contra el árbol y su cuerno quedó tan enterrado en el tronco que no pudo volver a sacarlo. Estaba atrapado.

—Lo tengo —exclamó el sastrecillo.

Salió de su refugio, ató la cuerda alrededor del cuello del unicornio y con el hacha cortó la madera liberando el cuerno del animal. Hecho esto, condujo a la bestia hasta el rey.

Pero por segunda vez el rey no quiso cumplir su promesa y le encomendó una tercera tarea. Antes de la boda era preciso que el sastrecillo capturara a un jabalí que devastaba los bosques. El rey añadió que los cazadores reales le prestarían ayuda.

—Encantado —dijo el sastrecillo—. Es un juego de niños.

Como había hecho anteriormente, tampoco en esta ocasión permitió que los cazadores se internaran con él en el bosque, y éstos se alegraron mucho de ello, ya que en varias ocasiones el jabalí les había dado tal recibimiento, que no tenían el menor deseo de repetir la experiencia.

Cuando el jabalí vio al sastrecillo, apretó las mandíbulas y con la boca llena de espuma se arrojó sobre él. Pero su agilidad salvó al héroe de quedar aplastado por la bestia, ya que de un brinco se refugió en una ermita que había en aquel lugar.

El jabalí se precipitó tras él, pero el sastrecillo saltó por la ventana, corrió hasta la entrada y cerró velozmente la puerta, atrapando así al animal enfurecido, demasiado pesado y torpe como para saltar por la ventana. Entonces el sastrecillo volvió adonde estaban los cazadores y les ordenó que fueran a ver a la presa con sus propios ojos.

Él se encaminó a palacio y fue a ver al rey, quien esta vez hubo de cumplir su promesa, aun a su pesar, y le entregó a su hija y la mitad de su reino. Si hubiera sabido que, lejos de ser un héroe de guerra, el novio era sólo un sastrecillo, se hubiese sentido aún más infeliz de lo que se sentía en aquel momento. De modo, pues, la boda fue celebrada con gran esplendor y poca alegría, y el sastre se convirtió en rey.

Una noche, la joven reina oyó hablar en sueños a su marido:

—¡Vamos, muchacho! —decía—. ¡Apresúrate con ese jubón y remienda ese pantalón antes de que te rompa esta vara en la cabeza!

Así se enteró de cuáles habían sido sus comienzos en la vida. A la mañana siguiente se lo contó a su padre, dolorida, y le rogó que le ayudara a deshacerse de su marido, que se había revelado como un vulgar sastre. El rey la tranquilizó y le dijo:

—Deja la puerta de tu habitación sin llave por esta noche. Mis criados esperarán fuera. Una vez que se haya dormido, entrarán, lo atarán y lo pondrán en un barco que partirá a la otra parte del mundo.

La joven reina se puso muy contenta, pero el escudero del rey, que era amigo del héroe, escuchó la conversación y transmitió al sastrecillo la intriga.

—¡Pues no se saldrán con la suya! —dijo éste.

Aquella noche se fue a la cama con su mujer a la hora habitual.

Cuando ella creyó que estaba dormido, se levantó, abrió la puerta y volvió a acostarse. El sastrecillo, que sólo simulaba dormir, dijo en voz alta:

—¡Vamos, muchacho! ¡Apresúrate con ese jubón y remienda ese pantalón antes de que te rompa esta vara en la cabeza! He derribado a siete de un solo golpe, he matado a dos gigantes, he cazado un unicornio y un jabalí. ¿Acaso voy a tener miedo ahora de esos bribones que están ocultos tras mi puerta?

Al oír esto, los criados se aterrorizaron. Ninguno de ellos se atrevió a poner las manos sobre el sastrecillo y echaron a correr como si los persiguiera el mismo diablo.

Y así fue como el sastrecillo siguió siendo rey por el resto de su vida.

El pescador y su mujer

ABÍA una vez un pescador que vivía con su mujer en una choza cerca del mar. Todos los días el pescador iba a pescar. Y pescaba durante horas.

Un día estaba sentado con su caña, escudriñando las limpias y claras aguas. Estuvo sentado durante muchas horas.

El anzuelo había llegado muy, muy profundo, hasta el fondo del mar, y cuando lo sacó a la superficie había un enorme lenguado atrapado en él. Y el lenguado dijo:

—Pescador, ¿por qué no me dejas vivir? No soy un lenguado de verdad, soy un príncipe encantado. ¿Cuál sería tu beneficio si me matas? No soy gran cosa para comer. Devuélveme al agua y déjame ir.

—Ahorra tu aliento —dijo el pescador—. ¿Crees que me quedaría con un lenguado que habla?

De modo que echó el pez otra vez a la tersa superficie del mar, y éste descendió nadando hasta el fondo, dejando un largo rastro de sangre tras él. Después de esto el pescador se levantó y regresó a la choza, donde su mujer lo esperaba.

—Esposo mío —dijo la mujer—, ¿no has pescado nada hoy?

—No —dijo el pescador—. Saqué un lenguado, me dijo que era un príncipe encantado y le dejé ir.

—¿Y no le pediste un deseo? —preguntó la mujer.

—No —dijo él—. ¿Qué hubiera podido desear?

—Eso es fácil —dijo la mujer—. ¡Es tan desagradable tener que vivir en esta pocilga! Apesta, es asquerosa: tenías que haberle pedido una casa pequeña. Regresa y dile que queremos una casa pequeña. Seguramente nos la dará.

—¿Cómo voy a volver allí otra vez? —dijo su esposo.

—¿Acaso no lo atrapaste y lo dejaste ir? Está obligado a hacerlo. Ve ahora mismo.

El pescador realmente no quería ir, pero tampoco quería contrariar a su mujer, así que volvió a la playa.

Cuando llegó, el mar estaba verde y amarillo por completo, y no tan tranquilo como antes. Se detuvo frente a las aguas y dijo:

> —*Príncipe, seas quien seas,*
> *lenguado, lenguado del mar,*
> *contra mi voluntad,*
> *Ilsebil, mi mujer, me ha enviado.*

El lenguado acudió en seguida y preguntó:

—Y bien, ¿qué es lo que quieres?

—Sólo una cosa —dijo el pescador—. Yo te cogí, ¿no es así? Y ahora mi mujer dice que debería haberte pedido un deseo. Está harta de vivir en una choza. Quiere una casa pequeña.

—Vuelve a tu casa —dijo el pez—. Ya la tiene.

El pescador volvió a su casa, pero su mujer ya no

estaba sentada frente a una choza, sino en un banco, a la puerta de una casa. Le cogió de la mano y dijo:

—Entra conmigo y verás; es muy agradable.

La casita tenía un pequeño vestíbulo, una preciosa salita, una habitación con una cama para cada uno, y una cocina con su despensa; todo provisto con los muebles y utensilios más apropiados: batería de cocina de cobre y todo lo que hace falta en una casa. En la parte de atrás había un corral con pollos y patos, y una pequeña huerta repleta de verduras y frutas.

—¡Mira! —exclamó la mujer—. ¿No es bonito?

—Sí, en efecto —dijo el marido—. Si durara, viviríamos felices y contentos.

—Nos ocuparemos de eso —dijo la mujer.

Luego comieron algo y se fueron a dormir.

Todo transcurrió en paz durante una o dos semanas, hasta que la mujer dijo:

—Escúchame, esposo mío. Esta casa está muy apretada, y la huerta y el corral son demasiado pequeños. El pez podría habernos dado una casa más grande. Me gustaría vivir en un gran castillo de piedra. Ve y dile que nos dé un castillo.

—Mujer, mujer —dijo el marido—, esta casa está muy bien para nosotros. ¿Por qué queremos vivir en un castillo?

—No discutas —dijo la mujer—. Ve ahora mismo. El pez puede hacerlo por nosotros.

—No, mujer —dijo el marido—. El pez nos ha dado ya una casa. No creo que deba regresar tan pronto, podría enfadarse.

—Ve ahora mismo —repitió la mujer—. Para él no es ninguna molestia, y le encantará hacerlo.

El pescador tenía el corazón oprimido; no desea-

ba ir y se decía para sus adentros: «No es correcto».
Pero a pesar de todo, fue.

Cuando llegó al mar, el agua ya no estaba verde y amarilla, se había puesto púrpura, azul oscuro y gris lubrego, pero aún estaba en calma. El pescador se detuvo frente a ella y dijo:

> —*Príncipe, seas quien seas,*
> *lenguado, lenguado del mar,*
> *contra mi voluntad,*
> *Ilsebil, mi mujer, me ha enviado.*

—Y bien, ¿Qué es lo que quiere? —dijo el pez.

—¡Dios del cielo! —exclamó acongojado el pescador—. Ahora quiere vivir en un gran castillo de piedra.

—Vuelve a tu casa —dijo el pez—. Te está esperando en la puerta.

El pescador partió creyendo que regresaba a su casa, pero cuando llegó se encontró ante un gran castillo de piedra; su mujer estaba en lo alto de la escalinata, lista para entrar. Le cogió de la mano y dijo:

—Entra conmigo.

El pescador entró con ella a un enorme salón con suelo de mármol en el que había gran número de criados, que iban y venían, afanados en sus tareas; las paredes eran relucientes y había hermosos tapices colgando de ellas, y en las habitaciones todas las mesas y sillas eran de oro. Del techo pendían arañas de cristal, y había alfombras en todas las salas y dormitorios; las mesas estaban tan cargadas de alimentos y de buenos vinos, que parecía que en cualquier momento iban a desplomarse abrumadas por el peso. En la parte posterior del castillo había un inmenso terreno con graneros y establos, y un carruaje muy lujoso. Había también un jardín enorme con las flores y los árboles frutales más bonitos del mundo, y un parque que se extendía un kilómetro y medio por lo menos, en donde se paseaban ciervos y venados, y liebres y todo tipo de animales inimaginables.

—¡Y bien! —exclamó la mujer—. ¿No es bonito?

—Sí, por cierto —dijo el marido—. ¡Si durara! Viviríamos en este hermoso castillo y seríamos felices.

—Nos ocuparemos de eso —dijo la mujer—. Vámonos a dormir.

Y se fueron a dormir.

A la mañana siguiente la mujer se despertó primero. Apenas había amanecido y desde su cama podía ver la belleza del campo que rodeaba al castillo. Su marido se estaba desperezando cuando ella le tocó el costado con el codo para atraer su atención.

—Esposo, levántate y mira por la ventana. ¿No te parece que podríamos reinar sobre toda esta comarca? Ve adonde el pez y dile que queremos ser reyes.

—¡Mujer, mujer! —dijo el marido—. ¿Para qué queremos ser reyes? Yo no quiero ser rey.

—Bien —dijo la mujer—, si tú no quieres ser rey, entonces yo seré reina.

—Pero mujer —dijo el pescador—, ¿por qué quieres ser reina? No puedo pedirle eso al pez.

—¿Por qué no? —preguntó la mujer—. Ve ahora mismo. Tengo que ser reina.

De modo que el pescador se puso en marcha muy infeliz porque su mujer quería ser reina.

«No está bien, no está bien en absoluto», pensaba. Y no quería ir, pero fue.

Cuando llegó, el mar estaba de un color negro grisáceo, el agua se removía agitada desde las profun-

didades y tenía un olor ocre. El pescador se detuvo ante ella y dijo:

—Príncipe, seas quien seas,
lenguado, lenguado del mar,
contra mi voluntad,
Ilsebil, mi mujer, me ha enviado.

—Y bien, ¿qué es lo que quiere? —dijo el pez.

—¡Dios del cielo! —exclamó el hombre—. Quiere ser reina.

—Vuelve a tu casa —dijo el pez—. Ya es reina.

Entonces el pescador regresó a su casa; pero cuando llegó allí, el castillo era mucho más grande y tenía una torre enorme, fastuosa. Había un centinela apostado en la entrada y muchos soldados con tambores y trompetas. El pescador entró y vio que todo en el castillo era de mármol y oro puro, con cortinas de terciopelo y grandes borlas doradas. Se abrieron las puertas del salón principal y apareció la corte en pleno. Su mujer estaba sentada en un inmenso trono de oro y diamantes, llevaba sobre la cabeza una impresionante corona de oro y un cetro también de oro puro y piedras preciosas. A cada lado de ella había una hilera de damas de honor, cada una un palmo más baja que la anterior.

El pescador se paró frente a ella y exclamó:

—¡Por todos los cielos, mujer! ¿Ya eres reina?

—Así es —respondió su mujer—. Ya soy reina.

El pescador se quedó mirándola y dijo:

—Bueno, como ya eres reina, supongo que no necesitamos pedir nada más.

—No, esposo —dijo ella, con una expresión de fastidio en el rostro—. Las horas se me hacen siglos siendo reina. Ya no lo soporto. Ve adonde el pez y dile que ahora quiero ser emperatriz.

—¡Dios del cielo, mujer! ¿Por qué quieres ser emperatriz? —se desesperó el pescador.

—Esposo —dijo ella—, ve donde el pez. Quiero ser emperatriz.

—¡Pero mujer —insistió el pescador—, el pez no puede hacerte emperatriz! ¡No puedo pedirle eso! Sólo hay un emperador en un imperio. Sinceramente el pez no puede hacerte emperatriz.

—¡Tonterías! —dijo la mujer—. Soy la reina y tú no eres más que mi esposo, de modo que haz lo que te ordeno. Si ha podido hacerme reina, también podrá hacerme emperatriz. Quiero ser emperatriz y eso es todo. Ve ahora mismo.

Así que tuvo que ir. Pero estaba asustado, y pensaba para sus adentros: «Esto no puede terminar bien. Emperatriz es demasiado. El pez debe estar cansado de todo esto.»

Cuando llegó al mar, el agua estaba negra y tenebrosa, y se agitaba tanto desde el fondo que crepitaban burbujas en la superficie y se formaba una espuma cada vez más espesa por el fuerte viento. El pescador tenía mucho miedo, pero se paró frente al mar y dijo:

—*Príncipe, seas quien seas,*
lenguado, lenguado del mar,
contra mi voluntad,
Ilsebil, mi mujer, me ha enviado.

—Y bien, ¿qué es lo que quiere? —dijo el pez.

—¡Oh, lenguado! —se lamentó el pescador—. Quiere ser emperatriz.

—Vuelve a tu casa —dijo el pez—. Ya lo es.

El pescador regresó a su casa, pero cuando llegó allí todo el palacio era de mármol pulido con figuras de alabastro y ornamentos de oro. Afuera había soldados marchando y tocando trompetas y tambores. Dentro, los barones, condes y duques pasaban entre la muchedumbre de criados. Le abrieron las puertas y las puertas eran de oro macizo. Cuando el pescador entró, vio a su mujer sentada en un trono tallado en un solo bloque de oro que tenía por lo menos dos kilómetros de altura; y llevaba en la cabeza una enorme corona de oro que tenía incrustaciones de diamantes y rubíes. En una mano sostenía el cetro y en la otra el Orbe Imperial, y a cada lado de ella formaban una hilera los guardias de *corps*, dispuestos en orden y empezando por el gigante más corpulento de dos metros de alto, hasta el enano más diminuto, que no era más grande que mi dedo meñique. Delante de ella había una multitud de duques y príncipes.

El pescador se paró ante ellos y dijo:

—Bien, mujer, parece que ahora eres emperatriz.

—Así es —dijo ella—. Soy emperatriz.

Su marido se quedó mirándola maravillado un buen rato, y luego dijo:

—Bueno, mujer, ya que eres emperatriz, supongo que no necesitamos pedir nada más.

—Esposo —replicó ella—, ¿qué es lo que quieres decir? Sí, soy emperatriz, pero ahora también quiero ser papa, así que ve adonde el pez y díselo.

—¡Mujer, mujer! —se desesperó el pescador—, ¿qué es lo que pedirás luego? No puedes ser papa, sólo hay un papa en toda la cristiandad. El pez no puede hacerte papa.

—Esposo —insistió ella—, quiero ser papa, así que

haz lo que te ordeno. Quiero ser papa antes de que acabe el día,

—No, mujer —dijo el pescador—. No puedo ir a pedirle eso, es demasiado; el pez no puede hacerte papa.

—Esposo —dijo la mujer—, eso son tonterías. Si puede hacerme emperatriz, también puede hacerme papa. Haz lo que te mando. Soy la emperatriz y tú no eres más que mi esposo, así que ve ahora mismo.

Estas palabras atemorizaron al pescador, de modo que se puso en camino. Pero se sentía débil, temblaba y sus rodillas parecían poco firmes. Soplaba un viento muy fuerte, las nubes se desplazaban con rapidez y se hacían más negras a medida que avanzaba la noche. Las hojas volaban arrancadas de los árboles, el agua rugía y espumeaba como si estuviera hirviendo, y las olas azotaban la costa. A lo lejos, el pescador divisó barcos sacudiéndose, rebotando sobre el oleaje y disparando señales de socorro. Aún quedaba un poco de azul en el medio del cielo, pero todo en derredor era rojo oscuro, como si fuera a desencadenarse una terrible tormenta.

El pescador se detuvo ante las aguas y dijo:

> —*Príncipe, seas quien seas,*
> *lenguado, lenguado del mar,*
> *conta mi voluntad,*
> *Ilsebil, mi mujer, me ha enviado.*

—Y bien, ¿qué es lo que quiere? —dijo el pez.

—¡Dios del cielo! —exclamó el pescador—. Quiere ser papa.

—Vuelve a tu casa —dijo el pez—. Ya es papa.

Entonces el pescador regresó a su casa, pero cuando llegó se encontró ante una inmensa iglesia rodeada de palacios.

Se abrió paso entre la multitud y penetró en el interior, y lo que vio lo dejó maravillado: todo estaba iluminado por miles y miles de cirios, su mujer, ataviada de oro puro, estaba sentada en un trono aún más alto, mucho más alto, que el anterior, y llevaba sobre la cabeza tres grandes coronas de oro. Alrededor se congregaban los dignatarios de la iglesia, y a cada lado de ella había largas hileras de cirios, que iban desde los más grandes, que eran tan altos y gruesos como la torre más importante, hasta la vela más pequeña que se usa en la cocina. Y todos los emperadores y reyes estaban arrodillados ante ella, besando sus pies.

—Bueno, mujer —dijo el pescador, mirándola atentamente—, ¿de modo que ya eres papa?

—Así es —dijo ella—. Soy papa.

Él se quedó parado observándola, y sintió como si se hallara ante el sol brillante. Luego dijo:

—Bien, mujer, como ya eres papa, supongo que no necesitamos pedir nada más.

Ella no contesto, siguió sentada, rígida como una tabla, sin hacer el más mínimo movimiento.

—Mujer —insistió el pescador—, ya puedes darte por satisfecha. No hay nada más grandioso que un papa.

—Yo me ocuparé de eso —replicó la mujer, y se fueron a dormir.

Pero no se sentía satisfecha; su ambición no le permitía conciliar el sueño, y no cesaba de preguntarse qué más podía ser.

El pescador durmió profundamente, porque había recorrido una gran distancia aquel día, pero su mujer no pudo lograr conciliar el sueño. Se removió y dio vueltas en la cama durante toda la noche, preguntándose qué más podía ser, pero no se le ocurrió nada. Al amanecer, el sol empezó a levantarse, y al ver el resplandor rojizo que penetraba por la ventana, se sentó en la cama y se dijo: «¡Ya lo tengo! ¿Por qué no puedo hacer que el sol y la luna salgan al mismo tiempo?»

—¡Esposo! —gritó, dándole un codazo en el costado—. Despierta. Ve adonde el pez. Quiero ser Dios.

El pescador aún estaba medio dormido, pero esas palabras lo sobresaltaron y se cayó de la cama al suelo. Pensó que había oído mal, y se frotó los ojos.

—¡Mujer, mujer! —se desesperó—. ¿Qué es lo que has dicho?

—Esposo —dijo ella—, si no puedo hacer que el sol y la luna salgan al mismo tiempo, no podré soportarlo. No tendré otro momento de paz en mi vida.

Y le lanzó al pescador una mirada tan horripilante que hizo correr escalofríos por su espina dorsal. Luego dijo:

—¡Ve ahora mismo! Quiero ser Dios.

—¡Mujer, mujer! —imploró el pescador, cayendo sobre sus rodillas—. El pez no puede hacer eso. Puede hacer una emperatriz o un papa, pero por favor, te lo ruego, olvídate de eso y continúa siendo papa.

Al oír estas palabras, la mujer enloqueció de ira.

El cabello le ondeó en torno al rostro dándole una apariencia de fiera, hizo jirones el camisón y pateó a su esposo mientras aullaba:

—¡No lo aguantaré! ¡No aguantaré esto un solo minuto más! ¿Vas a moverte de una vez?

El pescador se puso los pantalones apresuradamente y salió corriendo como un enajenado.

Afuera se abatía una terrible tormenta. El viento soplaba tan fuerte que apenas le permitía caminar. Casas y árboles caían derribados, las montañas se estremecían y enormes piedras se precipitaban hacia el mar. El cielo estaba negro como la pez, los truenos rugían entre el fulgor de los relámpagos y el mar se levantaba en olas negrísimas, tan grandes como montañas o las torres de las iglesias, y todas tenían una corona de espuma oscura en la cresta.

El pescador no podía oír sus propias palabras, pero aun así gritó:

> —*Príncipe, seas quien seas*
> *lenguado, lenguado del mar,*
> *contra mi voluntad,*
> *Ilsebil, mi mujer, me ha enviado.*

—Y bien, ¿qué es lo que quiere? —preguntó el pez.

—¡Dios del cielo! —se lamentó el pescador—. Quiere ser Dios.

—Vuelve a tu casa. Está otra vez en su antigua choza.

Y allí siguen viviendo el pescador y su mujer hasta el día de hoy.

Los músicos de Bremen

N hombre tenía un asno que durante muchos años le había servido dócilmente, cargando pesados sacos de grano hasta el molino; pero como sus fuerzas se empezaban a agotar, y no podía cumplir ya esa faena, el hombre empezó a pensar en sacrificarlo. Olfateando el peligro en el aire, el asno huyó y se dirigió hacia Bremen con la intención de unirse a la banda de música de esa ciudad.

Llevaba un rato andando cuando divisó a un perro de caza, tendido junto al camino, que jadeaba como si estuviera exhausto tras una larga carrera.

—¡Hola, amigo! —saludó el asno—. ¿Por qué jadeas de esa manera?

—¡Ay! —se dolió el perro—, porque me estoy haciendo viejo y me siento cada día más débil, y como ya no puedo cazar, mi amo quiso sacrificarme, así que huí; pero no sé qué voy a hacer para ganarme la comida.

—Escucha —dijo el asno—, voy camino de Bremen para unirme a la banda de música de la ciudad. Tú puedes venir también, si quieres. Yo tocaré el laúd y tú puedes tocar el tambor.

Al perro le agradó la idea y prosiguieron el camino juntos.

No muy lejos de allí vieron a un gato apostado junto al sendero con una expresión de amargura en el rostro.

—Y bien, don Bigotes, ¿qué es lo que te pasa? —inquirió el asno.

—¿Cómo podría estar contento alguien cuya vida pende de un hilo? —se lamentó el gato—. Me hago viejo y mis dientes ya no están afilados como antes, y sólo porque me gusta echarme y estirarme delante del fuego, mi ama quiso ahogarme para deshacerse de mí. Por supuesto que logré escapar, pero ahora que mi talento se agota, ¿adónde podré ir?

—Ven a Bremen con nosotros. Tú sabes dar buenas serenatas y también puedes unirte a la banda.

Esta idea le resultó atractiva al gato y decidió seguir el camino con ellos.

Poco después, los tres fugitivos pasaron por una granja. Encima de la puerta, sobre el tejado, había un gallo que cacareaba con toda la energía de la que era capaz.

—¿Por qué gritas de esa manera? —lo interrogó el asno—. Es espeluznante.

—Estoy anunciando el buen tiempo —dijo el gallo—, porque hoy es el día que Nuestra Señora lava las camisetas del Niño Jesús y las tiende fuera para que se sequen. Pero mañana es domingo y tendremos invitados, y he oído que la mujer del granjero le ha dicho al cocinero que quería comerme mañana en la sopa; así que me retorcerán el pescuezo esta misma tarde. Por eso estoy gritando, ahora que todavía puedo hacerlo.

—No seas tonto, cresta roja —le dijo el asno—. ¿Por

qué no vienes con nosotros en lugar de dejarte matar? Vamos camino de Bremen. Nos vaya como nos vaya, cualquier cosa será mejor que la muerte. Tienes una bonita voz, y si cantamos todos juntos, seguramente tendremos éxito.

El gallo aceptó la proposición, y los cuatros juntos prosiguieron la marcha.

Pero no podían llegar a Bremen en un solo día, de modo que decidieron pasar la noche en el bosque en el que se encontraban al caer la tarde. El asno y el perro se tendieron bajo un enorme árbol, el gato trepó a una de las ramas y el gallo voló hasta la parte más alta de la copa, en donde se sentía seguro. Antes de dormirse escudriñó la espesura en todas las direcciones. Creyó ver un destello a lo lejos y dijo a sus compañeros que había visto una luz, y que era muy

probable que hubiera una casa en las proximidades.

—En tal caso, vayamos hacia allá —dijo el asno—, porque este sitio es algo incómodo para dormir.

Por su parte, el perro pensó que tal vez podría encontrar algún que otro hueso con un poco de carne cerca de la casa, y así fue como los cuatro camaradas partieron en dirección a la luz. A medida que se acercaban, ésta se hacía más grande y brillante, hasta que por fin llegaron a una casa muy iluminada en donde vivían unos ladrones.

El asno, que era el más alto de los cuatro, se acercó a la ventana y miró hacia el interior.

—¿Qué es lo que ves, rucio? —inquirió el gallo.

—¿Qué es lo que veo? —replicó el asno—. Veo una mesa atiborrada de buena comida y bebida, y a unos ladrones que se están dando un buen festín.

—¡Justo lo que nos vendría bien a nosotros! —exclamó el gallo.

—Sin ninguna duda —repuso el asno—. ¡Si pudiésemos entrar!

¿Qué podían hacer para echar fuera a los ladrones? Los cuatro camaradas comenzaron a discutir el asunto hasta que al fin dieron con un plan para lograrlo. El asno se paró sobre sus patas traseras y apoyó las delanteras sobre el pretil de la ventana; el perro saltó sobre el lomo del asno, el gato trepó sobre el perro, y finalmente el gallo voló hasta ponerse en la cabeza del gato. A la señal convenida, comenzaron todos juntos a cantar: el asno rebuznó, el perro ladró, el gato maulló y el gallo cacareó. Luego saltaron por la ventana e irrumpieron en la habitación en medio de una lluvia de cristales rotos. Los ladrones, creyendo que los atacaba un fantasma, se levantaron de un salto, entre alaridos de terror, y huyeron al bosque.

Entonces los cuatro amigos se sentaron a la mesa, encantados con lo que había, y comieron como si fueran a ayunar durante un mes entero.

Una vez que acabaron de comer, apagaron las luces y cada uno buscó el lugar para dormir, acorde a su naturaleza y conveniencia. El asno se tendió sobre un montón de estiércol en el establo, el perro detrás de la puerta, el gato sobre las cenizas aún calientes del hogar y el gallo se acomodó en un saliente del tejado. Agotados como estaban por el largo viaje, no tardaron mucho en quedarse dormidos.

Pasada la medianoche, los ladrones vieron desde lejos que ya no había luz en la casa y que todo parecía en calma.

—No hemos debido dejarnos asustar tan fácilmente —dijo el capitán de la banda, y ordenó a uno de los ladrones que volviese a investigar.

El explorador no encontró ningún indicio de alarma y entró en la cocina para encender la luz; pero confundió los ojos brillantes del gato con dos ascuas, y al acercar a ellos una paja para coger fuego, el gato, a quien no le divirtió la broma, saltó a la cara del ladrón bufando y arañándolo. Fuera de sí, aterrorizado, el ladrón corrió hacia la puerta de atrás, pero el perro se precipitó sobre él y le mordió en la pierna. Al pasar corriendo por el establo junto al montón de estiércol recibió una fuerte patada que el asno le propinó con las patas traseras, y por último el gallo, que se había despertado con tanto jaleo, comenzó a gritar desde su palo:

—*¡Quiquiriquí!*

Entonces el ladrón echó a correr hasta donde estaba el capitán, tan velozmente como sus piernas se lo permitieron, y le dijo:

—Una horrible bruja se ha apoderado de la casa. Bufó ante mi cara y me arañó con sus largos dedos. Y detrás de la puerta hay un hombre con un cuchillo, que me lo clavó en la pierna. En el establo hay un monstruo negro que me golpeó con un garrote, y sobre el tejado está el juez, que gritaba: «¡Traed al bribón delante de mí! ¡Traed al bribón!» Y he tenido que escapar corriendo.

Después de esto, los ladrones no osaron volver a la casa, y los cuatro músicos se sintieron tan a gusto en ella que nunca la abandonaron. Y la lengua del último que contó esta historia todavía se mueve.

Hansel y Gretel

N el confín de un espeso bosque vivía un pobre leñador con su esposa y sus dos hijos, un niño llamado Hansel y una niña llamada Gretel. La comida no sobraba en la casa, y más de una vez, en tiempos de hambre, tampoco había suficiente pan para todos. Una noche, el leñador meditaba sobre esto en la cama, moviéndose y volviéndose de un lado para otro con preocupación. De pronto suspiró y dijo a su mujer:

—¿Qué va a ser de nosotros? ¿Cómo vamos a hacer para dar de comer a nuestros pobres hijos si ni siquiera tenemos suficiente comida para nosotros?

Y su mujer respondió:

—Esposo, escúchame: mañana al amanecer llevaremos a los niños a la parte más espesa del bosque y haremos un fuego para ellos y les daremos a cada uno un trozo de pan. Luego los dejaremos allí y nos iremos. Solos no podrán encontrar nunca el camino de regreso, y así nos libraremos de ellos.

—No, mujer —dijo el hombre—. No voy a hacer eso. ¿Cómo podría abandonar a mis hijos solos en el bosque? Las bestias salvajes los despedazarían.

—¡Eres un idiota! —exclamó la mujer—. Entonces moriremos de hambre los cuatro. Puedes ir preparando la madera para nuestros ataúdes —y no dejó en paz al leñador hasta que éste por fin consintió.

—Mas no puedo evitar sentirme angustiado por los pobres niños —dijo.

Pero los niños tenían mucha hambre y tampoco podían dormir, así que oyeron lo que su madrastra le había dicho a su padre. Gretel derramó amargas lágrimas y dijo:

—¡Oh, Hansel, estamos perdidos!

—¡Silencio! —susurró Hansel—. Yo encontraré el camino.

Cuando los mayores estuvieron dormidos, se levantó, se puso su chaqueta, abrió la puerta de atrás y salió de la casa. La luna brillaba intensamente y los guijarros relucían como monedas de plata. Hansel se agachó y se llenó los bolsillos de ellos. Luego regresó y dijo a Gretel:

—No te preocupes, hermanita. Vete a dormir ahora. Dios no nos abandonará —y volvió a su cama.

Al amanecer, antes de que saliera el sol, la mujer despertó a los dos niños.

—¡Arriba, remolones! Hay que ir por leña.

Luego les dio a cada uno un trozo de pan y dijo:

—Ésta es vuestra comida. No os la comáis demasiado pronto, porque no habrá más.

Gretel se metió el pan bajo el delantal, porque Hansel tenía los bolsillos llenos de guijarros. Así pues, los cuatro se pusieron en marcha hacia el bosque. Al poco de empezar a andar, Hansel se detuvo y miró hacia atrás en dirección a la casa, y después de cada trecho que recorrían hacía lo mismo.

Su padre lo notó y le preguntó:

—Hansel, ¿por qué vas mirando hacia atrás y quedándote regazado? Espabílate y no olvides para qué sirven las piernas.

—¡Oh, padre! —contestó Hansel—. Estoy mirando a mi gato blanco; está en el tejado, despidiéndome.

Entonces la madrastra dijo:

—¡Niño tonto! No es tu gato blanco. Es el sol de la mañana que brilla sobre la chimenea.

Pero Hansel no miraba al gato blanco. Cada vez que se detenía sacaba un reluciente guijarro de su bolsillo y lo dejaba caer al suelo.

Cuando llegaron al centro del bosque, el padre dijo:

—Empezad a juntar leña, niños, y os haré un fuego para que estéis calientes.

Hansel y Gretel pusieron manos a la obra hasta reunir un pequeño montón de ramas secas. El padre encendió la leña y cuando el fuego fue lo suficientemente fuerte, la mujer dijo:

—Ahora, niños, sentaos junto al fuego y descansad. Nosotros nos internaremos en el bosque para cortar leña. Cuando hayamos terminado, volveremos a recogeros.

Hansel y Gretel se sentaron junto al fuego, y a mediodía se comieron sus trozos de pan. Oían los golpes de un hacha y pensaban que su padre estaba cerca. Pero el hacha no era sino una rama que había atado a un árbol seco para que el viento sacudiera a un lado y a otro. Pasado un tiempo, los niños se sintieron tan cansados, que sus ojos se cerraron y cayeron en un profundo sueño. Al despertarse era noche cerrada. Gretel empezó a llorar y dijo:

—¿Podremos salir alguna vez de este bosque?

Pero Hansel la consoló:

—Sólo tenemos que esperar un poco. Apenas salga la luna encontraremos el camino.

Y cuando salió la luna, Hansel cogió a su hermana de la mano y siguió la senda de guijarros que relucían como monedas de plata recién acuñadas y les marcaban el camino.

Anduvieron toda la noche y llegaron a la casa de su padre al romper el alba. Llamaron a la puerta y, cuando la mujer la abrió y los vio, dijo:

—¡Niños malvados! ¿Por qué habéis dormido tanto en el bosque? Creíamos que nunca volveríais.

Pero su padre se puso muy contento, porque se sentía culpable por haberlos abandonado.

Poco tiempo después toda la comarca volvió a pasar hambre, y los niños oyeron que la madrastra decía a su padre:

—Apenas queda nada que comer. Todavía tenemos media barra de pan, pero cuando se haya terminado no habrá más. Los niños deben irse. Los llevaremos al bosque, a un sitio aún más espeso, y esta vez no podrán encontrar el camino de regreso; es nuestra única esperanza.

El marido estaba muy apesumbrado, y pensaba: «Sería mejor que compartiera el último bocado con mis hijos.» Pero la mujer no escuchaba nada de lo que él decía; sólo le regañaba y le criticaba. Y una vez que se dice sí, es muy difícil decir que no, así que el leñador consintió por segunda vez.

Mas los niños estaban despiertos y habían escuchado la conversación. Cuando los mayores se quedaron dormidos, Hansel se levantó como había hecho la vez anterior para salir a coger guijarros; pero la mujer le había puesto un cerrojo a la puerta y no pudo salir. Así y todo, consoló a su hermana diciéndole:

—No llores, Gretel. Duérmete ahora. Dios nos ayudará.

Por la mañana muy temprano la mujer despertó a los niños y les dio sus trozos de pan, pero esta vez eran más pequeños que la vez anterior. Camino del bosque, Hansel desmenuzó el pan dentro de su bolsillo. De vez en cuando se detenía y dejaba caer unas pocas migas al suelo.

—Hansel —le dijo su padre—, ¿por qué siempre te detienes y miras hacia atrás? ¡Sigue andando!

—Estoy mirando a mi paloma —respondió Hansel—. Está en el tejado, despidiéndome.

—¡Tonto! —exclamó la mujer—. No es tu paloma, es el sol de la mañana brillando sobre la chimenea.

Pero, poco a poco, Hansel fue dejando todo el pan por el camino.

La mujer llevó a los niños aún más lejos, a lo profundo del bosque, a un sitio en donde no habían estado nunca en sus vidas. Nuevamente hicieron un gran fuego, y la madrastra dijo:

—Sentaos aquí, niños. Si estáis cansados podéis dormir un poco. Nosotros iremos al bosque a cortar leña, y por la tarde, cuando hayamos terminado, volveremos a recogeros.

A mediodía, Gretel compartió su pan con Hansel, que lo había arrojado por el camino. Luego se quedaron profundamente dormidos y pasó la tarde, pero nadie fue por ellos. Era noche cerrada cuando se despertaron y Hansel consoló a su hermana:

—Gretel —dijo—, sólo hay que esperar que salga la luna; entonces veremos las migas de pan que he arrojado y ellas nos indicarán el camino a casa.

Cuando salió la luna emprendieron la marcha, pero no encontraron ninguna miga de pan, porque

los miles de pájaros que vuelan por los bosques y los campos se las habían comido.

Hansel dijo entonces a Gretel:

—No te preocupes, encontraremos el camino.

Pero no lo encontraron.

Anduvieron toda la noche y todo el día siguiente, pero seguían dentro del bosque y tenían mucha hambre, ya que no habían comido más que las pocas bayas que habían podido coger a su paso.

Cuando estuvieron tan agotados que sus piernas no podían sostenerlos, se tendieron debajo de un árbol y se quedaron dormidos.

Así pues, llegó la mañana del tercer día desde que habían dejado la casa de su padre. Se pusieron nuevamente en marcha muy temprano, sin percatarse de que se internaban cada vez más en el bosque y de que, a menos que encontraran ayuda pronto, iban a perecer de hambre y cansancio.

A mediodía vieron un hermoso pajarillo blanco en la rama de un árbol, cantaba tan armoniosamente que se detuvieron a escucharle. Cuando terminó de cantar, aleteó con presteza y se lanzó a volar en línea recta. Los niños se fueron tras él hasta que el pajarillo llegó a una casita y se posó en el tejado.

Al acercarse, los niños advirtieron que las paredes de la casa eran de chocolate, el techo de pastel y las ventanas de azúcar brillante.

—¡Comamos! —exclamó Hansel—, y que el Señor bendiga nuestra comida. Cogeré un pedazo del techo. Tú, Gretel, coge de la ventana, es dulce.

Hansel se estiró y cogió un pedazo del techo para probarlo. Gretel se apretó contra la ventana y empezó a mordisquearla. Entonces oyeron que una suave voz decía desde dentro:

—Muerde, muerde, ratoncita.
¿Quién muerde mi casita?

Los niños respondieron:

—El viento tan terco,
el hijo del cielo.

y siguieron comiendo. A Hansel le gustó el sabor del techo, así que arrancó un trozo grande. Gretel se hizo con un panel entero de la ventana y se sentó sobre la hierba a saborearlo.

De repente se abrió la puerta y apareció una mujer muy, muy vieja que cojeaba y se apoyaba en una muleta. Hansel y Gretel se asustaron tanto que dejaron caer lo que se estaban comiendo. La vieja movió la cabeza y dijo:

—¡Oh, pero qué hermosos niños! No temáis, entrad conmigo, nada malo os ocurrirá.

Les cogió de la mano y les introdujo al interior de la casa.

Una comida excelente: tortitas con leche, azúcar, manzanas y nueces les aguardaban sobre la mesa, y además había dos camas recién hechas, limpias y blancas. Hansel y Gretel se metieron dentro y creyeron que estaban en el cielo.

Pero la vieja, que parecía tan buena, en realidad era una malvada bruja que se comía a los niños, y para atraerlos había construido la casita de chocolate. La bruja mataba a todos los niños que caían en sus manos para luego cocinarlos y comérselos, y ése era su banquete favorito.

Las brujas tienen los ojos de color rojo, y su vista no tiene gran alcance, pero poseen un olfato muy agudo, como los animales, y así saben cuándo los humanos están cerca. Cuando Hansel y Gretel se aproximaban a la casita, se había reído con crueldad y con una mueca de burla dijo:

—Ahí vienen dos que no podrán escapar de mi trampa.

Por la mañana temprano, mientras los niños aún dormían, la bruja se levantó y al verlos descansar tan dulcemente con las mejillas regordetas y rosadas se dijo para sus adentros:

—¡Qué bocados tan sabrosos deben ser!

Agarró a Hansel con sus huesudas manos, lo metió en una jaula y atrancó la puerta con una barra de hierro. El niño gritó con todas sus fuerzas, pero no le sirvió de nada. Luego la bruja volvió a por Gretel y la despertó a golpes gritándole:

—¡Levántate, remolona! Ve a sacar agua del pozo y cocinar algo para tu hermano. Está encerrado y hay que engordarlo para que cuando esté rollizo pueda comérmelo.

Gretel lloró amargamente, pero fue en vano; tenía que hacer lo que la malvada bruja le ordenaba.

Cocinaron la mejor comida para Hansel; en cambio Gretel sólo obtuvo cáscaras de cangrejo. Todas las mañanas la bruja se asomaba a la jaula y decía:

—Hansel, enséñame un dedo. Quiero ver si has engordado.

Pero Hansel le mostraba un hueso, y como la bruja no veía bien a causa de la vejez, pensaba que lo que estaba viendo era el dedo de Hansel, y se preguntaba por qué aquel niño no engordaba. Así pasaron cuatro semanas y Hansel seguía tan flaco como siempre. La bruja no podía más con la impaciencia, de modo que decidió no seguir esperando.

—¡Gretel! —gritó—. Ve a buscar agua y no holgazanees. Gordo o flaco, mataré a Hansel mañana y lo cocinaré.

¡Cómo lloró entonces la niña al tener que acarrear el agua! Las lágrimas le inundaban las mejillas.

—¡Oh, Dios misericordioso! —exclamaba—. ¿Es que no vas a ayudarnos? ¡Si las bestias feroces hubieran acabado con nosotros en el bosque, al menos hubiésemos muerto juntos!

—¡Deja ya de gimotear! —gruñó la bruja—. No te servirá de nada.

Gretel tuvo que llenar una olla enorme de agua y encender el fuego.

—Primero haremos el pan —dijo la bruja—. Ya he calentado el horno y amasado la pasta.

Y diciendo esto condujo a la pobre Gretel adonde estaba el horno llameante.

—Métete adentro —dijo la bruja a la niña—, y mira si está ya caliente para meter el pan.

Una vez que Gretel estuviera dentro, la bruja pensaba cerrar la puerta y asarla para comérsela también a ella, pero la niña se dio cuenta de su malvado plan y dijo:

—¿Qué tengo que hacer para entrar?

—¡Eres más tonta que un ganso! —dijo la vieja—. La abertura es bastante grande aun para mí. ¡Mira!

Se arrastró entonces hasta el hueco del horno e introdujo la cabeza en él.

Gretel le dio un empujón tan fuerte que la bruja cayó dentro cuan larga era. Acto seguido, la niña cerró la puerta y echó el cerrojo.

—¡Ahh! —se oían los horribles gritos de la bruja, pero Gretel se fue corriendo y la dejó que se quemara como pensaba hacer con ella.

Sin pérdida de tiempo, Gretel se dirigió a buscar a su hermano. Abrió la puerta y gritó:

—¡Hansel, estamos salvados! La bruja ha muerto.

Hansel salió de su encierro de un salto, lo mismo que un pájaro cuando se le abre la puerta de la jaula.

¡Qué felices se sentían los dos! Se abrazaron y se besaron y bailaron durante mucho rato. Y como ya no había nada que temer, volvieron a la casa de la bruja, en donde encontraron cajas llenas de perlas y piedras preciosas. Hansel se llenó los bolsillos y dijo:

—Serán mucho mejores que los guijarros.

Y Gretel añadió:

—También yo llevaré alguna a casa —y cargó con una buena cantidad en el delantal.

—Será mejor que nos marchemos ya —sugirió Hansel—. Tenemos que salir cuanto antes de este bosque embrujado.

Después de andar unas cuantas horas llegaron ante un gran lago.

—¿Cómo podremos cruzar al otro lado? —dijo Hansel—. No veo ningún puente.

—Y tampoco hay botes —dijo Gretel a su vez—, pero ahí hay un pato blanco. Nos ayudará a cruzar si se lo pido.

Y entonces recitó en voz alta:

> —*Patito, patito, aquí está Gretel.*
> *Patito, patito, aquí está Hansel.*
> *Ni puente ni bote hay en este río,*
> *patito, llévanos contigo.*

El animal acudió a la llamada y Hansel se sentó sobre su lomo y le dijo a su hermana que hiciera lo mismo a su lado.

—No —dijo Gretel—, sería demasiado peso para él. Será mejor que nos lleve de uno en uno.

Y eso fue lo que hicieron. Después de cruzar los dos, sanos y salvos, y de caminar otro trecho, el bosque empezó a parecerles más y más familiar, hasta que por fin divisaron la casa de su padre. Entonces los dos echaron a correr y se precipitaron dentro de la casa, arrojándose a los brazos de su padre. El pobre hombre no había tenido un solo momento de paz desde que los abandonó en el bosque, y, además, su malvada mujer había muerto.

Gretel desplegó su pequeño delantal y un montón de perlas y piedras preciosas cayeron al suelo repicando alegremente, al tiempo que Hansel se sacaba un puñado tras otro de los bolsillos. Sus desgracias habían terminado, y a partir de entonces vivieron felices para siempre.

Y colorín colorado, este cuento se ha acabado.

Los doce cazadores

ABÍA una vez un príncipe que tenía una prometida a quien adoraba. Un día, hallándose juntos y felices, llegó la noticia de que el rey estaba muy enfermo y quería ver a su hijo antes de morir. Así pues, el príncipe dijo a su novia:

—Debo partir. Toma este anillo como señal de nuestro amor. Cuando sea rey, volveré y te llevaré al palacio conmigo.

Luego partió en su corcel, y cuando llegó al palacio su padre estaba a punto de morir.

—Amado hijo —dijo éste—, deseaba verte una vez más antes de morir. Prométeme que te casarás con la doncella que yo te diga —y le nombró una princesa que debía ser su esposa.

El príncipe estaba tan apenado que respondió sin pensar, y dijo:

—Sí, querido padre, haré lo que me pides.

Entonces, el rey cerró los ojos y murió.

Cuando el príncipe fue proclamado rey y pasaron los días de luto, tuvo que cumplir su promesa. Envió mensajeros a pedir la mano de la princesa y ésta le fue concedida. Pero esta noticia llegó a oídos de su primera prometida, y ella se sintió tan desdichada por la infidelidad del príncipe que casi llegó a perder la salud. Al darse cuenta, su padre le interrogó:

—Amada hija, ¿por qué estás tan triste? Te daré cualquier cosa que desees.

La doncella meditó un instante y respondió:

—Querido padre, quisiera encontrar once doncellas iguales a mí en altura, talla y semblante.

El rey replicó:

—Si las hay, las tendrás.

Y dio orden de que se buscara por todo el reino, hasta que por fin se hallaron once doncellas exactamente iguales a su hija en altura, talla y semblante.

Cuando se presentaron ante la hija del rey, ésta les ordenó que se vistieran con trajes de cazadores, exactamente iguales al que vestía ella. Las once doncellas lo hicieron, y entonces la princesa se despidió de su padre y partió cabalgando con ellas. Se dirigieron hacia la corte de su infiel prometido, a quien tanto amaba, y al llegar la princesa preguntó si se necesitaban cazadores.

—Quizás puedas tomarnos a los doce a tu servicio —sugirió la princesa.

El rey la miró sin reconocerla, pero como eran todas tan guapas, dijo que sí con alegría. De modo que desde ese momento se convirtieron en los doce cazadores del rey.

Pero el rey tenía un león que era un animal extraordinario, podía saber todo lo que estaba oculto y secreto. Una noche le dijo al monarca:

—¿Crees que tienes doce cazadores en palacio?

El rey replicó:

—Sí, por cierto. Doce cazadores.

—Falso —dijo el león—, son doce doncellas.

—No es posible —contestó el rey—. Te desafío a que lo pruebes.

—Muy bien —dijo el león—, manda esparcir guisantes por el suelo de tu antecámara y lo verás. Los hombres tienen el paso firme: cuando andan sobre guisantes, ninguno se mueve; pero las mujeres lo hacen con inseguridad y vacilantes, y los guisantes ruedan bajo sus pies.

Al rey le pareció bueno el consejo del león y mandó esparcir guisantes por el suelo.

Pero había un criado que quería mucho a los cazadores y al escuchar que éstos serían puestos a prueba les contó lo que sabía y les advirtió:

—El león quiere probar ante el rey que sois mujeres.

La princesa se lo agradeció y dijo a sus compañeras:

—Estad en guardia. Debéis caminar con firmeza sobre los guisantes.

Cuando el rey envió a buscar a los doce cazadores a la mañana siguiente, éstos pasaron a la antecámara sembrada de guisantes y caminaron sobre ellos con tal firmeza y con un paso tan fuerte que ni un solo guisante se movió de su sitio. Al marcharse, el rey dijo al león:

—Me has mentido. Caminan como hombres.

Pero el león replicó:

—Sabían que iban a ser puestas a prueba y estaban en guardia. Manda poner doce husos en tu cuarto y verás cómo se acercan a ellos sonriendo al entrar. Ningún hombre haría eso.

Al rey le pareció bueno el consejo del león y mandó poner doce husos en su cuarto.

Pero el criado que amaba a los cazadores les puso sobre aviso, y cuando la hija del rey se quedó a solas con sus once doncellas, les advirtió:

—Debéis estar en guardia y no volver la vista hacia los husos.

A la mañana siguiente, cuando el rey envió a por sus doce cazadores, éstos atravesaron resueltamente el cuarto sin siquiera posar la mirada sobre los husos. Por segunda vez, entonces, el rey dijo al león:

—Me has mentido. Son hombres; ni siquiera han mirado los husos.

Pero el león replicó:

—Sabían que iban a ser puestas a prueba y estaban en guardia.

Mas el rey había perdido la fe en su león.

Cada vez que el monarca salía de caza lo acompañaban fielmente los doce cazadores, y a medida que pasaba el tiempo, el rey se aficionaba más y más a su compañía. Un día que habían salido a cazar llegó hasta ellos la noticia de que la prometida del rey se hallaba en camino. Cuando su verdadera prometida escuchó la noticia, sintió que se le rompía el corazón y cayó desvanecida al suelo. Creyendo que su amado cazador había sufrido un accidente, el rey corrió en su ayuda y le quitó un guante, pero al hacer esto vio el anillo que él había regalado a su primera prometida, y entonces, al observar su rostro, por fin la reconoció. Tanto se conmovió su corazón que besó a la doncella, y cuando ésta abrió los ojos le dijo:

—Eres mía y yo soy tuyo, y nadie en el mundo podrá cambiar esto.

Luego envió ante su segunda prometida un mensajero que le dijera que debía regresar a su reino, puesto que él tenía ya esposa y que un hombre que había encontrado su antigua llave no necesitaba una nueva.

Así pues, la boda fue celebrada con prontitud y el rey recobró su fe en el león, ya que éste había dicho siempre la verdad.

Las doce princesas danzarinas

RASE una vez un rey que tenía doce hijas, a cuál más hermosa. Las doce dormían juntas en una enorme habitación, y todas las noches cuando se acostaban, el rey echaba el cerrojo a la puerta. Pero cuando abría por la mañana, se encontraba con que las zapatillas de las princesas estaban completamente desgastadas, como si hubieran estado danzando toda la noche. Nadie podía explicarse cómo podía suceder aquello.

Así pues, el rey hizo divulgar por todo el reino que al que descubriese adónde iban a bailar las princesas le otorgaría la mano de una de ellas y heredaría el trono a su muerte; pero la proclama también anunciaba que aquél que se presentara y al cabo de tres días y tres noches no averiguara el misterio, perdería la vida.

No pasó mucho tiempo antes de que el primer príncipe aceptara el desafío y probara su suerte. Fue recibido con grandes ceremonias, y ese mismo día al caer la noche fue conducido a un cuarto que había junto a la habitación de las princesas. Le prepararon un lecho en aquel sitio y se le advirtió que velara para

66

averiguar adónde iban a bailar las princesas. Para asegurarse de que éstas no salieran por otra parte, decidieron dejar abierta la puerta de la habitación.

Pero al poco rato empezaron a pesarle los párpados como plomo y el príncipe cayó en un profundo sueño. Al despertar, a la mañana siguiente, comprobó que también aquella noche las princesas habían ido a bailar, ya que las suelas de sus zapatillas estaban desgastadas y más finas que el papel.

Lo mismo ocurrió la segunda noche, y la tercera, y entonces el rey, sin ninguna piedad, mandó que le cortaran la cabeza al príncipe.

Muchos más se presentaron después de él y probaron suerte, pero todos perdieron la vida.

A la sazón se hallaba camino de la ciudad un pobre soldado que a causa de sus heridas no formaba ya parte del ejército.

Le salió al paso una anciana que le preguntó adónde se dirigía, y el soldado repuso bromeando:

—Ni siquiera yo mismo lo sé; no me vendría nada mal descubrir adónde van a bailar las hijas del rey, para ser rey yo también.

—Eso no es difícil —le dijo la anciana—. Lo único que tienes que hacer es no beber el vino que ellas te darán al anochecer, y luego fingir que estás profundamente dormido.

Después la anciana le dio una capa y añadió:

—Cuando te la pongas te harás invisible y así podrás seguir a las doce princesas.

Con estos sabios consejos, el soldado empezó a considerar seriamente el asunto. Se armó de valor, se presentó ante la corte del rey y aceptó el desafío. Lo recibieron tan espléndidamente como a los anteriores y lo vistieron con ropas reales. Esa noche fue conducido hasta el cuarto anexo al de las princesas, y cuando se preparaba para acostarse, la mayor de ellas le dio una jarra de vino. Pero el soldado se había atado una esponja debajo de la barba y ésta absorbió hasta la última gota del vino que simuló beber.

Luego se tendió en la cama y a los pocos minutos comenzó a roncar como si estuviera profundamente dormido.

Cuando las princesas oyeron sus ronquidos se rieron, y la mayor dijo:

—He aquí otro que hubiera podido hacer algo mejor con su vida.

Entonces se levantaron, abrieron armarios, baúles y cajas y sacaron de ellos espléndidos vestidos. Se ataviaron ante los espejos dando saltos de entusiasmo ante la proximidad del baile. Sólo la más pequeña de las princesas dijo:

—Estáis muy contentas, pero yo sin embargo tengo una sensación extraña; estoy segura de que va a ocurrir algo terrible.

—No seas tonta —contestó la mayor—. Siempre estás asustada. ¿Ya has olvidado cuántos príncipes lo han intentado en vano? Ni siquiera teníamos que haberle dado la poción para que se duerma: este soldado se habría dormido como un tronco de todas maneras.

Cuando por fin estuvieron listas, echaron una mirada al soldado, pero éste tenía los ojos perfectamente cerrados y no se movía, de modo que las princesas se sintieron completamente seguras. Entonces la mayor fue hasta su cama, dio un golpecito sobre ella y la cama se hundió en el suelo; las princesas se metieron una detrás de la otra por la trampilla, con la mayor a la cabeza.

Mientras tanto, el soldado, que lo había visto todo, sin perder un instante se echó la capa sobre los hombros y descendió detrás de la pequeña. A medio camino le pisó sin querer el borde del vestido y la joven se volvió aterrorizada.

—¿Qué es lo que está pasando? —gritó—. ¿Quién me está tirando del vestido?

—No seas tonta —replicó la mayor—. Te habrás enganchado con un clavo.

Cuando por fin llegaron a la salida, se encontraron una espléndida avenida bordeada de árboles. Las hojas de plata pura relucían y destellaban desde las ramas.

«Será mejor que me lleve alguna como prueba», pensó para sí el soldado.

Cortó una rama y el árbol crujió muy fuerte.

—¡Algo va mal! —gritó la princesa más joven por segunda vez—. ¿Qué ha sido ese ruido?

—Han disparado una salva porque pronto liberaremos a nuestros príncipes —replicó la mayor.

Luego llegaron a otra avenida también bordeada de árboles que tenían las hojas de oro puro, y después de ésta, a una tercera donde las hojas de los árboles eran diamantes. El soldado cortó una rama de cada uno, y las dos veces se oyó un crujido tan fuerte que la princesa más joven tembló de miedo, pero la mayor insistió en que eran salvas de bienvenida.

Continuaron andando hasta llegar a un río muy grande. En la orilla había doce botes, y en cada uno de los botes un hermoso príncipe esperaba a las doce princesas.

Así pues, cada príncipe montó en un bote a una princesa, y el soldado subió al bote de la más joven.

—No me explico por qué —dijo el príncipe—, pero

este bote pesa hoy mucho más. Tengo que remar con más fuerzas para que se mueva.

—Debe ser el calor —respondió la princesa—. Yo también estoy sofocada.

Al otro lado del río se divisaba un resplandeciente palacio brillantemente iluminado, y desde él llegaba una alegre música de tambores y trompetas. Una vez cruzado el río, entraron todos en el palacio y los príncipes bailaron con las princesas que los acompañaban. El soldado también bailó. Cada vez que una princesa cogía una copa de vino, él se lo bebía, y cuando la copa llegaba a los labios de la princesa, la encontraba vacía. Ante esto, la más pequeña volvió a preocuparse, pero la mayor siempre conseguía tranquilizarla.

Estuvieron bailando hasta las tres de la madrugada. Para entonces tenían todas las zapatillas completamente desgastadas y tuvieron que suspender el baile. Los príncipes las llevaron nuevamente a remo a través del río, pero esta vez el soldado se sentó en el bote de la mayor, que abría la marcha. Una vez en la orilla, las princesas se despidieron de los príncipes y prometieron regresar a la noche siguiente.

Cuando llegaron a la escalera que conducía al palacio, el soldado tomó la delantera y se apresuró a meterse en la cama. Las princesas entraron poco después a su habitación, arrastrando pesadamente los pies, y oyeron al soldado roncar de tal manera que dijeron:

—No tenemos que preocuparnos por él lo más mínimo.

Se quitaron sus delicadas ropas y las guardaron en los baúles, metieron las zapatillas debajo de la cama y se acostaron.

A la mañana siguiente, el soldado decidió volver a comprobar la extraña salida de las princesas antes de contar nada al rey, de modo que las siguió en la segunda y tercera noche. Todo se desenvolvió exactamente como la primera vez.

Las dos primeras noches las princesas no dejaron de bailar hasta que sus zapatillas estuvieron completamente gastadas. La tercera noche el soldado se llevó una copa como prueba.

Cuando llegó la hora de hablar con el rey, cogió las ramas que había cortado y la copa, y se presentó ante él. Las doce princesas se quedaron detrás de la puerta para escuchar lo que decía.

—¿Dónde van mis hijas por la noche hasta gastar completamente sus zapatillas? —inquirió el rey.

El soldado replicó:

—A bailar con doce príncipes en un palacio subterráneo.

Y entonces relató al rey lo que había presenciado y le mostró las pruebas.

El monarca mandó buscar a sus hijas y les preguntó si lo que decía el soldado era verdad, y éstas, al ver que habían sido descubiertas y que de nada les servía negarlo, lo admitieron todo. Entonces, el rey preguntó al soldado a cuál de las princesas quería como esposa, y éste respondió.

—Majestad, ya no soy joven, de modo que elijo a la mayor de vuestras hijas.

La boda se celebró aquel mismo día, y el rey prometió que a su muerte el soldado heredaría su reino. En cuanto a los príncipes, el hechizo bajo el que se hallaban se prolongó durante tantas noches como habían danzado con las doce hijas del rey.

Los tres hermanos

RASE una vez un hombre que tenía tres hijos y, como único bien, la casa en que vivía. Cada uno de los hijos aspiraba a heredar la casa a la muerte de su padre, pero éste, que los quería a todos por igual y no deseaba ser injusto con ninguno de ellos, le daba vueltas sin cesar al problema y no sabía qué hacer. No podía soportar la idea de vender y dividir el dinero entre los tres, ya que la casa había pertenecido a la familia durante muchas generaciones. Por fin tuvo una idea que lo sacó del atolladero, y dijo a sus hijos:

—Marchaos a recorrer el mundo y probad fortuna. Aprended cada uno un oficio, y a vuestro regreso heredará la casa aquél que demuestre haber adquirido más habilidad.

A los hijos les pareció una magnífica idea. El mayor decidió hacerse herrero, el segundo barbero y el tercero esgrimista. Fijaron entonces un plazo para su retorno, y partieron.

En el curso del tiempo, los tres hallaron excelentes maestros que les enseñaron algo acerca del oficio. Pronto el mayor fue llamado para herrar el caballo

73

del rey, y al acudir, pensó para sí: «Después de esto no hay la menor duda: la casa será para mí.»

El joven barbero sólo afeitaba a los nobles de la corte, y también él pensaba que la casa sería suya. El joven esgrimista sufrió cortes y magulladuras, pero apretaba los dientes y se armaba de valor, diciéndose para sus adentros: «Nunca tendré la casa si dejo que me asusten unas pocas heridas.»

Al cumplirse el plazo establecido, regresaron a la casa de su padre. Como ninguno sabía cuándo tendría la oportunidad de demostrar sus habilidades, permanecieron mucho rato reunidos relatando sus experiencias. De pronto apareció una liebre brincando por la pradera.

—¡Diablos! —exclamó el barbero—. Es justo lo que me hacía falta.

Y acto seguido cogió el jabón y un cuenco, y en él preparó la espuma hasta que la liebre se acercó lo suficiente. Luego, corriendo detrás de ella, la enjabonó y la afeitó, dejándola una cuidada barbilla, sin cortarla ni herirla en absoluto.

—¡Maravilloso! —se asombró el padre—. Tus hermanos tendrán que esforzarse para superar esto.

No pasó mucho tiempo antes de que vieran el carruaje de un noble que se acercaba velozmente por el camino.

—Muy bien, padre —dijo el herrero—. Ahora verás lo que yo soy capaz de hacer.

Entonces echó a correr tras el carruaje y le quitó las cuatro herraduras a uno de los caballos para ponerle cuatro herraduras nuevas, y todo sin que el carruaje se detuviera en ningún momento.

—¡No está mal! —aprobó el padre—. Has aprendido tu oficio tan a fondo como tu hermano. No

puedo decidir a cuál de vosotros debería dar la casa.

Entonces dijo el menor:

—Padre, dame a mí también una oportunidad.

Justo en ese momento empezó a llover. El joven desenvainó, acto seguido, su espada y la hizo zumbar sobre su cabeza, tan rápidamente, que ni una sola gota cayó sobre él. La lluvia se hizo más y más fuerte y se desplomó con verdadera furia, pero el joven esgrimió su espada cada vez con mayor velocidad, y se mantuvo tan seco como si se hubiera encontrado a resguardo de un techo. Al ver esto, el padre declaró:

—Has hecho la mejor demostración. La casa es tuya.

Los otros dos aceptaron la elección del anciano como se había convenido. Los hermanos se querían tanto que siguieron viviendo juntos, ejerciendo cada uno su oficio, y como los habían aprendido tan bien y eran tan hábiles, ganaron mucho dinero.

Y así vivieron dichosos hasta llegar a una edad muy avanzada, y cuando uno de ellos cayó enfermo y murió, los otros dos se sintieron tan apenados que, al poco tiempo, cayeron enfermos a su vez y murieron. Y como habían sido tan inteligentes y se habían amado fraternalmente, los tres fueron sepultados en la misma tumba.

Blancanieve y Roja-Rosa

NA pobre viuda vivía sola en una cabaña que daba a un jardín donde había dos rosales, uno de rosas blancas y otro de rosas rojas. Tenía dos hijas que se parecían a los rosales y por eso las llamaba Blancanieve y Roja-Rosa. No había en el mundo dos niñas tan buenas y amables, tan obedientes y trabajadoras como ellas. Blancanieve tenía un carácter más tranquilo y dulce que Roja-Rosa. Ésta prefería correr por el campo buscando flores y atrapando mariposas, mientras que Blancanieve se quedaba en casa con su madre, ayudándole en las tareas o leyéndole algún libro cuando el trabajo estaba hecho.

Las dos hermanas se querían tanto que siempre iban cogidas de la mano cuando salían juntas, y cuando Blancanieve decía:

—Nunca nos separaremos.

Roja-Rosa replicaba:

—Nunca mientras vivamos.

Y su madre añadía:

—Lo que una de vosotros posea, debe compartirlo con la otra.

Con frecuencia salían a pasear por el bosque, recogían bayas silvestres, y los animales, que se habían hecho sus amigos, nunca les hicieron ningún daño. Las liebres comían hojas de repollo de sus manos, el corzo pastaba junto a ellas, el venado iba tras las hermanas brincando alegremente y los pájaros, posados en las ramas, cantaban todas las canciones que ellas conocían. Jamás le ocurrió nada malo a ninguna.

Cuando se quedaban demasiado tiempo en el bosque y las sorprendía la noche, se acostaban una junto a la otra sobre el musgo y dormían hasta que amanecía. Su madre sabía dónde estaban y no se inquietaba.

Un día que pasaron la noche en el bosque y la luz del alba las despertó, vieron a un hermoso niño vestido de blanco y resplandeciente sentado junto a ellas. El niño se levantó, las miró amablemente y sin decir una sola palabra desapareció en el bosque. Cuando las niñas miraron a su alrededor vieron que habían dormido junto a un precipicio, al que hubieran caído si hubiesen dado unos pasos más en la oscuridad de la noche. Su madre les dijo que aquel niño era, sin duda, el ángel que cuida de los niños buenos.

Blancanieve y Roja-Rosa tenían tan ordenada y limpia la cabaña de su madre que daba gusto verla. Roja-Rosa cuidaba de la casa durante el verano. Cada mañana, antes de que su madre se despertara, la niña cogía dos rosas, una de cada rosal, y las ponía en la cabecera de su cama. Durante el invierno, Blancanieve encendía el fuego y colgaba la olla sobre el hogar.

La olla era de cobre, pero Blancanieve la frotaba hasta que la dejaba tan limpia, que brillaba como el oro. Al atardecer, o cuando caían copos de nieve, la madre decía:

—Blancanieve, ve y echa el cerrojo a la puerta.

Luego se sentaban las tres junto a la lumbre, la madre se ponía las gafas y leía para las dos niñas de un libro muy grande, mientras ellas la escuchaban hilando. En un rincón cerca del hogar había un corderito durmiendo, y en otro extremo de la habitación una paloma blanca se posaba en su percha con la cabeza debajo del ala.

Una noche, cuando estaban sentadas apaciblemente, llamaron a la puerta. La madre dijo:

—Pronto, Roja-Rosa, ve a abrir la puerta. Debe de ser algún caminante que busca refugio en la tormenta.

Roja-Rosa se levantó y echó atrás el cerrojo, pensando que sería un pobre hombre, pero no fue así. Era un enorme oso que introdujo una gran cabezota negra por la puerta. Roja-Rosa dio un grito y retrocedió de un salto. El cordero baló, la paloma aleteó en el aire y Blancanieve se escondió detrás de la cama de su madre.

Pero el oso habló y dijo:

—No tengáis miedo, no os haré daño. Estoy casi congelado y todo lo que deseo es calentarme un poco.

—¡Pobre oso! —dijo la madre—. Túmbate junto al hogar, pero ten cuidado de que el fuego no alcance tu piel —y luego llamó—: ¡Blancanieve, Roja-Rosa, venid, el oso no os hará daño!

Las dos niñas acudieron y poco a poco lo hicieron también el cordero y la paloma. No tenían miedo al oso. Éste dijo a las hermanas:

—Por favor, sacudidme un poco la piel, está cubierta de nieve.

Las niñas cogieron una escoba y barrieron la nieve de la piel del oso, después la bestia se estiró junto al fuego y gruñó de placer.

Pronto se acostumbraron las niñas a él, y el extraño huésped tuvo que tolerar todo tipo de calamidades. Le tiraban del pelo, saltaban sobre su lomo, le hicieron rodar de un lado a otro, o le golpeaban con una rama de avellano y se reían cuando el oso gruñía. Él las dejaba hacer, pero cuando sus juegos iban demasiado lejos, les gritaba:

—Niñas, dejadme vivir, no vayáis a matar a golpes a vuestro pretendiente.

Cuando llegó el momento de irse a la cama, las niñas se acostaron y la madre dijo al oso:

—Eres bienvenido a pasar la noche junto al hogar. Así estarás a salvo del frío y la tormenta.

Al alba las niñas le dejaron salir y el oso se fue al bosque trotando sobre la nieve. Desde aquel día, el oso volvía todas las noches a la misma hora. Se ten-

día junto al fuego y dejaba que las niñas lo atormentaran a su gusto. Se hicieron tan amigas de aquel negro compañero que nunca echaban el cerrojo a la puerta antes de que él llegara.

Así llegó la primavera, y una mañana el oso le dijo a Blancanieve:

—Ahora tengo que dejaros. No podré visitaros durante el verano.

—¿Adónde vas, querido oso? —interrogó la niña.

—Debo volver al bosque para proteger mis tesoros de los malvados enanos. Durante el invierno, cuando la tierra está helada, tienen que permanecer en sus cuevas, porque no pueden abrirse paso, pero ahora que el sol calienta y derrite la nieve y el hielo, salen al exterior a merodear y robar todo lo que encuentran; y una vez que consiguen apoderarse de algo y llevárselo a sus guaridas, es muy difícil que lo que han robado vuelva a ver la luz del día.

Blancanieve se puso muy triste al ver que el oso partía. Cuando le abrió la puerta, el oso se desolló un poco con el pestillo al pasar, y Blancanieve creyó ver brillar oro debajo de su piel, pero no estaba segura. La bestia salió apresuradamente y desapareció en la espesura del bosque.

Poco tiempo después, la madre envió a las niñas al bosque para buscar leña. Encontraron un enorme árbol caído en el suelo y vieron que junto a él había algo que se movía y saltaba sobre la hierba, pero no pudieron distinguir qué era. Entonces se acercaron y comprobaron que lo que se movía era un enano que tenía la cara marchita y arrugada por la edad y una barba blanca como la nieve. Se le había enganchado la barba en una hendidura del tronco y el hombrecillo agotaba sus fuerzas sacudiéndose como un perro atado a una cadena para liberarla. Miró furioso a las niñas con unos relampagueantes ojos de ira y gritó:

—¿Por qué os quedáis ahí mirándome como tontas? ¿No podéis acercaros y ayudarme?

—¡Cómo te ha ocurrido esto? —preguntó Roja-Rosa.

—¡Estúpida entrometida! —exclamó el enano—. Estaba tratando de partir este árbol para hacer astillas para la cocina, ya que las cantidades de comida que consumimos los enanos se quemarían si utilizáramos leños grandes. Nosotros no engullimos ni nos atragantamos como la gente grosera y glotona. Ya había metido la cuña, y todo había salido bien, pero la madera estaba tan resbaladiza que se escurrió hacia afuera y la hendidura del tronco se cerró sobre mi hermosa barba blanca. Así me la he pillado. Y vosotras, con vuestra cara de tontas, todo lo que hacéis es reíros. ¡Pero qué feas sois!

Las niñas intentaron por todos los medios liberar la barba del enano, pero estaba tan enredada en el tronco que no pudieron.

—Voy a buscar quien nos ayude —dijo Roja-Rosa.

—¡Cabeza de alcornoque! —exclamó roncamente el hombrecillo—. ¡No busques a nadie más! Con vosotras dos tengo bastante. ¿Es lo único que se os ocurre?

—No seas tan impaciente —dijo Blancanieve—. Espera. Tengo una idea.

Se sacó entonces unas pequeñas tijeras del bolsillo y cortó la punta de la barba. Al sentirse el enano liberado, sacó un saco lleno de oro que estaba oculto entre las raíces del árbol y lo arrastró murmurando:

—¡Torpes criaturas! ¡Cortar mi hermosa barba! ¡Que el diablo os lleve!

82

Se echó el saco al hombro y desapareció en la espesura del bosque sin volverse a mirar a las niñas.

Algún tiempo después, Blancanieve y Roja-Rosa decidieron ir a pescar algo para la cena. Al acercarse al arroyo vieron una silueta, parecida a la de un gran saltamontes, que brincaba hacia el agua como si estuviera a punto de saltar a ella. Cuando estuvieron un poco más cerca reconocieron al enano.

—¿Adónde vas? —preguntó Roja-Rosa—. No pensarás tirarte al agua.

—No soy tan tonto —replicó el enano—. ¿No te das cuenta de que ese maldito pez quiere arrastrarme al agua?

El hombrecillo se había sentado para pescar, con tan mala fortuna que el viento le había enredado la barba en la caña.

Luego un pez grande había picado el anzuelo y la débil criatura no tenía fuerza suficiente para sacarlo, de modo que el pez llevaba las de ganar y lo estaba arrastrando hacia el agua. El enano se agarraba a las hierbas y los juncos de la orilla, pero no bastaba para impedir que el pez lo atrajera y corría el peligro de caer al agua en cualquier momento.

Las niñas habían llegado en el instante preciso; lo sujetaron y trataron de desenredarle la barba, pero nuevamente sin éxito, así que tuvieron que recurrir otra vez a las tijeras y cortar el extremo de ella. Cuando el enano vio su barba mutilada, gritó:

—¡Horribles niñas! ¡Me habéis desfigurado otra vez! No os pareció bastante cortarme la punta de la barba, y ahora me habéis quitado la mejor parte de ella. ¿Cómo voy a presentarme en mi casa? Ojalá tengáis que andar cien millas sin zapatos.

Dicho esto, recogió un saco de perlas que tenía

oculto entre los juncos y sin agregar una sola palabra desapareció detrás de una piedra.

Un día la madre envió a las niñas al pueblo a comprar agujas e hilo, encajes y cintas. De camino tenían que atravesar un brezal en el que se hallaban grandes piedras. De pronto las niñas vieron un enorme pájaro que volaba en círculos y bajaba lentamente, hasta que de repente se lanzó sobre una roca a poca distancia de donde ellas estaban. Un momento después oyeron gritos lastimosos, de modo que corrieron hasta la roca y con horror contemplaron que el águila había cogido a su viejo amigo el enano y estaba a punto de llevárselo. Entonces las bondadosas niñas agarraron al hombrecillo y tiraron de él con todas sus fuerzas hasta que por fin el águila lo soltó.

Cuando el enano se recobró del susto, gritó a las niñas con voz chillona:

—¿Era necesario que hicierais tanta fuerza? Casi me habéis destrozado la chaqueta de tanto tirar de ella. ¡Qué torpes sois!

Luego recogió un saco lleno de joyas y se deslizó en su cueva que estaba detrás de las rocas. Las niñas estaban acostumbradas a su ingratitud y continuaron su camino rumbo a la tienda.

De regreso, al pasar otra vez por el brezal, sorprendieron al enano, quien, suponiendo que no pasaría nadie por allí a una hora tan avanzada, había vaciado el saco de joyas sobre el suelo desnudo. El sol poniente brillaba sobre las piedras preciosas, haciéndolas destellar con mil colores, de una manera tan bella que las niñas se detuvieron para contemplarlas.

—¿Por qué os quedáis ahí embobadas? —gritó el enano.

Su rostro ceniciento se puso rojo de cólera y estaba

preparando nuevos insultos, cuando se oyó un tremendo gruñido y un oso negro apareció trotando desde el bosque. El hombrecillo dio un brinco aterrorizado, pero el oso se hallaba muy cerca y no le dio tiempo a escurrirse en su hoyo. Entonces el enano gritó:

—¡Oh, querido Señor Oso, perdóname la vida y te daré todos mis tesoros, todas estas hermosas joyas! No me comas. ¿Qué ganarías matando a un miserable enano como yo? Ni siquiera te darías cuenta de que me tienes entre los dientes. Cómete en cambio a estas malvadas niñas que están gordas como codornices y son un sabroso bocado, cómetelas con apetito.

Pero el oso le dio un golpe con una de sus patas y la perversa criatura dejó de moverse.

Las niñas habían huido, pero el oso las llamó:

—Blancanieve, Rosa-Roja, no temáis. Esperad, iré con vosotras.

Entonces reconocieron su voz y se detuvieron, pero cuando el oso estuvo cerca de ellas, su piel cayó y se encontraron junto a un apuesto joven ataviado con un traje dorado.

—Soy un príncipe —dijo—. Ese malvado enano me robó mis tesoros y luego con su magia me convirtió en oso, condenándome a recorrer los bosques hasta que su muerte finalmente me liberara. Ahora ha recibido su castigo.

Blancanieve se casó con el príncipe y Roja-Rosa con su hermano, y entre todos compartieron el enorme tesoro que el enano tenía escondido en su cueva. La anciana madre vivió durante muchos años en paz y felizmente con sus hijas.

Colocó los dos rosales junto a su ventana, donde todos los años le daban las más hermosas rosas blancas y encarnadas.

Cenicienta

L A esposa de un hombre muy rico cayó enferma y, al sentir que su fin estaba próximo, llamó a su única hija a la cabecera de su cama y le dijo:

—Hija querida, sé buena y reza siempre tus plegarias; Dios te ayudará, y yo estaré mirándote desde el cielo y nunca te abandonaré.

Después de decir esto, cerró los ojos y murió. Su hija iba todos los días a visitar su tumba y lloraba, pero seguía siendo buena. Cuando llegó el invierno, la nieve tendió su manto sobre la tumba, y cuando la primavera lo quitó, el hombre volvió a casarse.

Su nueva esposa llevó dos hijas a la casa, de rostros hermosos y blancos como los lirios, pero de corazón negro y malvado. Éste fue el comienzo de las desgracias de la pobre hijastra.

—¿Por qué esta gansa tonta tiene que sentarse en la sala con nosotras? —dijeron desde el primer día—. Si quieres pan, gánatelo. ¡Vete a la cocina, adonde perteneces!

Le arrancaron su delicado vestido y le dieron a cambio uno viejo y gris, y zuecos de madera.

—¡Mirad a la princesa con sus galas! —gritaron, y, entre risas, la empujaron hasta la cocina.

Desde aquel día, la niña tuvo que realizar todo el trabajo de la casa: se levantaba antes del amanecer, acarreaba agua, encendía el fuego, cocinaba y lavaba. Y como si esto fuera poco, las dos hermanas hacían todo lo que podían para atormentarla. Se mofaban de ella y echaban guisantes y lentejas en las cenizas del hogar, para que tuviera que agacharse y recogerlos uno por uno. Cuando llegaba la noche, la niña estaba agotada por el duro trabajo del día, pero no tenía cama donde acostarse y se tendía en las cenizas junto al hogar. Y como estaba siempre sucia y llena de polvo, las hermanas empezaron a llamarla Cenicienta.

Un día que su padre iba a la feria, preguntó antes de marcharse a sus dos hijastras qué podía traerles.

—Vestidos lujosos —dijo una.

—Perlas y diamantes —dijo la otra.

—Y tú Cenicienta, ¿qué quieres que te traiga?

—Padre —dijo ella—, quiebra la primera rama que roce tu sombrero al pasar, cuando vengas de regreso, y tráemela.

Así pues, el padre compró lujosos vestidos, perlas y diamantes para sus dos hijastras, y en su viaje de regreso, al cruzar un bosquecillo, cortó una rama de avellano que lo había rozado quitándole el sombrero y se la llevó a la casa consigo. Una vez allí, dio a las hijastras lo que éstas le habían pedido, y a Cenicienta la rama. La niña se lo agradeció, se fue a la tumba de su madre, en donde plantó la ramita de avellano, y lloró tanto que sus lágrimas sirvieron de riego a la planta. Ésta creció y se hizo un hermoso árbol, y Cenicienta iba y se sentaba debajo de él tres veces al día, y lloraba y rezaba. Un pajarito blanco se posaba siempre en el árbol, y cuando Cenicienta formulaba un deseo, el pajarito le arrojaba desde arriba lo que había pedido.

Entonces el rey anunció que daría una fiesta que duraría tres días consecutivos para que su hijo pudiera elegir esposa; todas las doncellas hermosas del reino fueron invitadas. Cuando las dos hijastras se enteraron de que habían sido solicitadas, no cabían en sí de gozo. Llamaron a Cenicienta y le ordenaron:

—Peina nuestros cabellos, lustra nuestro calzado y ajusta nuestras hebillas. Vamos a ir a una fiesta en el palacio del rey.

Cenicienta obedeció llorando, porque también ella hubiese querido ir a bailar, y le suplicó a su madrastra que le permitiera ir.

—¡Tú, con lo sucia y desgarbada que eres! —exclamó ésta—. ¿Cómo podrías ir así a una fiesta? ¿Cómo podrías ir a bailar, si ni siquiera tienes un vestido ni zapatos que ponerte?

Pero como Cenicienta seguía rogando y suplicando, por fin la madrastra dijo:

—Bien, he vertido una escudilla llena de lentejas sobre las cenizas. Si puedes recogerlas todas en dos horas, puedes ir a la fiesta.

Cenicienta salió al jardín por la puerta de atrás de la casa y llamó en voz alta:

—¡Oh, dóciles palomitas, oh, tortolitas, y todos los pájaros del cielo, venid y ayudadme a poner

—Las buenas en el pote,
las malas en el bote.

Dos palomas blancas entraron volando por la ventana de la cocina, y luego llegaron las tórtolas, y después todos los pájaros del cielo, aleteando y alborotando, y se posaron junto a las cenizas. Las palomas movían de arriba abajo sus cabecitas y picoteaban *pick, pick, pick,* y los demás pájaros picoteaban también *pick, pick, pick,* y entre todos recogieron todas las lentejas buenas y las pusieron en la escudilla. Apenas había transcurrido un hora, cuando terminaron y se fueron volando por el aire.

Entonces la niña llevó la escudilla a su madrastra con gran alegría, ya que pensaba que ésta iba a permitirle ir a la fiesta del palacio. Pero la madrastra le dijo:

—No, Cenicienta. No tienes nada que ponerte y no sabes bailar; la gente se reiría de ti.

Cuando Cenicienta empezó a llorar, la madrastra dijo:

—Si puedes recoger dos escudillas de lentejas en una hora, puedes ir a la fiesta.

Y pensó para sus adentros: «Nunca podrá hacerlo».

Cuando hubo vertido las dos escudillas de lentejas en las cenizas, Cenicienta salió al jardín por la puerta trasera y llamó en voz alta:

—¡Oh, palomitas, oh tortolitas, y todos los pájaros del cielo, venid y ayudadme a poner

> —*Las buenas en el pote,*
> *las malas en el bote.*

Dos palomas blancas entraron volando por la ventana de la cocina, y luego llegaron las tórtolas, y después todos los pájaros del cielo, aleteando y alborotando, y se posaron junto a las cenizas. Las palomas movían de arriba abajo sus cabecitas y picoteaban *pick, pick, pick,* y los demás pájaros picoteaban también, *pick, pick, pick,* y entre todos recogieron todas las lentejas buenas y las pusieron dentro de las escudillas. Apenas había transcurrido media hora cuando terminaron y se fueron volando por el aire.

Entonces la niña llevo las dos escudillas a su madrastra con gran alegría, ya que pensaba que ésta iba a permitirle ir a la fiesta. Pero la madrastra dijo:

—No irás. No puedes, porque no tienes nada que ponerte y no sabes bailar. Nos avergonzaríamos de ti.

Luego le dio la espalda y se fue apresuradamente con sus dos orgullosas hijas.

Cuando se marcharon, Cenicienta fue hasta la tumba de su madre, se paró bajo el avellano y dijo en voz alta:

—Arbolito, que tus ramas se sacudan
y que el oro y la plata me cubran.

Entonces el pájaro arrojó sobre Cenicienta un vestido de oro y plata, y babuchas bordadas de hilos de seda y plata. La joven se vistió apresuradamente y partió rumbo a la fiesta. Sus hermanas y su madrastra no la reconocieron, ya que estaba tan hermosa con su vestido dorado que pensaron que debía ser la hija de algún rey extranjero. Jamás se les pasó por la cabeza que pudiese ser Cenicienta, a quien creían en casa, recogiendo lentejas de las cenizas con sus harapos polvorientos.

El príncipe se acercó a ella, la cogió de la mano y la invitó a bailar. No quería hacerlo con ninguna otra doncella, y en ningún momento soltó la mano de Cenicienta.

Cuando algún otro pedía un baile a la joven, el príncipe decía:

—Es mi compañera.

Cenicienta bailó hasta el anochecer, y cuando quiso volver a su casa. El príncipe dijo:

—Yo iré contigo. Te acompañaré a tu casa.

Tenía un gran deseo de averiguar quién era la hermosa doncella. Pero ella se escabulló de él y se metió en el palomar. El príncipe aguardó hasta que llegó el padre de la joven y le contó que ésta se había metido en el palomar.

El anciano pensó: «¿Podría ser Cenicienta?», y mandó que trajeran un pico y un hacha, y derribó la puerta del palomar. Pero adentro no había nadie. Cuando regresaron a la casa, Cenicienta ya estaba acostada en las cenizas, envuelta en sus harapos de siempre, alumbrada sólo por una lúgubre lámpara de aceite que había sobre la repisa de la chimenea; se escapó del palomar por la parte de atrás y se fue corriendo hasta el avellano, en donde se había quitado el finísimo traje para depositarlo sobre la tumba de su madre. El pájaro se lo llevó, ella volvió a ponerse sus harapos grisáceos, y luego se fue a la cocina y se acostó en las cenizas.

Al día siguiente, cuando la fiesta comenzaba de nuevo y sus padres y hermanas se habían ido, Cenicienta fue hasta el avellano y dijo en voz alta:

—*Arbolito, que tus ramas se sacudan*
y que el oro y la plata me cubran.

Entonces el pájaro arrojó sobre ella un vestido que era aún más resplandeciente que el primero. Cuando Cenicienta apareció en la fiesta, todo el mundo se maravilló de su belleza. El príncipe estaba esperándola, la cogió de la mano y no bailó con nin-

guna otra doncella. Cuando otros se acercaban a pedirle un baile, el príncipe decía:

—Es mi compañera.

Cuando llegó la noche, Cenicienta le dijo que volvería a su casa. El príncipe la siguió, deseando ver en qué casa entraba, pero ella huyó corriendo y desapareció por el jardín de atrás del palacio, en donde había un árbol muy grande y hermoso del que pendían peras maravillosas. Cenicienta trepó por las ramas tan ágilmente como una ardilla y el príncipe la perdió de vista. Esperó entonces a que llegara el padre de la joven y dijo:

—La extraña doncella ha huido de mí, y creo que se ha subido al peral.

El anciano pensó: «¿Podrá ser Cenicienta?». Mandó entonces por un hacha e hizo derribar el árbol, pero no encontraron a nadie.

Cuando las hijastras entraron en la cocina, Cenicienta estaba tendida sobre las cenizas como todos los días; había saltado al otro lado del peral, devuelto su hermoso vestido al pájaro del avellano y, después de volver a ponerse sus harapos grises, había vuelto a la casa.

Al tercer día, después de que sus padres y hermanas se marcharon, Cenicienta volvió a la tumba de su madre y le dijo al árbol en voz alta:

—Arbolito, que tus ramas se sacudan
y que el oro y la plata me cubran.

Entonces, el pájaro arrojó sobre ella un vestido que era mucho más radiante todavía que los dos anteriores y unos zapatitos que eran de hilos de oro puro.

Cuando Cenicienta apareció en la fiesta, la gente se quedó tan maravillada que no pudo comentar nada. El príncipe bailó sólo con ella, y cuando algún otro le pedía un baile a la joven decía:

—Es mi compañera.

Cuando llegó la noche, Cenicienta quiso volver a su casa y el príncipe le dijo que la acompañaría, pero ella se escabulló de él tan velozmente que le fue imposible seguirla. Sin embargo, el príncipe había preparado una trampa: había hecho untar toda la escalinata con brea, y al correr Cenicienta, escaleras abajo, uno de sus zapatitos se quedó adherido a la brea.

El príncipe lo recogió, y vio que era diminuto, reluciente y de oro puro.

Al día siguiente fue a hablar con su padre y le dijo:

—Sólo será mi esposa la doncella que pueda calzar este zapatito de oro.

Al enterarse, las hermanastras de Cenicienta no cabían en sí de gozo, ya que ambas tenían hermosos pies. La mayor se llevó el zapatito a su habitación para ponérselo, y su madre la acompañó. Pero el zapatito era demasiado pequeño para ella y el dedo gordo le quedaba fuera. Entonces la madre cogió un cuchillo y le dijo:

—Córtate el dedo. Cuando seas reina no tendrás que andar.

La joven se cortó el dedo, se puso el zapatito con gran esfuerzo y, apretando los dientes de dolor, bajó hasta donde estaba el príncipe. Éste la aceptó como su prometida, la montó sobre su corcel y cabalgó rumbo al palacio con ella. Pero cuando pasaron por la tumba, las dos palomas posadas sobre el avellano cantaron:

—Rucú, rucú,
la media está ensangrentada,
demasiado grande es el pie,
no es la novia apropiada.

El príncipe bajó la mirada y vio cómo la sangre brotaba del zapatito.

Entonces dio la vuelta con su caballo y devolvió a la falsa novia a su casa.

—No —dijo—, ésta no es la doncella correcta. Dejad que su hermana se pruebe el zapato.

Así pues, la hermana se llevó el zapatito a su habitación y logró meter todos los dedos en él, pero tenía un talón demasiado grande y no le entraba de ninguna manera. Su madre le dio un cuchillo y dijo:

—Córtate un trozo de talón. Cuando seas reina no tendrás que andar.

La joven se cortó un trozo de talón, metió el pie a la fuerza dentro del zapato y se presentó ante el príncipe. Éste la aceptó como su prometida, la montó sobre su corcel y cabalgó rumbo al palacio con ella. Pero cuando pasaron por la tumba, las dos palomas posadas sobre el avellano cantaron:

—Rucú, rucú,
la media está ensangrentada,
demasiado grande es el pie,
no es la novia apropiada.

El príncipe bajó la mirada y vio cómo brotaba la sangre del zapatito y teñía de rojo la media blanca de la doncella.

Entonces dio la vuelta con su caballo y devolvió a la falsa novia a su casa.

—Tampoco ésta es la doncella que busco —dijo—. ¿No tenéis otra hija?

—No —dijo el hombre—; sólo hay una insignificante sirvientilla que mi fallecida esposa me ha dejado y que se ocupa de las tareas de la cocina. Es imposible que ella sea la novia adecuada.

—Enviad por ella —dijo el príncipe, pero la madrastra se interpuso:

—¡Oh, no! Está demasiado sucia y andrajosa para ser vista.

Pero el príncipe insistió y tuvieron que llamarla. Antes, Cenicienta se lavó las manos y la cara, y cuando estuvo lista se presentó ante el príncipe con una reverencia. Éste le tendió el zapatito y sentándose en una banqueta le quitó el pesado zueco de madera y le calzó el pie con el zapatito de oro. Le quedaba a la perfección. Y Cenicienta se puso de pie, y el príncipe la miró a la cara, la reconoció como la doncella con quien había bailado y exclamó:

—¡Ésta es la verdadera novia!

La madrastra y las dos hermanas palidecieron de rabia y temor. Pero el príncipe montó a Cenicienta en su corcel y cabalgó rumbo al palacio. Al pasar junto a la tumba, las dos palomillas cantaron:

> —Rucú, rucú,
> *sangre en la pierna no hay,*
> *del tamaño justo es el pie,*
> *ésta es la novia apropiada.*

Luego levantaron el vuelo y se posaron sobre los hombros de Cenicienta, una a la derecha y la otra a la izquierda, y allí se quedaron.

El día de la boda se presentaron las dos hermanastras de Cenicienta e intentaron congraciarse con ella y tener parte en su felicidad y riqueza. Camino de la iglesia, la mayor iba a la derecha, y la menor, a la izquierda, junto a los novios. Luego, las palomas volaron sobre ellas y les arrancaron un ojo a cada una.

Al salir de la iglesia, la mayor iba al lado izquierdo, y la menor, al derecho, y las palomas les arrancaron el ojo que les quedaba. Y así fueron castigadas con la ceguera para el resto de sus días, por haber sido tan falsas y perversas.

El pobre y el rico

ACE mucho, mucho tiempo, cuando Dios Nuestro Señor caminaba todavía sobre la tierra y se codeaba con los hombres, se encontró cansado una tarde y le sorprendió la noche antes de que pudiera encontrar una posada. Y he aquí que llegó ante dos casas situadas una frente a la otra: una era grande y espléndida, la otra pequeña y muy humilde. La grande era de un rico, y la pequeña, de un pobre.

Entonces Dios dijo para sí mismo: «No seré una molestia para el rico si paso la noche en su casa.» Cuando el rico oyó que llamaban a su puerta, abrió la ventana y preguntó al forastero qué se le ofrecía, y el Señor respondió:

—¿Podríais alojarme esta noche en vuestra casa?

El rico miró al caminante de pies a cabeza, y como sus ropas eran humildes y no parecía llevar mucho dinero en el bolsillo, dijo con un gesto de desaprobación:

—Me es imposible hospedaros. Tengo semillas y hierbas esparcidas por todos los cuartos. Por otra parte, si tuviese que alojar a todos los que llaman a mi puerta, pronto yo mismo tendría que andar mendigando. Prueba en otro sitio.

Dicho esto, cerró la ventana y dejó a Dios Nuestro Señor afuera.

Entonces, Dios se dio la vuelta y se dirigió a la casa pequeña. Apenas había terminado de llamar cuando el pobre abrió la puerta y lo invitó a entrar.

—Quedaos esta noche en mi casa —dijo—. No podréis ir muy lejos con esta oscuridad.

Esto agradó a Dios y entró en la casa. La mujer del pobre le dio la mano en señal de bienvenida y le invitó a ponerse cómodo.

—No es mucho lo que tenemos —añadió—, pero lo poco que tenemos con gusto lo compartiremos.

Acto seguido, puso patatas al fuego y, mientras se cocían, ordeñó a la cabra para tomar un poco de leche con la comida. Cuando la mesa estuvo servida, Dios se sentó y comió con ellos, y disfrutó de la comida sólo por la alegría que brillaba en sus rostros.

Cuando terminaron de comer y llegó la hora de ir a dormir, la mujer llamó aparte a su marido y le dijo:

—Querido esposo, ¿no podríamos ofrecer al caminante nuestra cama? El pobre habrá estado caminando durante todo el día y necesitaría descansar. Nosotros podemos hacernos un lecho de paja.

—Eso haremos —repuso el hombre. Y se acercó a Dios Nuestro Señor, y le dijo que podía dormir en su cama si lo deseaba, y dar así un buen reposo a sus fatigadas piernas. El Señor no quiso privar a los pobres de su cama, pero éstos insistieron tanto que finalmente cedió. Así pues, se acostó en la cama, y ellos sobre un montón de paja que arreglaron en el suelo.

A la mañana siguiente se levantaron antes del alba y prepararon el mejor desayuno para su huésped.

Dios Nuestro Señor se levantó cuando el sol brillaba en la ventana y comió con ellos. Cuando se disponía a emprender su camino se volvió y dijo:

—Sois piadosos y de buen corazón, y por eso os concederé tres deseos:

El hombre dijo:

—Sólo hay dos cosas que podría desear: la salvación eterna y que mientras vivamos tengamos salud los dos y que no nos falte el pan de cada día. ¿Qué otra cosa puedo desear?

—¿No quieres una nueva casa en lugar de esta vieja? —preguntó Dios Nuestro Señor.

—¡Oh, sí! —exclamó el hombre—. También me gustaría mucho, si pudiera ser.

Entonces, Dios colmó sus deseos, convirtió la desvencijada casa en una nueva, los bendijo a los dos y prosiguió su camino.

El sol estaba muy alto cuando el rico se levantó. Se asomó a la ventana y, para su sorpresa, vio que enfrente había una hermosa casa nueva, de ladrillo rojo, en lugar de la que había el día anterior.

Se quedó boquiabierto, llamó a su mujer y dijo:

—¿Qué ha pasado? Mira qué casa hermosa, nueva, donde ayer sólo había una mísera choza. Ve y entérate de lo que ha ocurrido.

La mujer fue a la casa del pobre y éste explicó:

—Ayer llamó a nuestra puerta un caminante y nos pidió que le dejáramos pasar la noche, y esta mañana al partir nos ha concedido tres deseos: la salvación eterna, buena salud y el necesario pan de cada día, y, por si fuera poco, una hermosa casa nueva en lugar de nuestra vieja choza.

La mujer del rico volvió a su casa y contó a su marido toda la historia.

—¡Debería arrancarme el pelo y matarme! —exclamó el marido—. ¡Si lo hubiera sabido! Este forastero estuvo aquí primero. Me pidió que le dejara pasar la noche y yo lo eché.

—Date prisa y ensilla la yegua —dijo la mujer—. Todavía puedes alcanzarlo y lograr que te conceda tres deseos.

El rico siguió el buen consejo, salió a galope y pronto alcanzó a Dios Nuestro Señor. Fingió inocencia, y le suplicó que no tomara a mal el que no le hubiera dejado entrar en su casa inmediatamente.

—Pero fui a buscar la llave —explicó—, y cuando la

101

encontré ya os habíais ido. Pero si volvéis otra vez por aquí, debéis pasar la noche con nosotros.

—Así lo haré —respondió Dios Nuestro Señor—, si vuelvo a pasar por aquí.

Entonces, el rico le preguntó si él podía pedir tres deseos como su vecino.

—Puedes —dijo el Señor—. Pero no te servirá de nada si eres egoísta, no te lo aconsejo.

—No os preocupéis por mí —replicó el rico—. Con saber que los tres deseos me serán concedidos, ya idearé yo qué pedir.

—Vuelve a tu casa —dijo el Señor—. Tus deseos se harán realidad.

Pues bien, como había obtenido lo que quería, el rico cabalgó de regreso a su casa. Y por el camino se puso a pensar en lo que podría pedir. Sumido en sus reflexiones, dejó caer las riendas y la yegua empezó a brincar y a hacer cabriolas, de modo que le palmeó el cuello y dijo:

—¡Quieta, Lisa!

Pero la yegua siguió dando saltos hasta que al fin, el hombre perdió la paciencia y le gritó:

—¡Ojalá que te rompieras el cuello!

Apenas habían salido de su boca estas palabras cuando, ¡paf!, la yegua cayó al suelo, muerta como por un rayo: se había cumplido el primer deseo.

Como era demasiado avaricioso, no quiso abandonar el arnés del animal, lo cortó, se lo colgó al hombro y siguió andando hacia su casa consolándose con el pensamiento de que aún le quedaban dos deseos. Mientras caminaba pesadamente sobre la arena, el sol del mediodía quemaba cada vez más y el rico empezaba a ponerse nervioso y de mal humor.

La silla le pesaba en la espalda, y para empeorar

las cosas todavía no había decidido qué iba a pedir. Se dijo entonces para sus adentros: «Aunque deseara todos los reinos y tesoros del mundo, sé de antemano que una vez que fueran míos se me ocurriría pedir otra cosa. Debo formular un deseo tal que después no me quede nada más por desear.» Suspiró y dijo, hablando consigo mismo: «Ojalá fuera yo aquel campesino bávaro a quien le fueron concedidos tres deseos. Él sí que sabía qué desear: primero, mucha cerveza; después, tanta cerveza como pudiera beber, y tercero, otro barril de cerveza.»

A veces le parecía que había encontrado lo que deseaba, pero en seguida le parecía que no sería suficiente. De repente se le ocurrió que su mujer tenía mucha suerte, ya que estaría tan tranquilamente sentada en una fresca habitación, y seguramente comiendo. Esto le irritó más aún, y antes de que quisiera darse cuenta se encontró diciendo:

—Desearía que estuviera sentada en esta silla y que no pudiera levantarse de ella, en lugar de tener que llevarla yo a cuestas.

Tan pronto como la última palabra salió de su boca, la silla desapareció de sus espaldas y comprendió que su segundo deseo había sido cumplido. Entonces echó a correr, ya que lo que más quería en el mundo era encerrarse solo en su habitación, para poder idear algo espléndido para su tercer deseo.

Pero al llegar a la casa y abrir la puerta se encontró a su mujer sentada en la silla de montar, en el centro de la habitación, gritando y lamentándose porque no podía levantarse.

—Deja de quejarte —dijo el rico—. Quédate donde estás y yo desearé para ti todas las riquezas del mundo.

—¡Necio! —gritó ella—. ¿De qué me servirían todas las riquezas del mundo si tengo que pasar toda la vida sentada en esta silla? Tú tienes la culpa de que yo esté aquí, así que tú tendrás que liberarme.

Así pues, quisiéralo o no, el rico tuvo que emplear su último deseo en liberar a su mujer de la silla, y su deseo se convirtió en realidad en el mismo instante en que fue formulado. Lo único que ganó el rico con sus deseos fueron enfados y preocupaciones y un caballo muerto. En cambio, los pobres vivieron felices, tranquilos y en paz durante muchos años, y al morir fueron recompensados con la salvación eterna.

El huso, la lanzadera y la aguja

ABÍA una vez una niña que se quedó huérfana cuando era muy pequeña. Su madrina, que se ganaba la vida hilando, tejiendo y cosiendo, tenía una casita en la aldea y se la llevó consigo, le enseñó su oficio y le inculcó los principios de la vida piadosa. Cuando la niña cumplió quince años, la buena mujer cayó enferma y la llamó a la cabecera de su cama.

—Querida hija —le dijo—, pronto llegará mi hora. Pero no te quedarás sola. Te dejo esta casa, que te protegerá del viento y la lluvia, y mi huso, mi lanzadera y mi aguja, que te ayudarán a ganar el pan.

Después le puso las manos sobre la cabeza, le dio su bendición y añadió:

—Mientras conserves a Dios en tu corazón, todo lo demás irá bien.

Cuando sus ojos se cerraron para siempre, la niña lloró mucho. Acompañó al ataúd hasta el cementerio y rezó sobre la tumba de su madrina.

Desde entonces la niña vivió sola en la pequeña casa. Trabajaba duramente: hilaba, tejía y cosía sin parar, pero la bendición de su bondadosa madrina hacía que prosperara todo lo que emprendía. Parecía que la provisión de lino crecía en lugar de acabarse, y cuando terminaba de tejer una pieza de tela o una alfombra, o de coser una camisa, siempre encontraba comprador y le pagaban generosamente. El caso es que no sólo podía satisfacer todas sus necesidades, sino ayudar a los demás.

Por aquel entonces, el hijo del rey se hallaba recorriendo el país con la idea de elegir una novia para casarse. Le habían aconsejado que no eligiese una doncella pobre, pero él no quería una rica, así que continuamente decía para sus adentros: «Me casaré con una mujer que sea a la vez la más pobre y la más rica.» Cuando llegó a la aldea en donde vivía la niña, preguntó por la doncella más rica de la comarca, y también por la más pobre, como hacía en todos los lugares que visitaba.

Los aldeanos le dieron el nombre de la más rica, y luego añadieron que la doncella más pobre era una niña que vivía en las afueras de la aldea.

La doncella rica estaba sentada en la puerta de su casa, muy bien vestida, y cuando el príncipe llegó, se puso de pie, avanzó hacia él y le hizo una graciosa reverencia. El príncipe la miró con detenimiento, y, sin decir una sola palabra, siguió su camino.

Cuando llegó a la casa de la pobre, ésta no estaba en la puerta, sino dentro de su casa trabajando.

El príncipe detuvo su caballo, se asomó por la ventana y la vio delante de la rueca iluminada por la luz del sol. Al levantar los ojos y ver al príncipe bajó la vista y prosiguió con su tarea. No se puede decir que su hilado fuera igual, pero sí que continuó hilando hasta que el príncipe se fue a lomos de su corcel. Después se levantó para abrir la ventana, diciéndose:

106

«¡Hace calor aquí dentro!», pero al ver al príncipe cabalgando, lo siguió con la mirada hasta que no pudo distinguir las plumas blancas de su sombrero.

Entonces volvió a sentarse y continuó hilando. De pronto recordó una cancioncilla que su madrina solía cantar mientras trabajaba. La canción decía así:

—*Corre, huso, corre, a todo correr,*
a mi pretendiente hazle volver.

¡Y a que no sabéis lo que ocurrió! En menos de lo que canta un gallo, el huso saltó de sus manos y desapareció por la puerta. Sorprendida la niña, se levantó para ver qué había pasado y lo vio correr alegremente por el campo, dejando un brillante hilo de oro tras él. En muy poco tiempo desapareció de su vista, y la niña, ya sin huso, cogió la lanzadera, se sentó delante del telar y empezó a tejer.

Mas el huso continuó corriendo, y cuando apenas le quedaba hilo alcanzó al príncipe.

—¡Pero qué es esto! —exclamó el joven—. Parece que este huso quiere llevarme a algún sitio.

Le hizo dar la vuelta a su caballo y siguió la senda que señalaba el hilo dorado. Mientras tanto, la niña seguía sentada ante el telar, y tejía cantando:

—*Corre, lanzadera, deslízate tejiendo,*
haz que mi pretendiente esté volviendo.

Al instante, la lanzadera se escapó de sus manos y desapareció por la puerta. Nada más atravesar el umbral empezó a tejer una alfombra, la más hermosa que persona alguna haya visto, adornada con rodas, lirios y pámpanos verdes en el centro, sobre un fondo de oro; entre el follaje saltaban conejos y liebres, asomaban la cabeza corzos y ciervos, y los pájaros de brillantes colores que se posaban en las ramas casi parecía que estaban a punto de echarse a cantar. La lanzadera brincaba de un lado a otro y la alfombra crecía y crecía.

Como se le había escapado también la lanzadera, la niña cogió la aguja y, mientras cosía, se puso a cantar:

—*Corre, aguja, a todo correr,*
haz que mi pretendiente vea hermosa la casa al volver.

Al momento, la aguja saltó de sus manos y voló por la habitación con la rapidez del rayo. Era como si trabajasen miles de espíritus invisibles. En un segundo la mesa y las sillas estaban cubiertas, las mesas con fundas verdes, las sillas de terciopelo, y las ventanas cubiertas con cortinas de seda. Apenas la aguja dio la última puntada, la niña divisó las plumas blancas del sombrero del príncipe por la ventana: el huso lo había llevado hasta la casa con el hilo de oro. El joven bajó del caballo y pisando sobre la alfombra llegó a la casa. Al entrar vio a la niña con un pobre vestido, pero tan radiante como una rosa en el rosal.

—Tú eres la más pobre y a la vez la más rica de las doncellas —le dijo el príncipe—. Ven conmigo y serás mi esposa.

La niña no dijo nada, pero tendió la mano; el príncipe la besó, la montó en su corcel y la llevó cabalgando hasta su palacio, donde se celebró la boda con gran alegría de todos.

Y guardaron el huso, la lanzadera y la aguja en la sala del tesoro real con las joyas más preciadas.

La reina de las abejas

Dos príncipes salieron un día en busca de aventuras, pero se lanzaron a una vida disipada y nunca más volvieron al palacio. Su hermano menor, a quien llamaban Simplón, salió en busca de ellos. Cuando los encontró, se rieron de él y le dijeron que cómo siendo tan tonto pretendía saber conducirse en la vida, cuando ellos, mucho más inteligentes, habían fracasado por completo.

Los tres prosiguieron el camino juntos y llegaron a un hormiguero. Los dos mayores querían aplastarlo para ver cómo las hormigas se desperdigaban aterradas, cargando sus larvas, pero Simplón dijo:

—Dejad en paz a los animales. No consentiré que los molestéis.

Poco después llegaron a un lago en el que nadaban muchos patos. Los dos hermanos mayores querían coger algunos para asarlos, pero Simplón dijo:

—Dejad a los patos tranquilos. No permitiré que los matéis.

Por último, llegaron a un árbol en el que había una colmena, tan cargada de miel que escurría por el tronco. Nuevamente los dos mayores intentaron molestar a las abejas, pensaban hacer un fuego al pie del árbol para ahuyentarlas con el humo y apoderarse de la miel. Pero Simplón volvió a impedirlo, diciendo:

—Dejad en paz a las abejas. No consentiré que les hagáis daño.

Siguieron andando y llegaron a un castillo. Al entrar, encontraron a los caballos convertidos en piedra en los establos y ni rastro de alguna persona, por lo que lo recorrieron todo hasta llegar a una puerta, que estaba cerrada con tres cerrojos. En el centro de la puerta había una mirilla y al asomarse vieron a un hombrecillo de cabellos grises sentado frente a una mesa. Le llamaron una y dos veces sin que les oyera, pero cuando llamaron por tercera vez, se levantó, abrió la puerta y salió. Sin decir una sola palabra, los llevó hasta una mesa repleta de manjares, y cuando los hermanos hubieron terminado de comer y beber, les asignó a cada uno una habitación diferente.

A la mañana siguiente, el hombrecillo se presentó al mayor de los hermanos y, haciéndole señas, lo condujo hasta una piedra enorme sobre la que estaban inscritas tres pruebas que había que realizar para liberar al castillo de su hechizo. La primera consistía en reunir las mil perlas de la hija del rey que se hallaban desparramadas por el musgo del bosque; las perlas debían ser recogidas antes de la puesta del sol, pero si faltaba una sola, quien las hubiese estado buscando se convertiría en piedra.

El hermano mayor fue al bosque y buscó durante todo el día; mas a la caída del sol sólo había encontrado cien, y, como sentenciaba la inscripción, se convirtió en piedra.

Al día siguiente el segundo hermano se lanzó a probar suerte, pero le fue tan mal como al primero:

apenas encontró doscientas perlas, y también se convirtió en piedra. Por fin le llegó el turno a Simplón. Se puso a buscar en el musgo, pero el trabajo era muy duro y avanzaba despacio. Desesperado, se sentó en una piedra y empezó a llorar. Entonces apareció la reina de las hormigas a quienes había salvado la vida con cinco mil súbditas, y no transcurrió mucho tiempo antes de que las diminutas criaturas encontraran todas las perlas y las reunieran en un montón.

La segunda prueba consistía en sacar la llave del dormitorio de la princesa, que estaba en el fondo del lago. Cuando Simplón llegó a la orilla, los patos que había salvado se acercaron a él, se sumergieron en el agua y le entregaron la llave.

La tercera prueba era la más difícil: consistía en saber cuál era la más joven y hermosa de las tres princesas que dormían en una habitación del castillo. Pero eran completamente iguales, la única diferencia era que antes de dormirse habían comido tres clases distintas de dulce: la mayor había comido un terrón de azúcar, la segunda había bebido uno o dos sorbos de almíbar, y la tercera, una cucharada de miel.

Entonces acudió la reina de las abejas que Simplón había salvado, probó los labios de las tres princesas y se quedó posada sobre la boca de la que había comido la miel. Así supo el príncipe cuál de las princesas era la más joven y hermosa.

Con esto se rompió el hechizo del castillo y todos sus habitantes despertaron de su sueño, y los que habían sido convertidos en piedra recobraron su naturaleza. Simplón se casó con la más joven de las princesas y se convirtió en rey al morir el anciano padre; sus dos hermanos se casaron con las otras dos princesas y vivieron felices muchos, muchos años.

Las tres hilanderas

ABÍA una vez una joven muy perezosa que no quería hilar. Por mucho que su madre insistía, no conseguía hacerla trabajar, hasta que un buen día perdió la paciencia y exasperada la pegó. La hija se puso a llorar desconsoladamente. En aquel momento pasaba por allí la reina y al oír el llanto de la joven ordenó que detuvieran su carroza, entró en la casa y le preguntó a la mujer por qué pegaba a su hija de tal forma que sus sollozos podían escucharse desde la calle. Pero como la madre tenía vergüenza de confesar que su hija era muy perezosa, dijo a la reina:

—No puedo hacer que deje de hilar; no quiere soltar el huso ni un solo instante y yo soy tan pobre que no puedo comprar todo el lino que necesita.

Entonces la reina replicó:

—No hay nada que me guste tanto como el sonido del huso y nada me produce tanto placer como el zumbido de las ruecas. Déjame que me lleve a tu hija a palacio. Tengo más que suficiente lino y la dejaré hilar todo lo que quiera.

La madre aceptó y la reina se llevó a la joven a su

palacio. Una vez allí, la llevó escaleras arriba y le mostró tres habitaciones repletas del lino más fino.

—Hílame todo este lino —le dijo—. Si lo haces, te daré a mi hijo mayor como esposo. Puede que seas pobre, ¿pero qué importa eso después de todo? Eres muy trabajadora, y ésa es toda la dote que necesitas.

La joven estaba aterrorizada, puesto que, ni aunque viviera trescientos años y los pasara trabajando de la mañana a la noche, podría hilar aquella inmensa cantidad de lino. Cuando se quedó a solas se echó a llorar, y lloró durante tres días seguidos sin mover un dedo. Al tercer día apareció la reina y se sorprendió mucho al ver tanto lino como el primer día, pero la joven le explicó que no había podido empezar porque le entristecía mucho haber dejado a su madre. La reina aceptó sus razones, mas le dijo al marcharse:

—Espero que empieces a trabajar mañana.

Cuando la joven se quedó nuevamente a solas no supo qué hacer. En su desesperación se acercó a la ventana y al asomarse vio a tres mujeres que bajaban por la calle. La primera de ellas tenía un pie muy ancho y largo; la segunda, el labio inferior tan grande que le colgaba sobre el mentón, y la tercera tenía un pulgar enorme.

Al llegar a la ventana de la joven miraron hacia arriba y le preguntaron qué le ocurría. Ésta les explicó el problema en que se encontraba y las mujeres le ofrecieron su ayuda.

—Hilaremos por ti todo ese lino, y en poco tiempo además —le dijeron—, con la condición de que nos invites a tu boda sin avergonzarte de nosotras y nos presentes como tus primas y nos hagas sentar a tu mesa.

—Lo haré de todo corazón —respondió la joven—. Entrad, podéis empezar ahora mismo.

Así pues, hizo entrar a las tres extrañas mujeres y les hizo un hueco en la primera habitación para que empezaran a hilar. La primera sacaba el hilo y pedaleaba haciendo girar la rueda; la segunda lo mojaba con la boca; la tercera lo retorcía y lo apretaba con el dedo sobre la mesa, y cada vez que pasaba el dedo una madeja de hilo más fino caía al suelo.

La joven ocultaba a las tres hilanderas de la vista de la reina, y cuando ésta aparecía, le mostraba tal cantidad de lino ya hilado, que la soberana no cabía en sí de admiración.

Cuando la primera habitación estuvo vacía, pasaron a la segunda, y luego a la tercera, hasta que esta última también quedó vacía por completo, y las tres hilanderas se fueron después de decir a la joven:

—No te olvides de tu promesa, que te traerá buena suerte.

Cuando la reina vio vacías las tres habitaciones y la enorme montaña de lino hilado, dispuso los preparativos para la boda. El novio se sentía feliz de casarse con una doncella tan habilidosa y trabajadora y la elogiaba con entusiasmo.

—Tengo tres primas —dijo la joven—. Han sido muy buenas conmigo y no sería justo que las olvidara en mi felicidad. ¿Podría invitarlas a la boda y sentarlas en mi mesa?

La reina y el príncipe respondieron:

—¿Y por qué no habrías de invitarlas?

Al empezar la fiesta, las tres solteronas aparecieron ataviadas con extraños atuendos, y la novia dijo:

—Bienvenidas, queridas primas.

—¡Dios mío! —exclamó el príncipe—. ¿Cómo puedes tener unas primas tan feas?

Se acercó a la primera y mirando su pie plano le preguntó:

—¿Por qué tienes un pie tan plano?

—Por darle vueltas a la rueca —contestó la mujer—, por darle vueltas a la rueca.

Entonces se acercó a la segunda y preguntó:

—¿Por qué tienes ese labio colgando?

—Por mojar el hilo —replicó la segunda mujer—, por mojar el hilo.

Y por fin preguntó el príncipe a la tercera:

—¿Por qué tienes ese pulgar tan ancho?

—Por retorcer el hilo —replicó ésta—, por retorcer el hilo.

El príncipe quedó horrorizado.

—En tal caso —dijo—, mi bella prometida no volverá a tocar una rueca nunca más.

Y desde ese momento nadie volvió a mencionar a la joven el ingrato oficio del hilado.

La liebre y el erizo

STA historia, queridos niños, va a pareceros mentira, pero es verdadera, puesto que mi abuelo, que me la contó a mí, siempre decía antes de referírmela:

—Ha de verse que es una histora verdadera, pues si no, no sería posible contarla.

Y bien. He aquí la historia tal como pasó.

Comienza en una mañana de domingo, en la época de la siega, cuando el alforfón está en flor. El sol brillaba en el cielo y una cálida brisa soplaba sobre los rastrojos. Las alondras cantaban en el cielo y las abejas zumbaban por el alforfón, y la gente iba a la iglesia con sus ropas de domingo. Todo el mundo se sentía feliz, y también el erizo.

El erizo estaba en la puerta de su casa con los brazos cruzados, tomando el aire y tarareando una canción, la típica canción que suelen entonar los erizos en las hermosas mañanas de domingo. Mientras canturreaba se le ocurrió que, mientras su mujer acababa de arreglar a sus hijitos, él podía darse una vuelta por el campo para ver cómo crecían sus nabos. Los nabos estaban muy cerca de su casa y él y su familia tenían la costumbre de comérselos. Por eso el erizo pensaba que le pertenecían.

Y dicho y hecho: el erizo cerró la puerta tras él y se puso en camino. Todavía se hallaba cerca de su casa, a punto de rodear los endrinos que cercaban el campo de nabos, cuando encontró a la liebre, que había salido con una intención semejante a la suya, es decir, la de inspeccionar sus coles.

Cuando el erizo vio a la liebre la saludó amigablemente, pero ésta, en lugar de responder al saludo, se limitó a levantar el hocico, ya que era desagradablemente jactanciosa y arrogante, y decir:

—¿Cómo es que estás por aquí tan de mañana temprano?

—Estoy dando un paseo —respondió el erizo.

—¡Un paseo! —exclamó la liebre con una carcajada—. Me parece que podrías emplear tus piernas en alguna empresa que te fuera de más provecho.

Esta respuesta indignó al erizo, porque si había algo que no podía soportar era que se hicieran observaciones acerca de sus piernas, que la naturaleza había hecho cortas y torcidas.

—¿Acaso imaginas que tus piernas te llevarían más lejos? —replicó el erizo.

—Por supuesto que sí —se ufanó la liebre.

—Te desafío a que lo pruebes —insistió el erizo—. Echemos una carrera. Apuesto a que te gano.

—¡Tú, con tus piernas torcidas! —exclamó la liebre—. ¡No me hagas reír! Pero lo haré de buena gana si tantas ganas tienes. ¿Qué vamos a apostar?

—Un luis de oro y una botella de coñac —dijo el erizo.

—Hecho —dijo la liebre—. Cuenta, y empecemos ahora mismo.

—¡Oh, no! —se negó el erizo—. ¿Qué prisa hay? Yo nunca corro con el estómago vacío. Deja que vaya a mi casa antes y me tome el desayuno. Estaré de vuelta en media hora.

La liebre aceptó y el erizo volvió a su casa. En el trayecto se decía para sus adentros: «La liebre confía en sus largas piernas, pero ya verá. Puede que sea una señora, mas no es muy lista, y me las pagará.»

Al llegar a su casa le dijo a su mujer:

—Mujer, vístete, voy a necesitar que me ayudes.

—¿Qué pasa? —preguntó la mujer.

—He apostado un luis de oro y una botella de coñac con la liebre a que le ganaría una carrera, y tú tienes que estar delante.

—¡Hombre de Dios! —gritó ella—. ¿Te has vuelto loco? ¿Cómo vas a ganar una carrera a la liebre?

—¡Cállate, mujer! —dijo el erizo—. ¿Quién te ha pedido tu opinión? Esto es cosa de hombres, así que no metas las narices. Limítate a vestirte y venir conmigo.

¿Y qué podía hacer la mujer del erizo? Quisiera o no, tuvo que obedecer.

Salieron de la casa y el erizo le dijo a su mujer por el camino:

—Ahora escúchame atentamente. Vamos a echar la carrera en el sembrado más grande. La liebre correrá por un surco y yo por otro, y empezaremos desde arriba. La único que tú tienes que hacer es quedarte agazapada abajo, y cuando veas que llega la liebre te levantas y gritas: «¡Ya estoy aquí!»

Cuando llegaron al sembrado, el erizo señaló su puesto a la mujer. Luego se fue hasta el otro extremo y allí encontró a la liebre, preparada para empezar.

—¿Estás listo? —preguntó ésta.

120

—Estoy listo —repuso el erizo, con lo que cada uno se colocó en su surco. La liebre contó:

—¡Un, dos, tres, fuera! —y se disparó sembrado abajo, más rápido que el viento. En cuanto al erizo, dio tres pasos y se detuvo; luego se agazapó en el surco y se quedó quieto.

Cuando la liebre llegó al otro lado de los sembrados corriendo con todas sus fuerzas, la mujer del erizo le gritó:

—¡Ya estoy aquí!

La liebre se quedó perpleja. Naturalmente creyó que se trataba del erizo, ya que, como todo el mundo sabe, la mujer del erizo tiene exactamente el mismo aspecto que su marido. Pero la liebre pensó: «Aquí hay gato encerrado.»

—Intentémoslo otra vez, volvamos arriba.

Y de nuevo echó a correr como el viento, tan veloz que las orejas se le iban para atrás. La mujer del erizo se quedó tranquilamente en donde estaba, y cuando la liebre llegó al otro extremo del surco, el erizo le gritó:

—¡Ya estoy aquí!

La liebre estaba fuera de sí e indignada.

—¡Otra vez! —gritó—. ¡Hasta la otra punta!

—De acuerdo —dijo el erizo—. Tantas veces como quieras.

Y así fue como la liebre corrió setenta y tres veces más, y el erizo siempre le ganó. Cada vez que la liebre llegaba a uno de los dos extremos, el erizo o su mujer decían:

—¡Ya estoy aquí!

En la carrera número setenta y cuatro la liebre cayó fulminada en medio del campo; le salió sangre del hocico y se quedó muerta. El erizo cogió su luis de oro y la botella de coñac que había ganado, llamó a su mujer y volvieron alegremente a su casa. Y si no han muerto ya, viven todavía felices.

Esta es la historia de cómo el erizo hizo correr a la liebre hasta matarla en el brezal de Buxtehude[1]. Desde aquella vez, a ninguna liebre se le ha vuelto a ocurrir echar una carrera con un erizo de Buxtehude.

La moraleja de la historia tiene dos partes: en primer lugar, nadie, no importa cuán importante piense que es, debe burlarse de un inferior. Y en segundo, si un hombre quiere casarse, es bueno que elija a una mujer de su misma clase, semejante a él en todo. Así que si eres un erizo, asegúrate de que tu mujer también lo sea, y lo mismo para los demás casos.

---

[1] Región a cuyos habitantes se acusa de ser los bobos de Alemania.

La mesa mágica, el asno de oro y la vara en el saco

ACE muchos años había un sastre que tenía tres hijos y una sola cabra. Como ésta daba leche para toda la familia, tenían que procurarle buen pasto y llevarla a pacer todos los días, tarea que realizaban turnándose los hijos. Un día, el mayor la llevó hasta la iglesia, donde crecía el pasto más tierno, y la dejó allí ramoneando y brincando. Al anochecer, antes de volver a la casa, le preguntó:

—¿Has comido bastante, cabra?

Y la cabra replicó:

> —*Estoy tan saciada*
> *que comer no podría más.* ¡Meee, meee!

—Entonces, volvamos a casa —dijo el joven; la cogió por la cuerda, la llevó hasta el establo y la ató.

—Bien —dijo el anciano sastre—. ¿Ha comido suficiente la cabra?

—¡Oh, sí! —respondió el hijo—. Está tan saciada que comer no podría más.

Pero el padre quería verlo por sí mismo; así que

123

fue al establo, palmeó el lomo del preciado animal y le preguntó:

—Cabra, ¿verdaderamente has tenido bastante de comer?

La cabra repuso:

—¿Bastante de comer? ¡No me hagas reír!
Si no he hecho más que saltar
sin hallar una sola hoja que pastar. ¡Meee, meee!

—¡Pero qué es esto! —gritó el sastre, y corrió escaleras arriba en busca de su hijo—. ¡Miserable mentiroso! —exclamó—. ¡Me has dicho que la cabra había comido suficiente y la has hecho volver en ayunas!

Y colérico, cogió la vara de medir que tenía colgada en la pared y a golpes echó a su hijo fuera de casa.

Al día siguiente le tocó el turno al segundo hijo. Encontró un sitio junto a la valla del jardín, en donde crecía la mejor hierba, y la cabra se comió hasta el último tallo. Al anochecer, cuando quiso volver a la casa, el joven preguntó al animal:

—¿Has comido bastante, cabra?

Y la cabra respondió:

—Estoy tan saciada
que comer no podría más. ¡Meee, meee!

—Entonces volvamos a casa —dijo el joven; la cogió por la cuerda y la ató en el establo.

—Y bien —dijo el sastre—. ¿Ha comido suficiente la cabra?

—¡Oh, sí! —repuso el hijo—. Está tan saciada que comer no podría más.

Pero el sastre no quedó satisfecho y fue al establo y preguntó a la cabra:

—Cabra, ¿verdaderamente has tenido bastante de comer?

Y la cabra replicó:

—¿Bastante de comer? ¡No me hagas reír!
Si no he hecho más que saltar
sin hallar una sola hoja que pastar. ¡Meee, meee!

—¡Miserable! —gritó el anciano—. ¡Dejar en ayunas a un animal tan valioso!

Y echó al segundo hijo a golpes con la vara de medir.

Le tocó por fin el turno al tercero. Decidido a hacer bien las cosas. Buscó los arbustos de las hojas más sabrosas y allí llevó a la cabra.

Al anochecer, cuando quiso regresar a la casa, el joven preguntó al animal:

—¿Has comido bastante, cabra?

Y la cabra respondió:

—Estoy tan saciada
que comer no podría más. ¡Meee, meee!

—Entonces, volvamos a casa —repuso convencido el joven, y la condujo al establo, donde la ató de la cuerda.

—Y bien —dijo el anciano sastre—. ¿Ha comido suficiente la cabra?

—¡Oh, sí! —dijo el hijo—. Está tan saciada que comer no podría más.

Pero el padre no le creyó. Bajó al establo y preguntó al animal:

—Cabra, ¿verdaderamente has tenido bastante de comer?

Y el perverso animal respondió:

—¿Bastante de comer? ¡No me hagas reír!
Si no he hecho más que saltar
sin hallar una sola hoja que pastar ¡Meee, meee!

—¡Pandilla de mentirosos! —gritó el sastre—. ¡El uno tan miserable y malvado como los otros! ¡No volveréis a reíros de mí!

Y subió a donde estaba el hijo menor y le dio tal paliza con la vara que éste huyó de la casa.

Entonces el sastre se quedó solo con la cabra. Al día siguiente bajó al establo, acarició al animal y le dijo:

—Ven, cabrita, te llevaré a pastar yo mismo.

La cogió de la cuerda y la llevó a unos prados muy verdes, donde había macizos de milenrama y todo lo que les gusta comer a las cabras.

—Ahora, de una vez por todas, puedes comer a tus anchas —dijo, y la dejó pacer hasta que se hizo de noche.

Entonces le preguntó:

—¿Has comido bastante, cabrita?

Y la cabra respondió:

—Estoy tan saciada
que comer no podría más. ¡Meee, meee!

—Entonces, vamos a casa —dijo el sastre, y la llevó al establo y la ató de la cuerda.

Antes de salir volvió a preguntar al animal:

—¿Verdaderamente has tenido bastante de comer por fin?

Pero la cabra no estaba dispuesta a tratarlo mejor que a sus hijos, y le respondió como antes:

—¿Bastante de comer? ¡No me hagas reír!
Si no he hecho más que saltar
sin hallar una sola hoja que pastar. ¡Meee, meee!

Al escuchar esto, el sastre se quedó perplejo. Comprendió que había echado a sus hijos de la casa injustamente.

—¡Eres una miserable desagradecida! —gritó—. Espera, echarte de casa no es suficiente, voy a marcarte de tal manera que no te atreverás a ponerte delante de ningún honrado sastre.

Y diciendo estó, entró en su casa, cogió la navaja

de afeitar, le enjabonó la cabeza a la cabra y se la dejó tan lisa como la palma de la mano. Luego cogió el látigo, ya que le pareció que la vara era demasiado buena para ella, y le dio tal azotaina, que el animal brincó y salió huyendo como si lo llevara el diablo.

Entonces sí que se quedó el sastre verdaderamente solo, y se sintió muy triste. Echaba de menos a sus hijos, pero nadie sabía dónde se encontraban.

El mayor había entrado de aprendiz en casa de un carpintero. Trabajó mucho y aprendió bien su oficio, y cuando llegó el momento de emprender el viaje, el carpintero le regaló una mesa; estaba hecha de madera ordinaria y aparentemente no tenía nada de particular, pero poseía una cualidad mágica. Si se le decía: «¡Mesa, sírvete!», al instante la mesa se cubría con un mantelito, sobre el que aparecían un plato, los cubiertos y tantas fuentes de carne asada y guisada como en ella cabían, amén de un gran vaso de vino tinto para calentar el espíritu.

El joven viajero pensó: «Esto me mantendrá mientras viva», y desde aquel momento su buen ánimo no decayó nunca. Emprendió el camino sin preocuparse si las posadas eran buenas o malas cuando llegaba a una aldea, o si se podía o no comer en ella.

Si tenía hambre, ni siquiera tenía que pensar en buscar posada, le bastaba con poner la mesa en medio del campo, en un bosque o una llanura, o donde más le placía, y solamente con decir: «¡Mesa, sírvete!», tenía todo lo que deseaba.

Por fin, decidió volver a la casa de su padre, pensando que para entonces el enfado se le habría pasado y que se alegraría de volver a verle con su mesa mágica.

Pero una noche se detuvo en una posada, a la que

había llegado un gran grupo de viajeron antes que él. Éstos le dieron la bienvenida y lo invitaron a compartir su comida, ya que temían que de otro modo él no tuviera nada que comer.

—De ninguna manera —respondió el carpintero—. No os quitaré el pan de la boca. Vosotros seréis mis invitados esta noche.

Los viajeros se rieron, pensando que se trataba de una broma, pero el joven puso su mesa de madera en el centro de la sala y dijo:

—¡Mesa, sírvete!

En menos que canta un gallo, la mesa se cubrió de manjares mucho más deliciosos que los que le hubiera podido servir el posadero, y un apetitoso aroma llegó a las narices de los huéspedes.

—Servíos, amigos —dijo el carpintero.

Cuando los viajeros advirtieron que la cosa iba en serio, no se hicieron de rogar y, poniendo manos a la obra, se lanzaron sobre la comida.

Lo más asombroso era que cada vez que se vaciaba un plato, otro ocupaba su lugar de inmediato. El posadero observaba la escena desde un rincón sin decir palabra, pero rumiaba para sí que un cocinero así le sería de gran utilidad en su posada.

El carpintero y sus compañeros alargaron la velada hasta muy entrada la noche, y cuando por fin se retiraron a dormir, el joven carpintero se metió en la cama, dejando la mesa apoyada contra la pared. Mas el posadero, que no había dejado de pensar en todo aquello un solo instante, recordó de pronto que él tenía una mesa pequeña y vieja muy parecida a aquélla, así que la cogió, entró en el cuarto del joven sin hacer ruido y sustituyó la mesa mágica por la suya.

A la mañana siguiente, el carpintero pagó, se cargó la mesa a las espaldas sin sospechar que no era la suya y emprendió la marcha.

A mediodía llegó a la casa de su padre, quien lo recibió con mucha alegría.

—Y bien, hijo mío —inquirió—. ¿Qué oficio has aprendido?

—Me he hecho carpintero, padre —respondió el joven.

—Un buen oficio —dijo el anciano—. ¿Y qué has traído de tus viajes?

—Padre, lo mejor que he traído es esta pequeña mesa.

El sastre la examinó por los cuatro costados y finalmente reprobó:

—No tiene nada de particular; no es más que una mesa vieja y fea.

—Pero es un mesa mágica —replicó el hijo—. Cuando la pongo en el suelo y le ordeno que se sirva, aparecen sobre ella los platos más sabrosos, acompañados de un vino que calienta el espíritu. Invita a todos nuestros amigos y parientes. Por una vez podremos darles de comer y beber todo lo que deseen; mi mesa hará que queden saciados.

Cuando los invitados estuvieron reunidos, el joven puso la mesa en el centro de la sala y dijo:

—¡Mesa, sírvete!

Pero la mesa no obedeció la orden y continuó tan vacía como cualquier mesa cuando se le habla. El pobre carpintero se dio cuenta entonces de que la mesa había sido cambiada por otra y enrojeció avergonzado de quedar ante todo el mundo como un mentiroso. Sus familiares se burlaron de él cuanto quisieron y volvieron a sus casas tan hambrientos y sedientos como habían salido. El padre volvió a sus remiendos y el hijo se puso a trabajar en casa de un maestro carpintero.

El segundo hijo trabajó de aprendiz con un molinero. Cuando le llegó la hora de marcharse, su amo le dijo:

—Como has trabajado tanto, y con tanto empeño, voy a regalarte un asno que tiene una cualidad extraordinaria. No sirve para carga ni para tiro.

—¿Entonces, para qué sirve? —preguntó el joven.

—Para dar oro —contestó el molinero—. No tienes más que poner una manta debajo y decir esta palabra mágica: *Bricklebrit;* entonces la bestia escupirá piezas de oro por delante y por detrás.

—¡Eso sí que es extraordinario! —exclamó el joven aprendiz.

Y dando las gracias al molinero se fue a recorrer mundo. Cuando necesitaba dinero, no tenía más que decir: *Bricklebrit,* y de su asno brotaban piezas de oro; él sólo tenía que ocuparse de recogerlas. Adondequiera que iba, lo mejor nunca era demasiado bueno para él, y lo más caro estaba siempre a su alcance, ya que la bolsa nunca se le vaciaba.

Después de recorrer medio mundo, se dijo un buen día: «Tengo que volver a ver a mi padre; si llego con un asno que da oro, seguramente olvidará lo que pasó y me recibirá con los brazos abiertos.»

Se puso en camino y dio la casualidad de que se detuvo a pasar la noche en la misma posada en la que su hermano había perdido la mesa mágica. Al ver que llevaba al asno por la brida, el posadero se ofreció a llevar a la bestia al establo y atarla, pero el joven le dijo:

—No os molestéis. Yo mismo lo llevaré y lo ataré en el establo, porque me gusta saber dónde se encuentra.

Esto le pareció extraño al posadero, y pensó que un hombre que tenía que cuidar por sí mismo de un asno no debía tener mucho dinero para gastar. Pero cuando el forastero sacó del bolsillo dos piezas de oro y le pidió que comprara lo mejor para su cena, el posadero, sorprendido, se apresuró a prepararle la mejor comida que pudo encontrar.

Después de la cena, el joven le preguntó cuánto le debía, y el posadero, viendo la oportunidad de obtener aún más dinero, le pidió más piezas de oro de las que llevaba encima.

El viajero rebuscó en los bolsillos, pero no encontró nada, así que replicó:

—Esperad un momento, voy a buscar dinero.

Y salió llevándose el mantel.

Al posadero le parecía todo esto muy extraño, y decidió seguir al joven molinero. Éste entró en el establo y atrancó la puerta, pero el astuto posadero se asomó por una rendija y vio cómo el forastero extendía el mantel debajo del asno y decía: *Bricklebrit;* al instante, el animal empezaba a escupir piezas de oro por delante y por detrás.

—¡Por todos los cielos! —exclamó el posadero—. Ésta sí que es una buena forma de acuñar escudos ¡Una bolsa segura!

El huésped pagó y se fue a acostar, pero durante la noche el posadero entró en el establo, cogió al asno que fabricaba oro y puso otro igual en su lugar. A la mañana siguiente el forastero dejó la posada con la nueva bestia, sin sospechar que no era la suya.

Al mediodía llegó a su casa, y su padre lo recibió feliz con los brazos abiertos.

—Y bien, hijo mío —le preguntó el anciano—. ¿Qué oficio has aprendido?

—Soy molinero, padre —repuso el joven.

—¿Y qué has traído de tus viajes? —dijo el padre.

—Sólo un asno.

—Hay demasiados asnos aquí —dijo el padre—. Hubieras hecho mejor trayendo una buena cabra.

—Sí, pero éste no es un asno cualquiera —replicó el hijo—. Es un asno que da oro. Cuando digo: *Bricklebrit* la bestia despide por delante y por detrás piezas de oro hasta llenar una manta. Manda a buscar a nuestros parientes y los haré ricos a todos.

—Eso sí que no me disgusta —replicó el sastre—. Ya no tendré que seguir matándome con la aguja.

Dicho esto, corrió a invitar a sus parientes. Cuando todos llegaron a la casa, el molinero les pidió que se hicieran a un lado, extendió una manta y colocó al asno encima.

—Ahora, mirad bien esto —dijo el joven, y grito—: *¡Bricklebrit!*

Pero lo que cayó no fue oro precisamente, y quedó claro que el animal no conocía el arte de acuñar monedas, ya que no todos los asnos son capaces de hacer oro. El pobre molinero se quedó muy apesumbrado al comprender que había sido engañado de nuevo y se disculpó ante sus parientes, que volvieron a sus casas tan pobres como habían salido. El padre tuvo que seguir esclavizado con la aguja, y el hijo se fue a trabajar a la casa de un molinero.

El tercer hermano se había hecho aprendiz de tornero y, como el oficio es difícil, tardó más tiempo en completar su aprendizaje. Sus hermanos le escribieron contándole cómo les había ido y cómo habían sido engañados la noche anterior a su regreso a casa por el malvado posadero que les había robado sus regalos mágicos. Cuando el hijo menor finalizó su aprendizaje y estaba a punto de partir de casa del tornero, éste, considerando cuán duramente había trabajado, le dio un saco y le dijo:

—Hay una vara dentro de él.

—Puedo colgarme el saco al hombro —repuso el joven— y me será de utilidad para el viaje. ¿Pero de qué me servirá la vara? Sólo para que el saco sea más pesado.

—Te lo diré —contestó el tornero—. Si alguien te molesta no tienes más que decir: «Vara, sal del saco», y la vara saldrá de un brinco y le dará al importuno tal paliza que lo dejará sin poder moverse durante una semana, y no se detendrá hasta que le digas: «Vara, vuelve al saco».

El joven le dio las gracias al tornero y se colgó el saco al hombro. Emprendió la marcha y, siempre que aparecía alguien a importunarle o amenazarle, se limitaba a decir: «Vara, sal del saco». Al instante la vara salía y sacudía el polvo de la chaqueta del bribón antes de que tuviera tiempo de quitársela; y lo hacía con tal presteza que, antes de que algún otro se diera cuenta de lo que ocurría, ya le había llegado su turno.

Al anochecer, el joven tornero llegó a la posada donde sus hermanos habían sido engañados. Puso el saco sobre la mesa y empezó a contarle al posadero todas las cosas maravillosas que había visto por el mundo.

—Sí, sí —añadió además—. Hay quien encuentra mesas mágicas, asnos que dan oro y cosas tan extraordinarias como éstas, te lo puedo asegurar, y no es por nada, pero todo eso es poco en comparación con el tesoro que yo guardo en este saco.

El posadero enderezó las orejas y se dijo para sus adentros: «¿Qué podrá ser? Este saco debe de estar lleno de joyas. Debo hacerme también con él, porque las cosas buenas vienen siempre de tres en tres.»

Cuando llegó la hora de irse a dormir, el joven tornero se tendió sobre un banco y se colocó el saco como almohada. El posadero estuvo esperando hasta que pensó que su huésped estaba profundamente dormido. Entonces se acercó sigilosamente y empezó a tirar con suavidad del saco para reemplazarlo por otro. Pero eso era justamente lo que el tornero estaba esperando, y en el momento en que el posadero daba un tirón más fuerte para apoderarse del saco gritó:

—¡Vara, sal del saco!

Al instante la vara dio un brinco y se lanzó sobre el posadero propinándole toda clase de golpes. El desgraciado gritaba implorando piedad, pero cuanto más fuerte gritaba, más fuertes eran los golpes que la vara le sacudía, hasta que por fin cayó exhausto.

Entonces le dijo el tornero:

—Devuélveme la mesa mágica y el asno que da oro que robaste a mis hermanos, o la lluvia de golpes comenzará de nuevo.

—¡Oh, no! —suplicó el posadero con voz inaudible—. Te lo daré todo, pero por favor haz que ese maldito diablo vuelva al saco.

—Antepondré la piedad a la justicia —contestó el tornero—, ¡pero cuídate la próxima vez!

Luego gritó:

—¡Vara, vuelve al saco! —y dejó descansar al posadero.

A la mañana siguiente el tornero llegó a la casa de su padre con la mesa mágica y el asno que acuñaba oro. El sastre se alegró al verle y le preguntó qué oficio había aprendido.

136

—Querido padre —contestó—, me he convertido en tornero.

—Un oficio difícil, en verdad —repuso el anciano—. ¿Y qué has traído de tus viajes?

—Algo maravilloso, padre —dijo el hijo—, una vara en un saco.

—¿Qué? —el sastre no entendía nada— ¿Qué tiene de particular una simple vara? Puedes cortar las que quieras de cualquier árbol.

—No como ésta, padre —se ufanó el joven—. Cuando yo digo: «¡Vara, sal del saco!», pega un brinco y baila semejante danza sobre cualquiera que me esté molestando, que lo deja tendido en el suelo implorando piedad. Con esta vara he recobrado la mesa mágica y el asno que acuña monedas de oro que el malvado posadero había robado a mis hermanos. Ve a llamarlos ahora mismo e invita a todos nuestros parientes. Les daré un banquete y les llenaré los bolsillos.

El anciano no estaba totalmente convencido, pero a pesar de todo mandó a buscar a sus parientes. Entonces el tornero extendió una manta sobre el suelo, puso sobre ella al asno y dijo a su hermano:

—Ahora, hermano, ¡háblale!

El molinero dijo:

—¡*Bricklebrit!* —y antes que canta un gallo las piezas de oro rebotaron sobre la manta como una lluvia de primavera, y el asno no se detuvo hasta que todos tuvieron tanto oro que no podían cargar con su peso (y puedo ver por la expresión de vuestros rostros que os hubiera gustado estar allí también).

Luego, el tornero sacó la mesa y dijo:

—Querido hermano, háblale.

Y apenas el carpintero había dicho:

137

—¡Mesa sírvete! —cuando la mesa se sirvió sola con los más exquisitos manjares. Se celebró entonces un banquete como jamás había tenido lugar otro igual en casa del anciano sastre, los familiares se quedaron hasta muy entrada la noche y cuando se fueron lo hicieron felices y saciados. El padre guardó la aguja, el hilo, la vara de medir y la plancha en un armario bajo llave y vivió alegre y desahogadamente con sus tres hijos.

¿Pero qué fue de la cabra que había hecho que el sastre echara de casa a sus hijos? Os lo voy a decir: avergonzada de su cabeza pelada, huyó hasta encontrar la cueva de un zorro y se escondió en ella. Cuando el zorro volvió a su madriguera, vio un par de grandes ojos que brillaban en la oscuridad y, atemorizado, salió corriendo. En su huida se topó con un oso, y al ver éste la expresión que había en la cara del zorro, le preguntó:

—¿Qué te ocurre, hermano zorro? ¿Por qué tienes tan mala cara?

—¡Oh! —se lamentó el zorro—. Hay una bestia feroz en mi madriguera que echa fuego con la mirada.

—No te preocupes —contestó el oso—. Pronto nos desharemos de ella.

Pero cuando se asomó a la cueva y vio aquellos terribles ojos, también él sintió miedo y salió huyendo, sin ganas de tener que vérselas con semejante monstruo. Por el camino se encontró con una abeja, y viendo ésta su perturbado semblante, exclamó:

—¡Oso, hoy sí que tienes un aspecto lamentable! ¿Dónde está tu buen humor de siempre?

—Para ti es fácil decirlo —replicó el oso—. Pero hay una temible bestia en la madriguera del zorro y no podemos echarla de allí.

—Oso —dijo entonces la abeja—, me da lástima de vosotros. Soy una pobre y débil criatura, tú ni te dignas a mirarme, pero creo que en esta ocasión puedo serviros de ayuda.

Dicho esto, voló hasta la madriguera del zorro, se posó sobre la cabeza calva de la cabra y le clavó el aguijón con tal fuerza que la cabra salió disparada de un brinco sin dejar de balar: «Meee, meee!», se lanzó al bosque como una loca y nadie sabe hasta dónde pudo llegar.

El doctor Sabelotodo

NA vez un pobre campesino de nombre Crabbe llevaba un gran ato de leña a la ciudad en un carro tirado por dos bueyes. Vendió su leña a un doctor por dos táleros, y cuando entró en la casa para coger su dinero, el doctor se hallaba sentado a la mesa. Viendo el pobre hombre todas las buenas cosas que allí había para comer y beber, se quedó pensativo por un momento y luego preguntó:

—¿Hay alguna forma para que yo pueda hacerme doctor?

—¿Por qué no? —dijo el doctor—. No es difícil.

—¿Qué tendría que hacer? —inquirió el campesino.

—En primer lugar, cómprate un libro de lectura como los que tienen la figura de un gallo. En segundo, vende tu carro y tus dos bueyes y con ese dinero cómprate ropa nueva y todos los utensilios que un doctor necesita, y en tercer lugar, pinta un cartel que diga: «Soy el doctor Sabelotodo», y cuélgalo en tu puerta.

Así pues, el campesino hizo todo lo que se le dijo. Pasado un corto tiempo, robaron dinero a un rico noble de la comarca. Alguien le habló del doctor Sa-

belotodo, le dijeron que vivía en tal aldea y que seguramente sería capaz de saber qué había sido del dinero. El noble hizo preparar su carruaje y se dirigió a la
casa del campesino.

—¿Es usted el doctor Sabelotodo? —le preguntó al
llegar

—Así es —contestó el campesino.

—Entonces, por favor venga conmigo y averigüe
quién ha robado mi dinero.

—Muy bien —dijo el campesino—. Pero Greta, mi
mujer, debe venir conmigo.

El noble no puso ninguna objeción y les acomodó a los dos en su carruaje. Cuando llegaron a su
castillo la cena ya estaba puesta y el noble invitó al
campesino a sentarse a la mesa.

—Encantado —dijo—. Pero Greta, mi mujer, se
sentará junto a mí.

Se sentaron, pues, y cuando la primera criada entró con una fuente de exquisita comida, el campesino
dio un codazo a su mujer y le dijo:

—Greta, ésta es la primera —refiriéndose a la criada
que llevaba la primera fuente. Pero la criada creyó
que había querido decir: «Esta es la primera ladrona»,
y como efectivamente lo era, volvió a la cocina aterrorizada y dijo a sus compañeras:

—El doctor lo sabe todo: sabe que yo soy la primera. Estamos descubiertas.

La segunda criada no quería entrar, pero tuvo que
hacerlo, y cuando llevó la segunda fuente, el campesino dio otro codazo a su mujer diciendo:

—Greta, ésta es la segunda —y la criada huyó a la
cocina, tan asustada como la primera.

A la tercera no le fue mejor. Con un codazo, el
campesino comentó a su mujer:

—Greta, ésta es la tercera.

Luego entró la cuarta con una fuente tapada, y el noble dijo:

—Demuéstrenos su talento diciéndonos qué hay en la fuente.

Era un cangrejo. El campesino miró la fuente sin tener la menor idea de lo que podía contener, y exclamó:

—¡Pobre Crabbe![1].

----

[1] Juego de palabras en inglés: «Crab» significa cangrejo, y el campesino se llama «Crabbe»; las dos palabras tienen el mismo sonido.

Cuando el noble oyó aquello, declaró satisfecho:

—Si sabe esto, también debe saber quién tiene mi dinero.

La criada, muerta de miedo, hizo un gesto al doctor para que la acompañara fuera del comedor un momento.

Así lo hizo, y las cuatro criadas le confesaron que habían sido ellas quienes robaron el dinero. Le ofrecieron entregárselo y darle además una considerable suma con la condición de que no dijera a nadie que habían sido ellas, ya que si lo hacía serían colgadas. Después lo llevaron hasta donde habían escondido el dinero, lo que le vino de perillas al doctor. Volvió entonces a la mesa y dijo:

—Señor, voy a consultar mi libro y os diré dónde se halla escondido el dinero:

Al oírlo, la quinta criada se escondió dentro de la chimenea, para ver mejor lo que hacía el campesino y hasta dónde llegaba realmente su ciencia. Éste abrió su libro de lectura y pasó las hojas de atrás para adelante, buscando la figura del gallo. Al no poder dar con ella, dijo:

—Sé que estás ahí. Así que ¿por qué te escondes?

La criada creyó que el doctor se refería a ella, y salió de un salto de la chimenea, gritando a sus compañeras:

—¡Lo sabe todo! ¡Lo sabe todo!

Luego el doctor Sabelotodo mostró al noble dónde se hallaba oculto el dinero, pero sin confesarle quiénes lo habían robado. De este modo fue generosamente recompensado por ambas partes y su fama se extendió por toda la comarca, lo que le hizo un hombre muy famoso.

Los dos compañeros de viaje

LA cima de la montaña y el valle nunca se encuentran, pero entre los hombres a veces el bueno y el malo sí se hallan, y esto último ocurrió una vez cuando un sastre y un zapatero se encontraron viajando por una comarca. El sastre era un simpático hombrecillo que estaba siempre de buen humor. Divisó al zapatero, que marchaba en la dirección opuesta a la suya, y reconociendo su oficio por la forma de su mochila lo saludó con una cancioncilla:

—Procura que tus puntadas
queden bien aseguradas;
poco a poco estira el hilo
para que no queden en vilo.

Pero este zapatero, en particular, no toleraba las bromas, y puso cara de haber bebido vinagre y estar a punto de arrancarle al sastre la cabeza. No obstante, el hombrecillo soltó una carcajada y, ofreciéndole su botella, le dijo:

—No quería ofenderte. ¡Vamos! Échate un trago para apagar el mal humor.

144

El zapatero bebió un buen trago y la tormenta se le fue borrando de la cabeza. Devolvió la botella al sastre y dijo:

—Esto sí que ha estado bien. La gente critica a los que beben, pero ¿acaso saben lo sediento que puede estar un caminante? ¿Quieres que viajemos juntos?

—Con mucho gusto —respondió el sastre—, siempre que vayamos a una ciudad donde haya mucho trabajo.

—Ésa es mi intención —repuso el zapatero—. No se puede ganar dinero en las aldeas, y en el campo a la gente no le importa andar con los pies descalzos.

De modo, pues, que siguieron el camino juntos, echando un pie delante del otro, como hacen las comadrejas en la nieve.

Les sobraba tiempo, pero no la comida. Cuando llegaban a una ciudad, lo primero que hacían era visitar a los maestros de sus respectivos oficios. Los sastres solían dar algún trabajo al sastrecillo, ya que era un muchacho tan ingenioso y alegre, y de tan saludable aspecto, que inspiraba simpatía. Incluso los días que tenía suerte, la hija del maestro se paraba con él en el portal y le daba un beso de despedida. Cuando por fin se reunía con su compañero de viaje, siempre llevaba más que éste en la bolsa. Entonces al zapatero se le ensombrecía aún más el semblante y gruñía:

—Sólo los pícaros hacen fortuna.

Pero el sastre se reía y cantaba, y compartía con el zapatero todo lo que había obtenido. Siempre que tenía dinero en el bolsillo, pedía la mejor comida y en su alegría golpeaba tan fuerte sobre la mesa que hacía bailar los vasos.

Su lema era: «Pronto ganado, más pronto gastado.»

Después de llevar algún tiempo viajando, llegaron a un espeso bosque. Había dos caminos para atravesarlo, y los dos conducían a la capital del reino, pero uno requería siete días de viaje, mientras que el otro sólo dos. Como ninguno de los caminantes sabía cuál era cuál, se sentaron debajo de un roble para decidir qué preparativos debían hacer y cuánto pan necesitarían. El zapatero dijo:

—Todo hombre debe ser precavido. Tenemos que llevar pan para siete días.

—¡Qué va! —exclamó el sastre—. ¿Cargarme de pan como una mula, de modo que ni siquiera pueda volverme de lado? Yo confío en Dios y dejo que Él provea por mí. El dinero de mi bolsillo es tan bueno en invierno como en verano, pero el pan se seca y se pone rancio con el calor. Por otra parte, aun el abrigo más largo sólo puede llegar a los pies. ¿A qué tomar tantas precauciones? ¿Por qué pensar que no hallaremos la senda correcta? Yo creo que es suficiente una provisión de pan para dos días.

Así pues, cada uno compró su propia provisión de pan y emprendieron la marcha.

El bosque estaba más silencioso que una iglesia. No se oía el soplo del viento, ni el murmullo de los arroyos, ni el canto de los pájaros. Ni siquiera los rayos de sol se abrían paso entre el follaje. El zapatero no decía una sola palabra. Encorvado bajo su carga de provisiones, el sudor le corría por el rostro sombrío y malhumorado. El sastre, en cambio, seguía tan alegre como de costumbre, iba saltando y correteando por todas partes, silbando con las hojas de hierba o cantando cualquier cancioncilla. «El Señor debe estar contento de verme tan alegre», pensaba.

Así pasaron los dos primeros días de viaje. Al tercer día, al no ver ninguna señal de que la espesura del bosque se aclarara, la alegría del sastre empezó a disminuir; se había comido todo el pan, pero a pesar de todo no se descorazonó y siguió confiando en Dios y en su buena suerte. Por la noche se tendió hambriento al pie de un árbol y se levantó hambriento a la mañana siguiente. Cada vez tenía más hambre, y cuando el zapatero se sentó en el tronco de un árbol caído para comer su pan, el sastrecillo no podía dejar de mirarlo, hasta que se decidió y le pidió un trozo de pan. Entonces el zapatero se rió con desprecio y dijo:

—Tú siempre estás muy contento. Ahora podrás darte cuenta de cómo se siente uno cuando es desgraciado; y no te vendrá nada mal. Los pájaros que cantan demasiado temprano por la mañana caen en las garras del halcón antes de la noche.

En una palabra, no se apiadó de él.

A la mañana del quinto día el pobre sastre estaba muy débil, no podía levantarse, y ni siquiera tenía fuerzas para hablar. Tenía las mejillas blancas y los ojos rojos.

Entonces, el zapatero le dijo:

—Te daré un trozo de pan a cambio de tu ojo derecho.

El desgraciado sastre quería vivir, y tuvo que aceptar la terrible condición. Por última vez lloró con los dos ojos, y luego el zapatero, que tenía un corazón de piedra, le arrancó el ojo derecho con la punta de su afilado cuchillo. El sastre recordó en ese momento lo que su madre le había dicho una vez que lo sorprendió comiendo golosinas en la despensa:

—Come todo lo que quieras, pero sufre el castigo que te espera.

Después de comerse su bien ganado trozo de pan, el sastre reemprendió la marcha, y al rato olvidó su desgracia consolándose con la idea de que aún podía ver con el ojo izquierdo. Pero al sexto día el hambre le roía las entrañas y al llegar la noche se desplomó debajo de un árbol.

Al séptimo estaba de nuevo muy débil, no podía levantarse, y sentía el aliento de la muerte sobre el cuello.

—Muy bien —le dijo entonces el zapatero—. Me apiadaré de ti. Te daré otro trozo de pan, pero a cambio te arrancaré el otro ojo.

Al oír esto, el sastre comprendió el error de su ligereza, le rogó a Dios que le perdonara y dijo:

—Haz lo que quieras. Yo sufriré todo lo que sea necesario. Pero recuerda bien esto: Dios te juzgará en la hora que Él decida. Algún día tu maldad será castigada, porque yo no te he dado motivos para que me trates de este modo. En los buenos tiempos compartí contigo todo lo que tenía. Para ejercer mi oficio necesito tener ojos, sin ellos no podré volver a coser y tendré que mendigar. Pero al menos, cuando me dejes ciego, te ruego que no me abandones aquí solo, pues me moriría de hambre.

El zapatero, que no tenía temor de Dios, cogió su cuchillo y arrancó al sastre el único ojo que le quedaba. Luego le dio un trozo de pan, puso una vara en su mano y le llevó detrás de sí cogido de ella.

Esa noche llegaron al final del bosque, a un prado donde había una horca. El zapatero dejó al sastre al pie de ella y continuó su camino. Atormentado por el dolor y el hambre, el pobre ciego se tendió en el suelo y durmió toda la noche. Cuando se despertó, al amanecer, no sabía dónde se encontraba.

De la horca pendían dos ahorcados; cada uno tenía un cuervo sobre la cabeza. El primer ahorcado dijo entonces:

—Hermano, ¿estás despierto?

—Sí —contesto el segundo ahorcado—. Estoy despierto.

—Pues te diré una cosa —añadió el primero—. Si un ciego bañara sus ojos en el rocío que ha caído durante la noche sobre nosotros, recobraría la vista. Si lo supieran, muchos de los que creen haber perdido la vista para siempre volverían a ver.

Al oír esto, el sastre cogió su pañuelo y lo frotó contra la húmeda hierba de rocío. Luego se lavó con el pañuelo las órbitas vacías de sus ojos y se cumplió lo que había pronosticado el ahorcado: al instante sus órbitas se llenaron con dos ojos perfectamente sanos. De inmediato el sastre vio salir el sol tras las montañas. Delante de él, en la llanura, se extendía una gran ciudad, con magníficas puertas y cien torres. Y las cúpulas y las cruces de oro que remataban las agujas de las iglesias comenzaron a brillar.

Podía distinguir las hojas más pequeñas de los árboles y seguir el vuelo de los pájaros y la danza de las moscas en el aire. Entonces sacó una aguja del bolsillo y, cuando pudo enhebrarla tan bien como siempre, el corazón le saltó de alegría.

Cayó pues de rodillas, agradeció a Dios su piedad, y acto seguido rezó sus oraciones matinales, sin olvidar en ellas a los pobres pecadores que colgaban de la horca, traqueteados por el viento como los badajos de una campana.

Luego recogió su atillo, olvidó las penalidades que había pasado y prosiguió su camino cantando y silbando.

La primera criatura con la que se topó fue un potro de color castaño que correteaba libre por el campo. El sastre lo cogió por la crin con la intención de montarlo y llegar cabalgando a la ciudad, pero el potro le suplicó que lo dejara libre, diciendo:

—Soy todavía demasiado joven. Aun un ligero sastrecillo como tú me quebraría el lomo. Espera a que haya crecido y sea más fuerte. Quizás algún día pueda recompensarte.

—Márchate —respondió el sastre—. Ya veo que eres un trotamundos como yo.

Y diciendo ésto, le dio una palmada en la grupa. El potro caracoleó sobre sus cascos y se fue corriendo y saltando por encima de vallas y fosos.

Sin embargo, el sastrecillo no había comido nada desde el día anterior.

—Mis ojos están llenos de la luz del sol —dijo—. Pero ¿qué puedo decir de mi estómago? Lo primero que encuentre en mi camino que pueda comer me lo echaré al buche.

Justo en ese momento una cigüeña apareció avanzando por el prado con la mayor tranquilidad.

—¡Detente! —exclamó el sastre—. No sé si tu carne es buena para comer, pero mi hambre no me deja elección. Sólo tengo que cortarte la cabeza y asarte.

—¡Oh, no! —advirtió la cigüeña—. No debes hacer eso. Soy un pájaro sagrado y buen amigo del hombre. Nadie me ha hecho daño alguno. Si me perdonas la vida, te recompensaré algún día.

—Muy bien, Amiga de Largos Pies —dijo el sastre—, echa a correr.

Entonces, la cigüeña levantó el vuelo y se alejó majestuosamente, dejando flotar sus largas patas detrás de ella.

«¿Qué será de mí? —se preguntó el sastre—. Cada vez tengo más hambre y el estómago más vacío. Cualquier criatura que se cruce ahora en mi camino estará perdida sin remedio.»

En ese momento vio a unos patos nadando en un estanque.

—Llegáis muy a propósito —exclamó.

Rápidamente cogió a uno de ellos, y estaba a punto de retorcerle el pescuezo, cuando su madre, que estaba oculta tras las cañas, se acercó nadando hacia él y llorando le imploró que dejase a sus patitos.

—Piensa en el dolor de tu madre si alguien te cogiera para matarte —le dijo.

—Cálmate —respondió el sastre—. No tocaré a ninguno de tus hijitos.

Y devolvió al agua al cautivo. Se dio la vuelta y vio un árbol muy viejo cuyo tronco estaba parcialmente hueco. Por el agujero entraban y salían zumbando multitud de abejas silvestres.

—He aquí la recompensa a mi generosidad —dijo el sastre—. La miel me quitará el hambre.

En ese momento salió la abeja reina del tronco y le amenazó con estas palabras:

—Si pones las manos en mi colmena y destruyes mi casa, nuestros aguijones se clavaran en ti como diez mil agujas al rojo vivo. Pero si nos dejas en paz y te marchas, algún día te recompensaremos.

Nuevamente comprendió el sastre que no tenía más alternativa que acatar el consejo, y se dijo para sus adentros:

«Tres platos vacíos y nada en el cuarto son una pobre comida en verdad.» Así pues, se arrastró hasta la ciudad con su famélico estómago. Afortunadamente llegó justo cuando el reloj daba las doce y pudo tomar una buena comida caliente en una posada. Se sentó a la mesa y cuando hubo terminado, dijo:

—Ahora, a buscar trabajo.

Exploró entonces la ciudad en busca de un maestro sastre, y pronto encontró uno que le dio empleo. Y como nuestro sastrecillo conocía bien todos los gajes del oficio, no pasó mucho tiempo antes de que se hiciera famoso y todo el mundo quisiera tener un abrigo confeccionado por él. Su reputación creció y creció. «Mi trabajo no es ahora mejor que lo que era antes —se decía extrañado—, y sin embargo mis negocios progresan.» Por último, el rey le nombró sastre de la corte.

¡Pero qué pequeño es el mundo! Ese mismo día su antiguo camarada, el zapatero, fue nombrado zapatero de la corte. Cuando éste vio allí al sastre y observó que tenía los ojos sanos, la conciencia le pesó y se dijo: «Será mejor que me deshaga de él antes de que descargue sobre mí su venganza.»

Pero quienquiera que tienda a otro una trampa, frecuentemente se la tiende a sí mismo. Al anochecer de ese día, cuando terminó su trabajo, el zapatero se presentó ante el rey para conspirar y le dijo:

—Majestad, ese sastre es un presuntuoso. Se vanagloria de que puede encontrar la corona de oro que tanto tiempo lleva perdida.

—Eso sí que sería estupendo —repuso el rey.

A la mañana siguiente mandó buscar al sastre y le ordenó encontrar la corona de oro o abandonar la ciudad para siempre.

—¡Ay de mí! —se lamentó el sastrecillo—. Sólo un bribón promete lo que no puede cumplir. Si este caprichoso rey espera de mí lo que ningún ser humano puede lograr, ¿por qué aguardar hasta mañana? Me iré de esta ciudad ahora mismo.

De modo que rehízo su atillo y se puso en camino, mas al atravesar las puertas de la ciudad no pudo evitar sentirse apenado por dejar atrás su buena fortuna y darle la espalda al sitio donde tan bien le iban las cosas. Pronto llegó al estanque en donde había encontrado a los patos. La madre de los pequeños a quienes había perdonado la vida estaba en la orilla arreglándose las plumas con el pico y reconoció al sastrecillo de inmediato. Viéndole tan abatido, le preguntó qué le ocurría.

—Ya lo entenderás cuando te cuente lo que me ha sucedido —le dijo el sastre.

Y le relató la historia.

—Si eso es todo —replicó entonces la pata—, nosotros podemos ayudarte. La corona cayó al agua y está en el fondo del estanque. Te la sacaremos en seguida; sólo tienes que extender tu pañuelo sobre la orilla.

Y diciendo esto, se sumergió en el agua con sus doce patitos y en cinco minutos volvieron a la superficie. La madre nadaba dentro de la corona, sosteniéndola con sus alas, mientras que los pequeños habían formado un círculo alrededor y la ayudaban sujetando la corona con los picos. Llegaron a la orilla y la depositaron sobre el pañuelo. No podéis figuraros lo hermosa que era: brillaba al sol como mil rubíes juntos. El sastrecillo cogió entonces el pañuelo por los cuatro extremos y se la llevó al rey, que en su alegría le puso una cadena de oro alrededor del cuello.

Cuando el zapatero vio que de nada le había servido su trampa, se puso a maquinar otra. Se presentó ante el rey y le dijo:

—Su majestad, el sastre ha estado presumiendo de nuevo. Ahora dice que puede hacer una réplica de cera del palacio real entero, con los muebles y todo lo que contiene.

El rey envió a buscar al sastrecillo y le ordenó que hiciera una réplica de cera del palacio real, con los muebles y todo lo que contenía, pero le advirtió que si fracasaba, o faltaba siquiera un clavo de la pared, sería encerrado en una mazmorra durante el resto de su vida. El sastre pensó: «Esto se pone cada vez peor. Es más de lo que nadie puede soportar.» Así que se colgó al hombro su atillo y abandonó la ciudad.

Al llegar al tronco de árbol vacío, se sentó junto a él, cabizbajo. Entonces salieron las abejas y la reina le preguntó:

—¿Por qué estás tan cabizbajo? ¿Te duele el cuello?

—¡Oh, no! —repuso el sastre consternado—. Mis problemas son de otra índole.

Y le contó lo que el rey le había ordenado.

Las abejas empezaron a zumbar y a susurrar entre ellas y finalmente dijo la reina:

—Vete a casa, pero vuelve mañana a la misma hora y trae una pieza grande de tela. Todo saldrá bien.

Así pues, el sastrecillo volvió a su casa y las abejas volaron directamente hacia el palacio real. Se colaron por las ventanas abiertas y examinaron todo hasta en sus más diminutos detalles y tomaron nota de lo que vieron. Luego regresaron a la colmena y construyeron la réplica en cera del palacio, con tal rapidez que se hubiera dicho que se hacía por sí sola. Estuvo terminada esa misma noche, y cuando el sastre acudió a la mañana siguiente, allí estaba el palacio entero en todo su esplendor, y no faltaba ni un clavo de las paredes, ni una teja del tejado. Aún más: era tan blanco como la nieve, extraordinariamente delicado, y olía a miel. El sastre lo envolvió en la pieza de tela con mucho cuidado y se lo llevo al rey, que se quedó mudo de asombro. Finalmente lo colocó en el salón más amplio del palacio para que todo el mundo pudiera verlo, y recompensó al sastre regalándole una gran casa de piedra.

Pero el zapatero no se dio por vencido. Se presentó ante el rey por tercera vez y le dijo:

—Su majestad, el sastre se ha enterado de que en varias ocasiones ha intentado en vano abrir un pozo en el patio del palacio, y ahora se ufana de que puede hacer brotar una fuente en el centro de la que se levante una columna de agua más clara que el cristal y del tamaño de un hombre.

El rey mandó a buscar al sastre y le dijo:

—Si mañana no hay en mi patio una fuente como la que has proclamado que puedes hacer brotar, mi verdugo te cortará la cabeza allí mismo.

El pobre sastre no perdió mucho tiempo en pensar. Huyó deprisa de la ciudad y, viendo que esta vez su vida corría peligro, las lágrimas comenzaron a correrle por las mejillas. Mientras caminaba, apesadumbrado, el potro que una vez había dejado en libertad llegó saltando hasta él. Había crecido y se había convertido en un hermoso caballo de color castaño.

—Ha llegado la hora de recompensarte por tu bondad —le dijo—. Sé cuál es tu desgracia y puedo ayudarte. Sube a mi lomo: ahora puedo cargar en él a dos como tú.

El sastrecillo recobró su valor y saltó sobre el lomo del caballo. Éste atravesó galopando las puertas de la ciudad y no paró hasta llegar al patio del palacio. Rápido como el rayo dio tres vueltas alrededor de él y a la tercera se detuvo en seco y se echó al suelo. De inmediato se oyó un ruido ensordecedor y un terrón de tierra saltó como una bala de cañón por encima del palacio. A continuación un potente chorro de agua se irguió hasta alcanzar la altura de un hombre montado a caballo. El agua era más clara que el cristal y los rayos del sol centelleaban en ella. Cuando el rey lo vio, saltó de admiración y abrazó al sastrecillo delante de toda la corte.

Mas la buena fortuna del joven no duró mucho. El rey tenía muchas hijas, a cual más hermosa, pero ningún hijo varón.

El pérfido zapatero se presentó entonces por cuarta vez ante el monarca y le dijo:

—Su majestad, el sastre está cada día más arrogante. Ahora dice que si quisiera podría hacer que os llegara un hijo varón por el aire.

El rey mandó buscar al sastre y le dijo:

—Si me traes un hijo varón en nueve días, te daré por esposa a mi hija mayor.

«La recompensa es grande —pensó el sastrecillo—, y haría cualquier cosa por ella; pero el fruto está demasiado alto para mí. Si me subo al árbol, las ramas se romperán y caeré al suelo.» Volvió a su casa, se cruzó de piernas delante de su mesa de trabajo y se quedó meditando un buen rato. ¿Qué podría hacer? Finalmente exclamó:

—¡No! Es imposible. Nunca encontraré un momento de paz, abandonaré la ciudad ahora mismo.

Empaquetó sus cosas y atravesó apresuradamente las puertas de la ciudad. Pero al llegar al prado se encontró a su vieja amiga la cigüeña, que se paseaba por allí con solemnidad filosófica. Deteniéndose aquí y allá, escudriñando ranas y, satisfecha su curiosidad, engulléndolas. Al ver al sastrecillo, se le acercó amigablemente y le dio los buenos días.

—Veo que llevas la mochila al hombro —observó—. ¿Por qué has decidido abandonar la ciudad?

Entonces el sastre contó a la cigüeña lo que el rey le había pedido, y se lamentó de su mala fortuna.

—No te amargues por eso —le dijo la cigüeña—. Yo te ayudaré. He llevado niños a esa ciudad durante más tiempo del que puedo recordar. ¿Por qué no iba a llevar en esta ocasión un principito? Vuelve a tu casa y no te preocupes. Ve al palacio dentro de nueve días y espérame.

El sastre hizo lo que la cigüeña le había dicho: volvió al palacio al noveno día y no tuvo que esperar mucho para ver aparecer a la cigüeña por la ventana. Fue a abrirle, y la amiga de Largos Pies entró cautelosamente y se posó con gravedad sobre el terso suelo de mármol. En el pico llevaba un varón tan hermoso como un ángel que estiraba los bracitos hacia la reina. La cigüeña depositó al principito en su regazo, y la reina lo abrazó y lo besó loca de felicidad.

Antes de emprender el vuelo, el amable pájaro cogió la bolsa y se la entregó a la reina. En ella había multitud de paquetitos llenos de dulces de colores. Éstos fueron repartidos entre las princesas, con excepción de la mayor, que no tomó ninguno porque ya era mayor para dulces. En cambio obtuvo al alegre sastrecillo como esposo.

—Me siento como si me hubiera tocado el premio gordo de la lotería —dijo el joven—. Mi madre tenía razón cuando me repetía: «Si confías en Dios y la suerte te acompaña, todo te saldrá bien en la vida.»

El zapatero tuvo que hacer los zapatos que el sastre usó para bailar en el día de su boda; luego se le ordenó abandonar la ciudad para siempre. Por el bosque llegó hasta la horca, y exhausto como estaba por la rabia y el sofocante calor del día, se tumbó en el suelo. Pero cuando iba a dormirse, los dos cuervos se abalanzaron sobre él desde las cabezas de los ahorcados y dando agudos graznidos le arrancaron los ojos. Enloquecido de dolor, el zapatero echo a correr adentrándose en la espesura, y allí debió de morir de hambre, ya que nunca más fue visto ni nadie volvió a saber de él.

El hijo ingrato

U N hombre y su mujer estaban un buen día sentados frente a la puerta de su casa, a punto de comerse un pollo asado. En ese momento el hombre vio a su anciano padre que se acercaba por la calle y rápidamente fue a esconder el pollo, ya que no quería que lo viera, para evitar invitarle a compartirlo con ellos.

El anciano se detuvo, les saludó muy cariñosamente y tan sólo les pidió un poco de agua, bebió un sorbo y siguió su camino. El hijo fue a buscar entonces el pollo para ponerlo nuevamente sobre la mesa, pero éste se había transformado en un enorme sapo que le saltó a la cara y allí se quedó sin querer moverse. Si alguien intentaba arrancarlo de su sitio, el sapo le dirigía una ponzoñosa mirada, amenazándole con cambiar de cara, de modo que nadie se atrevía a acercarse por la cuenta que le traía.

El hijo se vio obligado a alimentar al sapo todos los días, puesto que si no lo hubiera hecho el sapo le habría comido la cara. Y así, con el sapo pegado a su cara, tuvo que vagar por la tierra, sin un solo momento de paz.

Blancanieves

RASE una vez, durante un crudo invierno en el que los copos de nieve caían como plumas del cielo, una reina que se encontraba sentada junto a una ventana. Estaba cosiendo.

Mientras cosía, se quedó absorta contemplando los copos de nieve. Y se pinchó un dedo con la aguja y tres gotas de sangre cayeron en la nieve; el rojo quedaba tan bonito sobre el blanco de la nieve, que la reina pensó para sí:

«¡Ojalá tuviera una hija tan blanca como la nieve, tan roja como la sangre y con el pelo tan negro como la madera del marco de mi ventana!»

Poco tiempo después la reina dio a luz una niña que tenía la piel tan blanca como la nieve, los labios y mejillas tan rojos como la sangre y el pelo tan negro como el ébano. Le pusieron de nombre Blancanieves, y la reina murió después de darla a luz.

Al año siguiente el rey volvió a contraer matrimonio. La nueva reina era muy hermosa, pero al mismo tiempo orgullosa y muy presumida, y no podía tolerar que hubiese alguien más hermosa que ella. Tenía un espejo mágico, y cuando se miraba en él decía:

> —*Espejo, espejito mágico,*
> *dime una cosa:*
> *de todo el reino*
> *¿quién es la más hermosa?*

Y el espejo respondía:

> —*Tú, reina,*
> *de todo el reino*
> *eres la más hermosa.*

Estas palabras tranquilizaban su espíritu, ya que sabía que el espejo decía la verdad.

Pero Blancanieves crecía y se hacía cada vez más bella, y cuando cumplió los siete años era tan hermosa como la luz del día y mucho más que la reina. Un día, al preguntar la soberana a su espejo mágico:

> —*Espejo, espejito mágico,*
> *dime una cosa:*
> *de todo el reino*
> *¿quién es la más hermosa?*

El espejo replicó:

> —*Tú, reina,*
> *aquí la más hermosa eras;*
> *pero ahora mil veces*
> *la hermosa Blancanieves te supera.*

La reina se quedó boquiabierta por el asombro y luego se puso verde de envidia. Desde ese momento cada vez que veía a Blancanieves la odiaba tanto que el corazón se le revolvía en el pecho. El orgullo y la envidia crecieron en su alma como algas entrelazadas, hasta que perdió la paz de día y de noche. Entonces, mandó llamar a un cazador y le ordenó:

—Llévate a la niña fuera de mi vista. Llévatela al bosque, mátala y tráeme sus pulmones y su hígado como prueba de que lo has hecho.

El cazador obedeció; se llevó a la niña al bosque y sacó el cuchillo de caza, pero cuando estaba preparado para traspasar con él el corazón inocente de Blancanieves, ésta se echó a llorar e imploró:

—¡Ay, querido cazador, déjame vivir! Me quedaré en el bosque y nunca volveré a casa.

Y como era tan bonita, el cazador se compadeció de ella y dijo:

—Muy bien, pobre niña, huye.

Y pensó para sus adentros: «Pronto las bestias salvajes darán buena cuenta de ella.» Pero sintió un gran alivio al no tener que matar a la niña. En ese momento salió una cría de jabalí, y el cazador sacó su cuchillo y le mató.

Luego le arrancó los pulmones y el hígado y se los llevó a la reina como prueba de que había cumplido su mandato. Ésta ordenó al cocinero que los guisara y la desalmada se los comió, creyendo que se estaba comiendo los pulmones y el hígado de Blancanieves.

Mientras, la pobre niña se quedó sola y desamparada en la inmensidad del bosque.

Tenía tanto miedo que se quedó mirando las hojas de los árboles y no sabía qué hacer. Luego echó a correr sobre las piedras ásperas y por medio de las zarzas, y los animales salvajes pasaban junto a ella sin hacerla daño. Siguió corriendo hasta quedar exhausta, y justo antes del anochecer divisó una pequeña

casita y entró en ella a descansar. Todo allí dentro era diminuto, pero estaba extraordinariamente ordenado y limpio. Había una mesa cubierta con un mantel blanco, y sobre él, siete platitos, cada uno con su cuchillito, su cucharita y su tenedorcito, y siete tacitas. Junto a la pared había siete camitas colocadas en hilera y cubiertas por inmaculadas sábanas blancas.

Blancanieves tenía mucha hambre y sed, pero no quería comerse toda la comida de uno de los habitantes de la casita, así que comio un poquito de pan y verduras de cada platito, y bebió un sorbo de vino de cada tacita. Luego, como estaba tan cansada, decidió acostarse en una de las camitas; pero en ninguna de ellas se sentía cómoda: unas eran demasiado cortas, y otras demasiado largas. Por fin, la séptima resultó la apropiada. Allí se tendió y, después de rezar sus oraciones, se quedó profundamente dormida.

164

Ya entrada la noche regresaron los dueños de la casa. Eran siete enanitos que iban todos los días a la mina con sus picos y sus palas para extraer plata. Encendieron sus siete velitas y, cuando la luz fue lo suficientemente intensa, se dieron cuenta de que alguien había estado allí, ya que las cosas no estaban como ellos las habían dejado. El primero dijo:

—¿Quién se ha sentado en mi silla?

El segundo, a su vez:

—¿Quién ha comido de mi plato?

Luego, el tercero:

—¿Quién ha cortado un trozo de mi pan?

El cuarto:

—¿Quién ha comido de mi verdura?

Y el quinto:

—¿Quién ha usado mi tenedor?

Y el sexto:

—¿Quién ha cortado con mi cuchillo?

Por fin, el séptimo:

—¿Quién ha bebido de mi taza?

Luego, el primero echó una ojeada a la habitación y dijo:

—¿Quién se ha acostado en mi cama?

Entonces los demás acudieron y exclamaron atropelladamente:

—Alguien se ha acostado en la mía también.

Pero cuando el séptimo miró en la suya vio a Blancanieves que estaba dormida, y llamó a los otros. Todos se quedaron admirados ante el hallazgo y fueron a buscar sus siete pequeñas velas para iluminar el rostro de Blancanieves.

—¡Por todos los cielos! —exclamaron—. ¡Qué niña tan hermosa!

Los enanitos estaban tan contentos que no quisieron despertarla y la dejaron dormir en la camita. El séptimo durmió, pues, con sus compañeros, una hora en la cama de cada uno, y así pasó la noche.

A la mañana siguiente, Blancanieves se despertó y al ver a los siete enanitos se asustó. Pero ellos la saludaron cariñosamente y le preguntaron:

—¿Cómo te llamas?

—Blancanieves —contestó ésta.

—¿Y cómo has llegado hasta nuestra casa? —inquirieron todos a la vez, con gran curiosidad.

Entonces, les contó que su madrastra había querido matarla, que el cazador le perdonó la vida y que había estado andando a través del bosque durante todo el día, hasta que al fin había encontrado la casita.

Los enanitos dijeron:

—Si quieres cuidar de la casa, cocinar, hacer las camas, lavar, coser la ropa y tenerlo todo en orden, puedes quedarte con nosotros y nada te faltará.

—¡Oh, sí! —dijo Blancanieves—. ¡Me encantaría quedarme con vosotros!

Así pues, Blancanieves se quedó en la casa y prometió mantenerlo todo en orden. Por la mañana los enanitos se iban a la mina para extraer plata y oro, regresaban al caer la noche y para esa hora la cena tenía que estar preparada.

Pero Blancanieves pasaba sola la mayor parte del día, y los enanitos le advirtieron:

—Debes estar siempre alerta. Tu madrastra no tardará en averiguar que estás aquí. No permitas que nadie entre en la casa.

Por su parte, la reina, después de comerse los pulmones y el hígado de Blancanieves, pensaba que era otra vez la mujer más hermosa, así que se puso frente a su espejo y le preguntó:

> —*Espejo, espejito mágico,*
> *dime una cosa:*
> *de todo el reino*
> *¿quién es la más hermosa?*

Y el espejo repuso:

> —*Tú, reina,*
> *eres aquí la más hermosa.*
> *Pero lo es aún mil veces más*
> *la hermosa Blancanieves,*
> *que con los siete enanitos*
> *viviendo muy lejos está.*

La reina sabía muy bien que el espejo nunca mentía, y comprendió que el cazador la había engañado y que Blancanieves estaba todavía con vida. Entonces se puso a exprimirse el cerebro pensando en la forma de deshacerse de ella, pues mientras no fuese la más hermosa del reino, la envidia no la dejaría vivir tranquila ni un solo minuto de su vida. Y al fin se le ocurrió un plan. Se tiznó la cara y se vistió como una vieja vendedora ambulante, de modo que nadie pudiera reconocerla. Así disfrazada, atravesó las siete montañas hasta llegar a la casa de los siete enanitos.

Llamó a la puerta y gritó:

—¡Buena mercancía para comprar! ¡Buena mercancía vendo!

Blancanieves se asomó por la ventana y preguntó:

—¡Buenos días, buena mujer! ¿Qué vende?

—¡Cosas muy bonitas! —respondió la reina—. ¡Cintas de todos los colores!

Y sacó de la cesta una de seda y brillante colorido.

«Esta mujer parece honrada —pensó Blancanieves—, y no habrá ningún peligro si la dejo entrar.» Entonces abrió la puerta y compró la hermosa cinta.

—Niña —dijo al momento la vieja—, así no está bien, déjame ponerte la cinta correctamente.

Sin sospechar nada, Blancanieves se acercó para que la mujer le pusiera la cinta nueva, pero ésta lo hizo tan velozmente y apretó tanto el nudo que le cortó la respiración y la niña cayó al suelo como muerta.

—Bien, bien, bien —dijo la vieja contemplándola—; ya no eres tú la más hermosa del reino.

Y dicho esto, huyó apresuradamente.

Al anochecer los siete enanitos regresaron a la casa. ¡Y cuál no fue su horror al ver a su amada Blancanieves tendida en el suelo! La niña estaba tan inmóvil que pensaron que estaba muerta. La levantaron, y al ver la cinta tan apretada la cortaron.

Al instante Blancanieves volvió a respirar con regularidad, y poco a poco se fue recobrando hasta recuperar el conocimiento.

Cuando los enanitos supieron qué había pasado, le dijeron:

—Esa vieja vendedora no era otra que la malvada reina. Debes ser más cuidadosa y no permitir la entrada a nadie mientras estemos fuera.

Por su parte, ya en el palacio, la reina se miró ansiosa en su espejo y preguntó como siempre:

—Espejo, espejito mágico,
dime una cosa:

de todo el reino
¿quién es la más hermosa?

Y el espejo, como siempre, le respondió:

—Tú, reina,
eres aquí la más hermosa.
Pero lo es aún mil veces más
la hermosa Blancanieves,
que con los siete enanitos
viviendo muy lejos está.

Al oír esto, la pérfida reina sintió una punzada tan intensa que la sangre se le agolpó en el corazón, pues comprendió que Blancanieves había vuelto a la vida. «No importa —se dijo—, voy a pensar en algo que te destruya de una vez por todas.» Y empleando los hechizos que conocía envenenó un peine. Luego volvió a disfrazarse como si fuera otra anciana, y otra vez cruzó las siete montañas y llegó hasta la casa de los siete enanitos.

Una vez allí, llamó con fuerza a la puerta y gritó:

—¡Buena mercancía para comprar! ¡Buena mercancía vendo!

Blancanieves se asomó por la ventana y dijo:

—¡Vete! No puedo dejar entrar a nadie.

—Pero puedes mirar, ¿no es así? —replicó la vieja, sacando el peine envenenado y tendiéndoselo a Blancanieves.

A la niña le gustó tanto el peine que se olvidó de todo lo demás y abrió la puerta. Cuando se pusieron de acuerdo en el precio la vieja dijo:

—Ahora voy a peinarte como es debido.

Sin la menor sospecha, Blancanieves se dejó hacer,

pero apenas el peine rozó sus cabellos empezó a obrar el veneno y la pobre niña cayó en un desmayo mortal.

—¡Al fin, querida mía! —exclamó la malvada reina—. ¡Ahora sí que he acabado contigo!

Y se fue corriendo.

Pero por fortuna era casi de noche. Cuando los siete enanitos llegaron a la casa y encontraron a Blancanieves tendida en el suelo como muerta, de inmediato sospecharon de su madrastra. Examinaron a la niña y hallaron el peine envenenado; al quitárselo de la cabeza, Blancanieves volvió en sí y les contó lo que había pasado. Otra vez le advirtieron que debía estar en guardia y no franquear a nadie la entrada a la casa.

Cuando la reina llegó al palacio se colocó frente al espejo y dijo:

—*Espejo, espejito mágico,*
dime una cosa:
de todo el reino
¿quién es la más hermosa?

Y el espejo respondió como antes:

—*Tú, reina,*
eres de aquí la más hermosa.
Pero lo es aún mil veces más
la hermosa Blancanieves,
que con los siete enanitos
viviendo muy lejos está.

Al oír estas palabras, la reina se puso a temblar y a sacudirse de rabia.

—¡Blancanieves tiene que morir —gritó—, aunque me cueste mi propia vida!

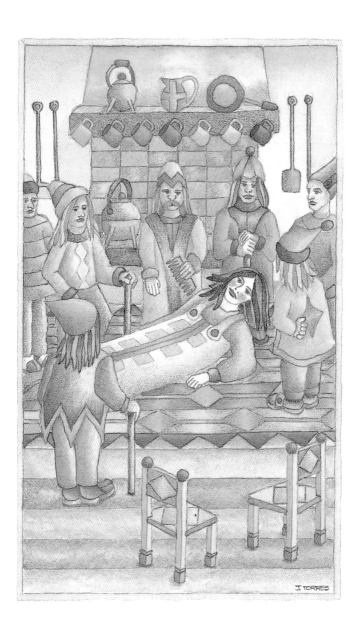

Entonces se encerró en una habitación secreta que nadie en el palacio conocía, y con hechizos preparó una manzana envenenada. Parecía tan apetitosa por fuera, tan blanca y sonrosada, que cualquiera que la viera no podría evitar querer morderla, pero quien comiese de ella, aun el bocado más pequeño, moriría. Cuando la manzana estuvo preparada, se tiznó la cara y volvió a disfrazarse, esta vez de aldeana. Y nuevamente atravesó las siete montañas hasta llegar a la casa de los siete enanitos. Llamó a la puerta y Blancanieves se asomó por la ventana.

—No puedo dejar entrar a nadie —dijo la niña—. Los enanitos me lo han prohibido.

—No importa —replicó la mujer—. Sólo quiero deshacerme de estas manzanas. Te regalaré una.

—No —dijo Blancanieves—. No puedo coger nada.

—¿Temes que esté envenenada? —preguntó astutamente la reina—. Mira, la cortaré por la mitad. Tú te comerás la parte roja y yo la blanca.

La manzana estaba tan bien preparada, que sólo la mitad roja tenía veneno. A Blancanieves le dieron ganas de probarla, puesto que tenía un aspecto delicioso, y cuando vio que la aldeana la mordía, no pudo resistir más, sacó la mano por la ventana y cogió la mitad envenenada.

Pero apenas mordió la manzana, cayó muerta al suelo. Entonces, la reina la miró cruelmente y con una carcajada terrible dijo:

—Blanca como la nieve, roja como la sangre, negro como el ébano; esta vez los siete enanitos no te salvarán.

Y cuando regresó al palacio e interrogó al espejo diciendo:

172

—Espejo, espejito mágico,
dime una cosa:
de todo el reino
¿quién es la más hermosa?

entonces el espejo respondió por fin:

—Tú, ¡oh, reina!
Eres de toda esta tierra
la más hermosa.

Y su envidioso corazón descansó. Tuvo todo el descanso que un corazón envidioso puede tener.

Cuando los siete enanitos regresaron a la casita al anochecer, encontraron a Blancanieves tendida en el suelo. No respiraba y estaba realmente muerta. Por más que la levantaron y la examinaron buscando algo venenoso, la desataron la cinta, la peinaron, e incluso la lavaron con agua y vino, no hubo nada que hacer: su querida niña estaba muerta, y muerta se quedó.

Así pues, la pusieron en una caja, se sentaron los siete alrededor de ella y la velaron y la lloraron durante tres días seguidos. Luego la llevaron al bosque para enterrarla, pero Blancanieves parecía aún tan lozana, y conservaba sus hermosas mejillas tan rojas como siempre, que los enanitos dijeron:

—No podemos enterrarla en la oscuridad de la tierra.

De modo que hicieron un ataúd de cristal y metieron a Blancanieves, para poder verla desde fuera. Grabaron su nombre con letras de oro sobre el cristal y añadieron que era una princesa. Luego colocaron el ataúd en la cima de una colina, donde siempre había uno de los enanitos haciendo guardia. También los pájaros acudieron a llorar a Blancanieves; primero una lechuza, luego un cuervo, y luego una paloma.

Blancanieves permaneció en su ataúd de cristal durante años y años, sin alterarse lo más mínimo. A pesar de los años, seguía como si sólo estuviese dormida, ya que conservaba el color blanco de la nieve, el rojo de la sangre y el negro del ébano.

Una vez llegó un príncipe a aquel bosque y se detuvo en la casa de los siete enanitos para pasar la noche. Vio el ataúd de cristal en la cima de la colina, a la hermosa Blancanieves dentro de él y leyó lo que estaba escrito con letras de oro sobre el cristal. Seguidamente dijo a los enanitos:

—Dejadme que me lleve el ataúd. Os daré todo lo que queráis a cambio.

Pero ellos se negaron:

—No nos separaríamos de él por todo el oro del mundo.

—Entonces, regaládmelo —replicó el príncipe—. Ya no podría seguir viviendo sin contemplar a Blancanieves. La respetaré y amaré mientras viva.

Al escuchar estas palabras, los enanitos se compadecieron de él y le entregaron el ataúd. Los lacayos del príncipe lo cargaron sobre sus hombros y emprendieron la marcha. Pero en el camino tropezaron con una raíz, y la fuerte sacudida hizo que el bocado envenenado que Blancanieves había tragado saliera despedido de su garganta e inmediatamente la joven abrió los ojos, levantó la tapa de cristal del ataúd y se incorporó volviendo a la vida nuevamente.

—¡Oh! —suspiró—. ¿Dónde estoy?

—¡Junto a mí! —dijo el príncipe loco de alegría.

Luego le contó a Blancanieves lo que había ocurrido y le dijo:

174

—Te amo más que a nada en el mundo. Ven conmigo a mi castillo y serás mi esposa.

Blancanieves se enamoró instantáneamente de él y lo siguió a su castillo, donde se hicieron los preparativos para una boda espléndida.

Pero la madrastra también fue invitada al banquete, y después de ataviarse con un lujoso vestido se colocó ante el espejo y dijo:

—*Espejo, espejito mágico,*
dime una cosa:
de todo el reino
¿quién es la más hermosa?

Y el espejo respondió:

—*Tú, reina,*
eras de aquí la más hermosa.
Pero la joven reina
en mil veces más os supera.

Al oír estas palabras, la reina lanzó una maldición. Tanta era su rabia, que no sabía qué hacer. Primero, no quería ir a la boda, pero al final no pudo resistir la curiosidad de ver a la nueva reina, y fue.

Nada más entrar en la sala del castillo reconoció a Blancanieves; se quedó tan aterrorizada que le fue imposible moverse.

Pero su castigo estaba ya preparado: dos zapatos de hierro ardían al rojo vivo entre los carbones del fuego. Uno de los lacayos los cogió con unas tenazas y los colocó delante de la reina. Ésta tuvo que ponérselos y bailar y bailar hasta que cayó muerta al suelo.

La ondina del estanque

ABÍA una vez un molinero que vivía feliz con su mujer.

Tenían dinero y bienes, y su riqueza aumentaba de año en año. Pero la desgracia viene por la noche, dice el proverbio, y de la misma manera que había crecido su fortuna, de año en año, empezó a disminuir, hasta que llegó el día en que el molinero apenas podía llamar suyo el molino en que habitaba.

Estaba el pobre hombre tan afligido, que por las noches cuando se acostaba, después de pasar todo el día trabajando, empezaba a dar vueltas en la cama y no podía dormir.

Una mañana se levantó antes del alba y salió a dar un paseo, esperando encontrar algún alivio fuera de la casa. Al pasar por la presa del molino los primeros rayos del sol empezaban a brillar en el horizonte y en ese momento algo se movió en el estanque.

El molinero se volvió y vio a una hermosa mujer que poco a poco emergía del agua. Tenía unas delicadas manos con las que se alisaba el largo pelo, que le caía sobre los hombros y le cubría como un manto su blanquísimo cuerpo. Al darse cuenta el hombre de que era la ondina del estanque, le invadió un miedo tan grande que no sabía si quedarse allí o salir corriendo.

Mas la ondina le habló con gran dulzura, le llamó por su nombre y le preguntó por qué estaba tan apenado. Al principio el molinero enmudeció, pero la ondina eran tan amable, que finalmente cobró valor y le contó cómo había ido perdiendo toda su riqueza hasta ir a parar a la miseria.

—No te preocupes —le dijo la ondina—. Te haré más rico de lo que hayas sido jamás, con la única condición de que me prometas, ahora mismo, que me darás lo que acaba de nacer en tu casa.

«¿Qué puede ser más que un perro o un gato?», pensó el molinero, y le prometió lo que le pedía. Entonces, la ondina se sumergió en el agua y el molinero regresó al molino.

Estaba a punto de entrar en su casa cuando salió la criada y le dijo:

—¡Felicidades! Vuestra esposa acaba de dar a luz un hermoso niño.

El molinero se quedó paralizado y comprendió de inmediato que la astuta ondina lo sabía de antemano y que le había engañado. Muerto de pena, se acercó al lecho de su mujer.

—¿No es un niño precioso? ¿Por qué no eres feliz? —le preguntó ésta.

Entonces, el molinero le relató su encuentro con la ondina y la promesa que le había hecho.

—La riqueza no significa nada para mí —musitó— si no puedo conservar conmigo a mi hijo. Pero ¿qué voy a hacer ahora?

Ni sus parientes, cuando acudieron a felicitarle, hallaron remedio alguno.

Así pues, la prosperidad volvió a la casa del molinero. Todo lo que emprendía, lograba el éxito; sus baúles y cofres parecían llenarse solos y el dinero aumentaba cada noche en su caja fuerte. Pero el pobre hombre no podía disfrutar de tanta riqueza, ya que la promesa que había hecho a la ondina le atormentaba continuamente. Cada vez que pasaba por el estanque temía que apareciera para recordarle su deuda, y jamás permitiría que el pequeño se acercara al agua.

—¡Ten cuidado! —le advertía—. Si tocas el agua o te acercas al estanque, saldrá de él una mano que te cogerá y te arrastrará hasta el fondo.

Pero como los años pasaban y la ondina no aparecía, el molinero empezó a tranquilizarse.

El niño se convirtió en un muchacho y se hizo aprendiz de cazador. Con el tiempo llegó a ser un cazador experto, y el señor de la aldea lo tomó a su servicio. Conoció a una joven hermosa y honrada que le agradaba mucho, y al darse cuenta, su amo le regaló una pequeña casita y los jóvenes se casaron.

Se amaban con toda el alma y juntos vivían en paz y felicidad.

Un día iba el cazador persiguiendo un ciervo. Cuando éste abandonó la espesura del bosque y salió a la llanura, le mató de un solo tiro. Pero se dio cuenta de que el estanque que se encontraba cerca era el mismo del que su padre le había advertido siempre, y en cuanto terminó de destripar al ciervo se acercó a la orilla para lavarse las manos manchadas de sangre. Mas apenas había rozado el agua, cuando la ondina apareció riéndose, lo encerró en sus húmedos brazos y lo arrastró hasta el fondo con tal rapidez que se levantaron olas en la superficie.

Cuando anocheció y el cazador no había vuelto a

su casa, su mujer, preocupada, salió a buscarlo. Sospechaba lo ocurrido, ya que el cazador le había hablado con frecuencia de la ondina y de la advertencia de su padre de que se mantuviera siempre alejado del estanque. Al llegar y ver su morral junto a la orilla, no le quedó ninguna duda de lo que había sucedido, y llorando y retorciéndose las manos empezó a gritar el nombre de su marido; pero en vano. Rodeó el estanque, volvió a llamarlo y dirigió violentas injurias a la ondina, pero tampoco obtuvo respuesta. La superficie del agua permanecía inmóvil, y sólo la imagen de la media luna se veía en ella.

Sin embargo, la pobre infeliz no abandonó el estanque, sino que empezó a dar vueltas alrededor de él, unas veces en silencio, otras gritando, otras llorando en voz baja. Por fin, vencida por el cansancio, se acurrucó en el suelo y se quedó dormida.

Y tuvo un sueño. Soñaba que iba subiendo por la escarpada cuesta de una montaña con mucho miedo. Las zarzas y las enredaderas le arañaban los pies, la lluvia le golpeaba con fuerza la cara y el viento agitaba sus largos cabellos. Pero cuando llegó a la cima todo cambió. El cielo era azul, el aire suave y en el centro de un verde prado salpicado de flores de colores divisó una cabaña pequeña y muy bonita. Una cuesta ondeaba delicadamente hacia abajo, y la joven se dirigió hacia la cabaña y abrió la puerta. Se encontró con una anciana de pelo blanco que le sonreía con amabilidad.

En ese instante se despertó. Ya era de día y decidió hacer lo que había soñado. Escaló la montaña con dificultad y todo salió como en el sueño. La anciana le dio la bienvenida y le señaló una silla donde podía sentarse.

—Sólo una desgracia —le dijo— puede haberte traído a mi cabaña.

Entonces, entre lágrimas, la mujer del cazador le contó lo que había ocurrido.

—Seca tus lágrimas —dijo la anciana—. Te ayudaré. Aquí tienes un peine de oro. Espera a que haya luna llena y ve al estanque. Siéntate en la orilla y péinate con este peine. Cuando hayas terminado, déjalo sobre la orilla y verás lo que sucede.

La joven regresó a su casa y esperó, aunque los días que faltaban para la luna llena pasaban con lentitud. Por fin apareció en el cielo el disco brillante. Entonces fue al estanque, se sentó y peinó sus cabellos con el peine de oro. Al terminar, lo soltó sobre la orilla y esperó a ver lo que pasaba. De pronto empezaron a salir burbujas del fondo y luego una ola que llegó a la orilla arrastró al peine. Pasó un rato hasta que éste llegó al fondo, entonces la superficie del agua se dividió en dos y emergió la cabeza del cazador. No habló, pero miró con tristeza a su mujer.

Al momento apareció una segunda ola y cubrió la cabeza del hombre, haciéndole desaparecer. El estanque se volvió a quedar tan tranquilo como al principio, y sólo se veía en el agua el reflejo de la luna llena.

Con el corazón destrozado, la joven volvió a su casa. Mas volvió a soñar con la cabaña de la anciana. A la mañana siguiente acudió a verla nuevamente y dejó fluir su pesar. La anciana le dio una flauta de oro y le dijo:

—Espera a que la luna llena salga otra vez. Luego coge esta flauta, siéntate en la orilla del estanque y toca con ella una hermosa melodía. Cuando hayas concluido, deja la flauta sobre la arena y ya verás lo que sucede.

180

La joven hizo lo que la anciana le había dicho. Tan pronto como dejó la flauta en la arena, empezaron a salir burbujas del fondo y se levantó una ola gigante que llegó hasta la orilla y arrastró consigo la flauta. Un momento después la superficie del agua se abrió, pero esta vez emergió medio cuerpo del cazador. Lleno de ansiedad, extendió los brazos hacia su esposa, pero una segunda ola se levantó y volvió a cubrirlo por completo.

—¡Ay! —suspiró la desdichada—. ¿De qué me sirve ver a mi querido esposo un instante para volver a perderlo luego?

Otra vez su corazón se llenó de pesar, pero el tercer sueño le mostró de nuevo la imagen de la cabaña de la anciana. Fue entonces a verla, y la sabia mujer la consoló, le dio una rueca de oro y le dijo:

—Todavía no hemos terminado. Espera a que salga la luna llena otra vez, coge entonces esta rueca y siéntate en la orilla e hila un huso completo; y cuando hayas terminado, deja la rueca cerca del agua y ya verás lo que sucede.

Todo lo hizo la joven como le habían dicho. Apenas salió la luna llena, cogió la rueca, se sentó e hiló sin parar hasta que el lino desapareció y el huso estuvo lleno de hilo. Tan pronto como dejó la rueca en la orilla, el agua empezó a burbujear con más violencia que las veces anteriores, y una ola gigante se la llevó hacia el fondo.

Un momento después apareció el cuerpo del cazador envuelto en un gran chorro de agua. El joven saltó rápidamente a la orilla, cogió a su mujer de la mano y huyó con ella.

Pero apenas se habían alejado, el lago entero se levantó entre terribles rugidos e inundó los campos con una fuerza irresistible. Los fugitivos pensaron que no habría salvación para ellos, mas, aterrada, la mujer recurrió a la anciana pidiéndole ayuda; al instante se transformaron él en un sapo y ella en una rana. Cuando la inundación los alcanzó no pudo matarlos, pero los arrastró lejos y los separó al uno del otro.

Por fin las aguas se calmaron y volvieron a pisar tierra firme. De inmediato recobraron su forma humana. Pero ninguno de los dos sabía dónde podía estar el otro; se encontraban entre gentes extrañas que nada sabían de su tierra. Altas montañas y profundos valles los separaban. Tuvieron que cuidar ovejas para ganar su sustento, y durante largos años condujeron sus rebaños a través de campos y bosques con el corazón lleno de tristeza y pesar.

Un día de primavera, cada uno conducía su rebaño, cuando quiso la casualidad que se encaminaran hacia el mismo sitio. Al divisar una majada en la pendiente de una montaña, el marido se dirigió hacia ella. Se encontraron en el valle, pero no se reconocieron. Aunque se alegraron, puesto que por lo menos no estaban solos. Todos los días, desde ese momento, llevaban a pacer juntos a sus animales; no hablaban mucho, pero se sentían reconfortados.

Una noche de luna llena, mientras las ovejas reposaban sobre la hierba, el pastor sacó una flauta de su bolsillo y tocó una hermosa melodía, pero también muy triste. Cuando terminó, vio que la pastora lloraba amargamente.

—¿Por qué lloras? —preguntó.

—¡Ay! —dijo ella—. La luna llena brillaba como ahora cuando yo toqué esa melodía por última vez con una flauta y la cabeza de mi esposo emergió del lago.

Entonces él la miró y le pareció como si un velo cayera de sus ojos. Reconoció a su querida esposa, y cuando ella le miró a la cara bajo la luz de la luna, también le reconoció.

Se abrazaron y besaron, y no hace falta decir que vivieron muy felices.

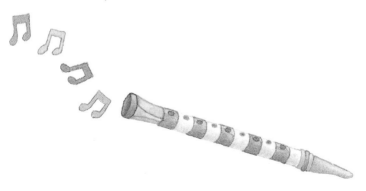

El rey de las ranas

N tiempos muy remotos, cuando todavía se cumplían los deseos, vivía un rey cuyas hijas eran todas muy hermosas; pero la menor era tan hermosa que, aun el sol, que había visto muchas cosas, se maravillaba cada vez que brillaba sobre su rostro. No muy lejos del palacio del rey había un bosque muy grande y oscuro, y bajo un tilo del bosque había una fuente. Cuando hacía mucho calor, la menor de las princesas iba al bosque, se sentaba en el borde de la fuente y para entretenerse llevaba una bola de oro, que tiraba al aire para volverla a coger. Era éste su juego favorito.

Un día ocurrió que no alcanzó a coger la bola y ésta cayó al suelo y de allí rodó al agua. La princesa la siguió con la vista, pero la bola desapareció dentro de la fuente, que era tan honda, tan honda, que no se podía ver el fondo. Entonces, la princesa se echó a llorar y llorar cada vez más fuerte sin encontrar consuelo. Al instante oyó una voz que le dijo:

—¿Qué te ocurre, princesita? Te lamentas de tal modo, que hasta las piedras se enternecerían.

La joven miró a su alrededor para ver de dónde

184

procedía la voz, y vio a una rana que asomaba su fea cabeza por el agua.

—¡Ay!, ¿eres tú, vieja rana? —respondió—. Estoy llorando porque mi bola ha caído en la fuente.

—Deja de llorar —dijo la rana—. Creo que puedo ayudarte, pero si te traigo tu juguete ¿qué me darás a cambio?

—Te daré lo que quieras, ranita —se alegró la princesa—. Mis vestidos, mis perlas, mis joyas, y hasta la corona de oro que llevo puesta.

Pero la rana replicó:

—No quiero tus vestidos, ni tus perlas, ni tus joyas, ni tu corona. Pero si me prometes amarme y ser mi amiga y compañera de juegos, sentarme a tu mesa y dejarme comer en tu plato de oro y beber en tu copa de oro, y dormir en tu cama, te traeré tu bola de oro.

—¡Oh, sí! —exclamó la princesa—. Te prometo todo lo que quieras con tal de que me devuelvas mi bola, pero pensó mientras tanto: «¡Qué tonterías dice esta estúpida rana! Vive en el agua con otras ranas, ¿cómo podría ser yo su compañera de juegos?»

Una vez que la rana obtuvo la promesa, se zambulló en la fuente y, en un momento, salió de nuevo a la superficie con la bola de oro en la boca y la lanzó fuera.

Cuando la princesa vio su hermoso juguete sintió una gran alegría, lo recogió y se marchó corriendo.

—¡Aguarda, aguarda! —gritó la rana—. Llévame contigo, no puedo correr como tú.

Y siguió croando con toda la fuerza de sus pulmones, pero no le sirvió de nada. La princesa no le hizo ningún caso. Se apresuró a volver a su casa y pronto olvidó por completo a la pobre rana, quien, como no

podía hacer nada, se zambulló de nuevo en la fuente.

Al día siguiente, cuando la princesa se hallaba sentada a la mesa con el rey y los demás miembros de la corte comiendo en su plato de oro, vio que algo subía la escalinata de mármol dando saltitos: *¡plip!, ¡plop!, ¡plip!, ¡plop!* Al llegar arriba, golpeó la puerta y gritó:

—¡Princesita, princesita, déjame entrar!

La princesa salió corriendo para ver quién era, y al abrir la puerta vio a la rana. Entonces dio un portazo tan fuerte como pudo y volvió a la mesa con un susto de muerte. El rey se dio cuenta de que el corazón le latía agitadamente y le preguntó:

—¿De qué tienes miedo, hijita? ¿Hay un gigante ahí fuera que quiere comerte?

—¡Oh, no! —exclamó ella—. No es un gigante, sólo es una asquerosa rana.

—¿Y que quiere de ti la rana? —quiso saber el padre.

—¡Oh, querido padre!, ayer estaba jugando junto a la fuente del bosque y mi bola de oro se cayó al agua, me dio mucha pena y lloré tanto que la rana me la sacó. Pero me hizo prometerle que sería su amiga y compañera de juegos. Como la fuente es tan honda, yo pensé que no podría salir, pero ahora está ahí afuera y quiere entrar conmigo.

Entonces, la rana golpeó por segunda vez y gritó:

—Princesita, princesita,
déjame entrar.
¿No recuerdas
tu promesa de ayer
en la fresca fuente?
Princesita, princesita,
déjame entrar.

Al oír esto, el rey dijo:

—Cuando se hace una promesa hay que cumplirla, así que ve y abre la puerta a la rana.

Fue la princesa y la abrió, y la rana entró dando saltitos sin despegarse de sus talones. Llegó hasta la mesa y pidió:

—Súbeme y ponme cerca de ti.

La princesa vaciló, pero el rey le ordenó que obedeciera. Una vez que la rana estuvo en la silla, quiso estar en la mesa, y una vez que estuvo en la mesa, dijo:

—Ahora acerca tu plato dorado para que podamos comer juntas.

La princesa obedeció, pero todos pudieron ver que lo hacía a disgusto. A la rana le encantó la comida, pero en cambio a la princesa se le atragantaba y no podía tragar. Por fin, la rana exclamó:

—¡Ya he comido bastante y estoy muy cansada! Llévame a tu alcoba y prepara tu cama con sábanas de seda para que podamos acostarnos y dormir juntas.

La princesa se echó a llorar, porque no le gustaba la piel fría de la rana; no se atrevía ni a tocarla, y la rana pretendía dormir con ella en su bonita y limpia cama. Pero el rey, enfadado, dijo:

—La rana te ayudó cuando estabas en apuros, así que ahora no puedes despreciarla.

Entonces, la princesa cogió a la rana con los dedos pulgar e índice, la llevó escaleras arriba y la puso en un rincón de su alcoba.

Pero cuando ella se metió en la cama, la rana se acercó arrastrándose y le dijo:

—Estoy muy cansada y quiero dormir contigo. Cógeme o se lo diré a tu padre.

Al oír esto, la princesa se enfadó mucho, entonces cogió a la rana y la arrojó contra la pared con todas sus fuerzas.

—Ahora descansarás tranquila, asquerosa rana —exclamó.

Pero al caer al suelo la rana se transformó en un príncipe de hermosos ojos.

Por voluntad del rey se convirtió en el más querido compañero de la princesa, y luego en su esposo. Le contó que una malvada bruja le había hechizado, que sólo ella podía liberarlo del encantamiento, y que al día siguiente se irían a su reino. Entonces se fueron a dormir, y por la mañana, cuando les despertó el sol, un coche tirado por ocho caballos blancos, con arneses de oro y plumas de avestruz blancas sobre las cabezas, les esperaba. Delante de la carroza estaba el criado del príncipe, el fiel Heinrich.

Éste había sufrido tanto cuando su amo fue convertido en rana, que se había puesto tres bandas de hierro alrededor del pecho para impedir que el corazón le saltase de dolor y pesadumbre. La carroza se encontraba allí para llevar al príncipe a su reino. El fiel Heinrich ayudó a los dos enamorados a subir a sus asientos y luego se sentó en la parte de atrás, loco de alegría porque su amo había sido liberado del hechizo.

Así pues, se pusieron en marcha, pero al poco rato el príncipe oyó que algo crujía detrás de él, como si se estuviera rompiendo.

Entonces se volvió y gritó:

—¡Heinrich, la carroza se está rompiendo!

Y el criado contestó

> —*No, señor mío,*
> *es el anillo*
> *de hierro que sobre mi corazón*
> *forjé, temiendo que de pesar*
> *se me partiese en dos,*
> *cuando la bruja*
> *en rana os convirtió a vos.*

Aún dos veces más se oyó el mismo crujido, pero el príncipe ya sabía que no era la carroza que se rompía, sino que eran las bandas de hierro que liberaban el pecho del fiel Heinrich, quien por fin se sentía feliz porque su amo era libre y feliz.

Los dos hermanitos

Un día el hermanito cogió a su hermanita de la mano y le dijo:

—Desde que murió nuestra madre lo hemos pasado muy mal. Nuestra madrastra nos pega todos los días, y cuando queremos acercarnos a ella, nos echa de su lado a patadas. Sólo nos da de comer mendrugos de pan duro, y hasta el perro, que está debajo de la mesa, come mejor que nosotros, porque de vez en cuando le cae algo bueno. ¡Ojalá Dios se apiade de nosotros! ¡Ay, si nuestra madre lo supiera! Mira, creo que lo mejor será que nos vayamos a recorrer mundo los dos juntos, seguramente nos irá mejor que aquí.

Anduvieron todo el día, atravesaron praderas, campos y sierras, y cuando empezó a llover, la hermanita dijo:

—¡Dios llora como nosotros!

Al anochecer llegaron a un bosque enorme, pero estaban exhaustos y hambrientos después de tan largo viaje, así que se acurrucaron en el tronco hueco de un árbol y allí se quedaron dormidos.

Cuando se despertaron al día siguiente, el sol estaba ya en lo alto del cielo y con sus rayos calentaba el interior del árbol. El hermanito dijo:

—Hermanita, tengo sed. Si buscáramos una fuente podríamos beber.

Entonces se puso de pie y cogidos de la mano se pusieron a buscar la fuente. Pero la malvada madrastra era una bruja y, al ver que los niños se iban de la casa, los siguió, a escondidas, como suelen hacer las brujas, y hechizó todas las fuentes del bosque. La primera que encontraron sonaba y saltaba desde unas rocas; el hermanito fue a beber a ella, pero la hermanita oyó que la fuente decía entre burbujas:

—Si bebes de mí te convertirás en un tigre; si bebes de mí te convertirás en un tigre.

Entonces, la hermanita exclamó:

—Por favor, hermanito, no bebas. Si lo haces, te transformarás en un tigre y me devorarás.

El hermanito no bebió, aunque tenía mucha sed, mas dijo:

—Esperaré a encontrar la próxima fuente.

Cuando llegaron a la siguiente fuente, ésta también hablaba, y la hermanita la oyó decir:

—Si bebes de mí te convertirás en un lobo; si bebes de mí te convertirás en un lobo.

—¡Hermanito, por favor, no bebas! —exclamó la hermanita al oír aquellas palabras—. Si lo haces, te convertirás en un lobo y me comerás.

Tampoco bebió el hermanito, y dijo:

—Esperaré a encontrar la próxima fuente.

Cuando llegaron hasta la tercera fuente, la hermanita la oyó decir mientras burbujeaba y fluía:

—Si bebes de mí te convertirás en un corzo; si bebes de mí te convertirás en un corzo.

Y la hemanita suplicó nuevamente:

—¡Ay, hermanito!, ¡no bebas! Si lo haces, te transformarás en un corzo y huirás de mi lado.

Pero el hermanito se había arrodillado ya en el suelo e, inclinándose, había bebido un sorbo de agua. Y en cuanto las primeras gotas rozaron sus labios, se convirtió en un corzo.

Entonces, la hermanita se echó a llorar sobre el lomo de su pobre hermanito embrujado; el corzo también lloró y se puso muy triste. Por fin, la niña dijo:

—No llores, corcino, nunca me separaré de ti.

Luego se quitó una liga dorada y se la puso al corzo de collar, y con unos juncos trenzados hizo una cuerda, que ató a la liga para conducir de este modo al animalito. De esta manera se internaron más y más en el bosque, y después de andar un trecho muy largo llegaron a una cabaña; la niñita se asomó al interior y vio que estaba vacía. Entonces se dijo: «Aquí podemos detenernos y quedarnos a vivir.»

Hizo una cama muy blanda, con hojas y hierbas para el corcino, y todos los días iba a recoger raíces, moras y nueces con que alimentarse, y pasto tierno para el animalito que comía de su mano brincando alegremente a su alrededor. Por la noche, cuando la hermanita se sentía cansada, recostaba su cabeza sobre el lomo del corcino después de rezar sus oraciones; sobre su almohada se dormía pronto y confiada. Lo único que empañaba su felicidad era que el hermanito no recobraba su forma humana.

Durante algún tiempo vivieron solos y tranquilos en el bosque. Pero, mira por dónde, el rey de la comarca decidió organizar una gran partida de caza, y el bosque se llenó con los sonidos de los cuernos, el ladrido de los perros y los alegres gritos de los cazadores. Al oír todo aquel ruido, el corzo deseó acudir.

—¡Oh, por favor! —suplicó a su hermanita—, idéjame ir! No puedo resistir tanta ansiedad.

Y tanto rogó, que la niña consintió en que fuera.

—Pero vuelve sin falta al anochecer —le advirtió—. Echaré el cerrojo a la puerta para estar a salvo de los crueles cazadores. Cuando llegues debes llamar y decir: «Hermanita, déjame entrar», y sabré que eres tú. Pero si no lo dices, no abriré la puerta.

Entonces, el corzo echó a correr bosque a través, tan feliz de sentirse libre, que saltaba de alegría. Al ver a aquel hermoso animal, el rey y los cazadores lo persiguieron, pero no pudieron atraparlo; cuando pensaban que lo tenían se disparaba como una flecha hacia el bosque y desaparecía.

Cuando llegó la noche se fue a la cabaña, llamó a la puerta y dijo:

—Hermanita, déjame entrar.

La puerta se abrió, el corcino entró y durmió toda la noche en su blanda cama. A la mañana siguiente se reanudó la cacería, y cuando el corzo oyó el ruido de cuernos y cazadores, no pudo permanecer quieto y suplicó:

—Abre la puerta, hermanita, te lo ruego. Me moriré si no voy.

La hermanita le abrió, mas le dijo otra vez:

—Pero esta noche cuando vuelvas no te olvides de decir las mismas palabras.

Cuando el rey y los cazadores vieron al corzo con el collar dorado de nuevo se pusieron a perseguirlo, pero el animal era demasiado rápido y ágil para ellos. Pasó de esta forma todo el día, mas al anochecer los cazadores por fin lo cercaron, y uno de ellos lo hirió ligeramente en una pata, con lo cual, como iba cojo,

193

no podía correr tan aprisa. Un cazador lo siguió sigilosamente hasta la cabaña y le oyó decir:

—Hermanita, déjame entrar.

Vio entonces cómo la puerta se abría y se cerraba luego rápidamente. El cazador retuvo las palabras en la memoria y se fue ante el rey, a quien le relató todo lo que había visto y oído. Y el rey dijo:

—Lo intentaremos otra vez mañana.

La hermanita se asustó mucho cuando vio que su hermanito estaba herido. Le quitó la sangre, le aplicó hierbas sobre la herida y le dijo:

—Acuéstate en tu cama, querido corcino. Descansa y recupérate.

Por fortuna la herida era tan ligera que por la mañana ya no dolía, y cuando el corzo oyó los ruidos de la cacería suplicó:

—Déjame salir. No puedo resistirlo, tengo que salir; no te preocupes, nunca me cogerán.

La hermanita lloró y se lamentó:

—Te matarán, y me quedaré sola en el bosque y abandonada. No, no te permitiré salir.

—Entonces, me moriré de tristeza aquí dentro —repuso el corzo—. ¡Cuando suena el cuerno de caza no puedo quedarme quieto!

¿Qué podía hacer la hermanita? Con gran pesar abrió la puerta, y el corcino se alejó brincando por el bosque. Cuando el rey lo vio, dijo a los cazadores:

—Perseguidle todo el día hasta el anochecer, pero no le hagáis daño.

Y cuando el sol se puso, el rey pidió a los cazadores que lo guiaran a la cabaña. Una vez allí, el rey llamó a la puerta y dijo:

—Querida hermanita, déjame entrar.

La puerta se abrió, el rey entró, y se encontró con la joven más bella que había visto en su vida.

Ella se asustó al ver que en lugar del corzo tenía ante sí a un hombre con una corona de oro sobre la cabeza. Pero el rey la miró con ternura y le dijo, cogiéndole la mano:

—¿Te gustaría venir conmigo a mi palacio y convertirte en mi esposa?

—¡Oh, sí! —respondió ella—, pero el corzo debe venir conmigo. Jamás lo abandonaré.

Entonces, el rey dijo:

—Se quedará contigo mientras vivas y no le faltará nada.

Justo en ese momento el corzo llegó saltando a la cabaña. La hermanita le ató la cuerda al collar y se lo llevó con ella.

El rey montó a la hermosa niña en su caballo y se la llevó consigo al palacio, en donde se celebró la boda con gran esplendor. La hermanita se convirtió, pues, en reina, y durante mucho tiempo vivieron felices. El corzo era cuidado con la mejor solicitud, y todos los días jugaba en los jardines del palacio.

Pero la malvada madrastra que había echado a los niños de su casa creía que las bestias salvajes habían devorado a la hermanita, y que el hermanito, convertido en ciervo, había sido una buena presa para los cazadores. Cuando se enteró de que vivían felices y prósperos, la envidia y los celos atormentaban sin pausa su corazón. Desde aquel momento sólo tuvo un pensamiento: hacer algo para desencadenar la desgracia sobre los dos hermanos. Su hija, que era tan fea como la noche y tenía un solo ojo, no dejaba de rezongar y de reprocharle:

—¿Cómo puedes consentir que ahora ella sea reina y yo no? Hay quien nace con buena estrella. ¡Es a mí a quien correspondería ser reina!

—No te preocupes —le respondió su madre—. Cuando llegue el momento, yo sabré qué hacer.

Y el momento llegó: la reina dio a luz un hermoso niño un día que el rey se hallaba cazando. La vieja bruja se disfrazó de doncella, entró en la habitación donde reposaba la reina y dijo:

—Venid, vuestro baño está preparado; os hará bien y os dará nuevas energías. ¡Pronto, antes de que se enfríe!

La hija de la bruja también estaba allí y entre las dos llevaron a la debilitada reina hasta el baño, la metieron en la bañera y, después de echar el cerrojo a la puerta, huyeron. Habían hecho en el baño un fuego tan grande, que la reina se asfixió en seguida.

Luego la vieja le cubrió la cara a su hija con un gorro de dormir y le obligó a acostarse en la cama de la reina. Hizo todo lo posible porque pareciera la reina, incluso imitando sus facciones, pero no pudo disimular el ojo perdido, y para que el rey no lo notara, la impostora tuvo que recostarse sobre el lado que le faltaba el ojo.

Cuando el rey llegó a palacio por la noche, no cabía en sí de alegría al saber que su esposa le había dado un hijo, y fue corriendo a la cama de la reina para ver cómo estaba. Cuando entró, la vieja le gritó:

—¡No abráis las ventanas, por el amor de Dios! Es muy pronto para que la reina pueda tolerar la luz; está muy débil y necesita reposo.

Entonces, el rey retrocedió y no se enteró de que había una impostora en su cama.

Al dar el reloj las doce, todo el mundo dormía, excepto la nodriza que velaba junto a la cuna en el cuarto del niño. De pronto vio que se abría la puerta y la reina, la auténtica, entraba, cogía en brazos al niño y le daba el pecho.

Luego arregló la almohada de la cuna, volvió a poner al niño en su sitio y lo cubrió con la colchita. Tampoco olvidó al corzo: se acercó al rincón en donde estaba tendido y le dio unas palmaditas en el lomo, y sin más, sin decir una sola palabra, salió del cuarto.

Por la mañana la nodriza preguntó a los guardianes si alguien había entrado al palacio por la noche, y éstos respondieron:

—No hemos visto a nadie.

Desde aquel momento, la reina volvió todas las noches, y nunca decía una sola palabra. La nodriza la veía, pero no se atrevía a contárselo a nadie.

Pasado cierto tiempo, la reina dijo:

—*¿Cómo está mi hijito?*
¿Cómo está mi corcino?
Aún vendré dos veces más,
y ya no volveré jamás.

La nodriza no le contestó, pero cuando la reina desapareció, se presentó ante el rey y se lo contó todo.

—¡Dios mío! —exclamó—. ¿Qué significa esto? Voy a pasar la noche con el niño y montaré guardia.

Así pues, esa noche se fue al cuarto del niño, y al dar la medianoche apareció la reina diciendo:

—*¿Cómo está mi hijito?*
¿Cómo está mi corcino?
Aún vendré una vez más,
y ya no volveré jamás.

Después le dio el pecho al niño como siempre, y desapareció.

El rey no se atrevió a dirigirle la palabra, pero volvió a montar guardia a la noche siguiente. Y otra vez la reina dijo:

> —¿Cómo está mi hijito?
> ¿Cómo está mi corcino?
> Vengo por última vez,
> ya no volveré más.

Entonces, el rey no pudo contenerse. Se puso de pie de un salto y dijo:

—Tú eres mi querida esposa.

—Sí —repuso ella—, soy tu querida esposa.

Y en ese momento, por la gracia de Dios, recobró la vida y sus mejillas volvieron a colorearse. Le contó al rey lo que la malvada bruja y su hija le habían hecho, y el monarca las hizo comparecer a juicio y fueron sentenciadas. La hija fue llevada al bosque, en donde fue devorada por las fieras salvajes, y la bruja fue echada al fuego y quemada como se merecía. Y cuando la bruja se convirtió en cenizas, el corzo quedó libre del hechizo y recobró por fin su naturaleza humana. Y así los dos hermanitos pudieron vivir felices hasta el último instante de su vida.

El reyezuelo y el oso

U N día de verano el oso y el lobo paseaban por el bosque. El oso oyó a un pájaro que cantaba tan melodiosamente, que no pudo menos que preguntar:

—Hermano lobo, ¿qué pájaro es ese que canta de manera tan bella?

—Es el rey de los pájaros —respondió el lobo—. Debemos inclinarnos ante él.

En efecto era el reyezuelo.

—En tal caso —replicó el oso—, me gustaría ver su palacio real. ¿Podemos ir?

—No es tan fácil como piensas —dijo el lobo—. Hay que esperar que la reina esté en él.

Cuando la reina llegó al nido, llevando la comida en su pico, el rey la recibió, y entre los dos empezaron a dar de comer a sus pequeños.

El oso quería entrar detrás de ellos, pero el lobo lo sujetó de la manga y dijo:

—No, hay que esperar a que sus majestades salgan.

Así pues, tomaron nota en la memoria de dónde se encontraba el hueco en el que tenían el nido y continuaron su camino. Mas el oso se moría de curiosidad por ver el palacio real, y sin poder dejar de pensar en ello volvió al poco rato.

El rey y la reina ya se habían ido. Se asomó entonces y vio que había cinco o seis pajarillos acurrucados en el nido.

—¡Y llaman palacio real a esto! —exclamó el oso—. A mí no me parece que lo sea; y en cuanto a vosotros, no sois hijos de un rey, sino unas criaturas bastante feas.

—¡No, no! —gritaron los pajarillos—. Estás equivocado, oso. Nuestros padres son nobles, y tú pagarás muy cara esta injuria.

Los pequeñuelos parecían tan enfadados que el oso y el lobo se asustaron. Volvieron a sus cuevas y se escondieron. Pero los pequeños no dejaron de gritar y lamentarse, y cuando sus padres regresaron con más comida les dijeron:

—No pensamos probar ni la pata de una mosca antes de que nos aclaréis una cosa. ¿Somos o no somos criaturas nobles? El oso ha estado aquí y nos ha insultado.

Entonces, el reyezuelo dijo:

—No tengáis cuidado. Nosotros aclararemos las cosas con ese oso.

Así pues, el rey y la reina volaron hasta la cueva del oso e interpelaron desde fuera:

—¡Eh, tú, viejo gruñón! ¿Por qué has insultado a nuestros hijos? Te arrepentirás. Sólo hay una respuesta para una injuria semejante: ¡guerra a muerte!

Declarada la guerra, el oso llamó en su auxilio a todos los animales de cuatro patas: el buey, el asno, la vaca, el corzo, el ciervo, y a todos los que pudieran encontrarse sobre la tierra.

El reyezuelo, por su parte, llamó a todos los que vuelan por el aire: y no sólo a los pájaros, grandes y pequeños, sino también a los mosquitos, avispas, abejas y moscas.

Cuando llegó el momento de empezar la guerra, el reyezuelo envió espías para averiguar quién era el general del ejército enemigo. El mosquito, que era el más hábil de todos, llegó volando al bosque donde estaba reunido el enemigo, buscó el árbol bajo el cual se daba la contraseña y se ocultó debajo de una hoja.

El oso, que estaba parado allí mismo, le ordenó al zorro que diera un paso adelante, y dijo:

—Zorro, tú que eres el más astuto de los animales, serás nuestro general y nos guiarás.

—Muy bien —repuso el zorro—. Pero en primer lugar decidamos cuáles van a ser nuestras señales. ¿Quién tiene alguna idea?

Nadie tenía ideas, de modo que el zorro volvió a hablar:

—Yo tengo una cola larga y peluda, muy parecida a un penacho rojo. Si la levanto, significará que todo está en orden, y podéis avanzar. Pero en cuanto la deje caer, será la señal de sálvese quien pueda.

Cuando el mosquito escuchó esto, voló de inmediato a su cuartel y se lo contó al reyezuelo.

Al rayar la aurora del día de la batalla, los animales de cuatro patas se lanzaron a correr de tal manera, que la tierra temblaba bajo el galope. El reyezuelo y su ejército acudieron volando por los aires, zumbando, silbando y revoloteando en un enjambre tal, que infundió terror en el alma de todo el que se encontraba en los alrededores. En el momento en que los dos ejércitos estaban a punto de enfrentarse, el reyezuelo dio a la avispa la orden de que se colocara debajo de la cola del zorro y que le clavara el aguijón con toda la fuerza que pudiera.

Al sentir el primer pinchazo, el zorro pegó un salto y la pata se le estremeció, pero resistió el dolor y conservó la cola en alto. Al segundo aguijonazo, sin embargo, le obligó a bajarla, pero sólo un instante. No obstante, al tercero perdió todo el control y, gritando como un energúmeno, escondió la cola entre la piernas. Cuando los animales de cuatro patas vieron esto, pensaron que todo estaba perdido, y corrieron cada uno a su cueva. Los pájaros habían ganado la batalla.

El rey y la reina volaron a su casa entonces y gritaron a sus pequeños:

—¡Niños, alegraos! ¡Comed y bebed, y alegraos, porque hemos ganado la guerra!

Mas los pequeños dijeron:

—¡Oh, no! No comeremos hasta que el oso se disculpe y nos diga que somos hijos de nobles.

Así que el reyezuelo voló hasta la cueva del oso y le dijo:

—Oso gruñón, tienes que venir a nuestro nido a disculparte con nuestros pequeños y decirles que son hijos de nobles. ¡Y pobre de ti, si no lo haces!

Aterrorizado, el oso corrió al nido del reyezuelo y se disculpó ante los pajarillos, hasta que éstos se sintieron desagraviados. Entonces se pusieron a comer y a beber, y organizaron un jolgorio que duró hasta bien entrada la noche.

El pájaro de oro

ACE mucho, mucho tiempo, vivía un rey que tenía un hermoso jardín detrás de su castillo, y en el jardín había un árbol que daba manzanas de oro.

Cuando las manzanas estaban maduras, el rey ordenaba contarlas, pero a la mañana siguiente siempre faltaba una. Al enterarse el monarca de ello, mandó que alguien montara guardia todas las noches debajo del árbol.

Como tenía tres hijos, la primera noche envió al mayor al jardín; pero al dar la medianoche, éste se dejo vencer por el sueño, y a la mañana siguiente faltaba otra manzana.

La noche siguiente montó guardia el segundo hijo del rey, pero no le fue mejor que al primero: al dar las doce campanadas cayó profundamente dormido, y por la mañana volvió a faltar otra manzana.

Entonces, le tocó el turno al menor; éste estaba deseoso de hacerlo, pero el rey no confiaba mucho en él, y estaba seguro de que lo haría todavía peor que sus hermanos. Así y todo, finalmente accedió.

El joven se apostó debajo del árbol y logró vencer

el sueño. Al sonar las doce campanadas se oyó un aleteo en el aire, y a la luz de la luna el príncipe vio a un pájaro con las plumas de oro, que se posó en una rama del árbol. Ya había desprendido una manzana, cuando el joven le disparó una flecha y el pájaro huyó. Pero la flecha lo había rozado y una de sus plumas de oro cayó al suelo. El príncipe la recogió, se la entregó al rey y le contó lo que había visto.

El monarca reunió el consejo, y todos los consejeros estuvieron de acuerdo en que una pluma como aquélla valía más que todo el reino.

—Si esta pluma es tan valiosa —dijo entonces el rey—, no me conformo con tener una sola. Quiero y tendré el pájaro entero.

El hijo mayor se puso, pues, en camino, y, como se creía muy inteligente, estaba seguro de poder encontrar al pájaro de oro y capturarlo. Había andado un poco, cuando divisó a un zorro sentado en el lindero de un bosque, le apuntó con el rifle y estaba a punto de dispararle, cuando el animal gritó:

—¡No dispares! Si no me matas, te daré un buen consejo. Estás buscando al pájaro de oro, esta noche llegarás a una aldea en donde encontrarás dos posadas. La una estará brillantemente iluminada y llena de animación, pero no te detengas en ella, sino en la otra, aun cuando no te agrade su aspecto.

«¿Cómo puede este estúpido animal darme un buen consejo?», se preguntó el hijo del rey; así pues, apretó el gatillo, pero no acertó a darle, y el zorro huyó con inusitada rapidez y se internó en el bosque.

El príncipe prosiguió su camino y al caer la noche llegó a la aldea en donde se hallaban las dos posadas: en la primera había música y danza, mientras que la otra tenía un aspecto sombrío y silencioso.

«Sería tonto si me detuviera en esta posada vieja y oscura en lugar de pasar la noche en la otra», pensó. De modo que entró en la más alegre, se dedicó a divertirse y pronto se olvidó del pájaro, de su padre y de todo lo que había aprendido.

Pasado un tiempo, como el hijo mayor no regresaba, el rey envió al segundo en busca del pájaro de oro. Como su hermano, se encontró con el zorro, que le dio el mismo consejo y otra vez fue desoído. Llegó a las dos posadas, y como de la primera salía música y risa, y su hermano le llamaba desde la ventana, no pudo resistir la tentación de entrar, y desde ese momento no pensó en otra cosa que en divertirse.

Pasó el tiempo y el menor de los hijos quiso salir a probar fortuna, pero su padre no quería dejarle ir. «¿Qué sentido tendría? —pensaba—. Es todavía más improbable que él pueda encontrar al pájaro de oro, y si llegara a meterse en problemas no sabría cómo salir de ellos, porque no tiene mucha cabeza.»

Pero el joven insistió hasta que consiguió el permiso. Partió entonces y encontró, él también, al zorro sentado junto al camino en el lindero del bosque. Otra vez el animal rogó por su vida y le ofreció el buen consejo. El tercer hijo era un joven de buenos sentimientos, y le dijo:

—No temas nada, amigo zorro, no voy a herirte.

—No te arrepentirás de ello —dijo el zorro—. Y ahora súbete a mi cola, llegarás antes.

Apenas se había sentado, cuando el zorro se lanzó a correr, sobre arbustos y fosos, a tal velocidad que el viento silbaba entre los cabellos del príncipe. Al llegar a la aldea el joven se apeó, siguió el consejo del zorro y, sin mirar mucho a su alrededor, entró en la posada más pobre y pasó la noche tranquilamente. A la mañana siguiente, cuando abandonaba la aldea, se presentó el zorro otra vez.

—Ahora te diré lo que debes hacer de aquí en adelante —le dijo—. Sigue andando en línea recta, hasta que encuentres un castillo. Verás a una compañía entera de soldados apostada en el portón, pero no te inquietes por eso, ya que estarán dormidos y roncando a su gusto. Pasa entre ellos y entra en el castillo. Una vez allí, cruza todas las habitaciones hasta llegar a la última, en donde encontrarás a un pájaro de oro dentro de una jaula de madera. A su lado hay una jaula de oro vacía. Hagas lo que hagas, no se te ocurra sacar al pájaro de la jaula de madera para ponerlo en la de oro. Sólo te acarrearía problemas.

Y después de decir esto, el zorro volvió a estirar la cola y el príncipe se sentó sobre ella. Y otra vez se lanzó a correr sobre arbustos y fosos, a tal velocidad que el viento silbaba entre los cabellos del joven.

Cuando llegó al castillo lo encontró todo como el zorro lo había descrito. Entró en la última habitación y allí estaba el pájaro de oro dentro de una jaula de madera, una jaula de oro a su lado y las tres manzanas de oro esparcidas por el suelo. Pensando que era ridículo dejar al hermoso pájaro en aquella modesta y fea jaula, el príncipe lo sacó y lo metió en la jaula de oro; pero en ese mismo momento el pájaro lanzó un penetrante grito y los soldados se despertaron, entraron en el castillo y metieron al joven en un calabozo.

A la mañana siguiente fue llevado ante la corte, en donde lo confesó todo y fue sentenciado a muerte. Sin embargo, el rey le prometió que le perdonaría la vida a condición de que le llevara el caballo de oro que corría más rápido que el viento. Si el príncipe lograba hacerlo, podría llevarse el pájaro de oro.

Así pues, el joven se puso en camino suspirando apesadumbrado, ya que no tenía la menor idea de dónde podía encontrarse el caballo de oro. Entonces vio a su amigo el zorro sentado junto al camino.

—Ya ves lo que te ha ocurrido por no seguir mi consejo. Pero no te preocupes. Te diré cómo encontrar al caballo de oro. Sigue andando en línea recta, hasta llegar a otro castillo. En el establo encontrarás el caballo. Los palafreneros estarán profundamente dormidos y roncando a su gusto, y no tendrás ninguna dificultad en sacar el caballo del establo. Pero recuerda bien una cosa: ponle la modesta silla de madera y piel, y no la de oro que verás colgada al lado; si lo haces al contrario, te acarreará problemas.

Luego el zorro estiró la cola, el príncipe se sentó en ella y nuevamente el animalito se lanzó a correr sobre arbustos y fosos, con tal velocidad que el viento silbaba entre los cabellos del joven. Todo pasó como el zorro había dicho. El príncipe fue al establo, donde se hallaba el caballo de oro. Mientras cogía la silla modesta, pensó: «Un animal tan hermoso como éste merece una hermosa silla. Sería un sacrilegio usar la otra.» Pero en cuanto la silla de oro rozó el lomo del caballo, éste comenzó a relinchar vivamente, con lo cual se despertaron los palafreneros, prendieron al príncipe y lo metieron en un calabozo. A la mañana siguiente, el rey le prometió perdonarle la vida y darle también el caballo de oro si le llevaba a la hermosa princesa que se encontraba en el castillo de oro.

El joven partió apesadumbrado, mas afortunadamente pronto encontró al fiel zorro.

—Realmente debería abandonarte a tu suerte —le dijo éste—. Pero me das pena y te ayudaré otra vez, sólo una vez más. Esta senda te conducirá directamente al castillo de oro. Llegarás allí de noche. Cuando todos están dormidos, la princesa sale a bañarse a un pabellón que hay al lado del castillo. Tienes que salirle al encuentro y besarla. Entonces te seguirá y podrás llevártela contigo. Pero no le permitas que se despida de sus padres o te acarreará problemas.

El zorro estiró la cola, el príncipe se sentó en ella y ambos salieron disparados sobre arbustos y fosos, a tal velocidad que el viento silbaba entre los cabellos del joven.

Cuando llegaron al castillo de oro, todo sucedió como el zorro había dicho. El príncipe esperó hasta la medianoche y, cuando todos dormían profundamente, la hermosa princesa salió a bañarse. Entonces, el joven salió a su encuentro y la besó. La princesa le dijo que lo acompañaría gustosa, pero lloró y le imploró que le permitiera despedirse de sus padres. Al principio, el príncipe se resistió, mas finalmente, como la joven lloraba cada vez con mayor desconsuelo y se arrodilló ante él, cedió. Pero apenas había llegado la princesa a la cama de su padre, éste y toda la gente que había en el castillo se despertaron, y el príncipe fue prendido y puesto en prisión.

A la mañana siguiente, el rey le dijo:

—Estás sentenciado a morir. Pero serás perdonado si haces desaparecer la montaña que obstruye la vista de mi ventana. Deberás hacerlo en sólo ocho días, y si lo consigues, te daré a mi hija como recompensa.

El príncipe puso manos a la obra. Cavó y apaleó sin reposo, pero al finalizar el séptimo día, y ver lo poco que había hecho y que, con todo su esfuerzo, apenas había imprimido una muesca en la montaña, su ánimo se tornó lúgubre y perdió toda esperanza. Mas al caer la noche el zorro apareció y le dijo:

—No sé por qué me preocupo de ti si no lo mereces. Ahora acuéstate y duerme. Yo haré el trabajo por ti.

A la mañana siguiente, al despertarse y mirar por la ventana, la montaña había desaparecido. El joven corrió entonces en busca del rey y le dijo que la montaña ya no obstruía la vista de su ventana, y que le gustara o no, tenía que mantener su promesa y darle a su hija.

Partieron, pues, los dos juntos, y no pasó mucho tiempo antes de que encontraran al zorro.

—Has conseguido el mejor premio —dijo el animal—. Pero el caballo de oro pertenece a la princesa del castillo de oro.

—¿Y cómo podré conseguirlo? —preguntó el príncipe.

—Te lo diré —respondió el fiel zorro—. En primer

lugar tienes que llevar a la hermosa princesa ante el rey que te envió al castillo de oro. Se pondrán muy contentos, y de buena gana te enseñarán el caballo de oro y te lo darán. Móntalo inmediatamente y despídete de todo el mundo dándoles la mano uno por uno. En el último instante, coge a la princesa de la mano, súbela al lomo del caballo de un solo impulso y huye a galope. Nadie podrá alcanzarte, ya que el caballo corre más rápido que el viento.

Todo se desenvolvió sin dificultades, y el joven se llevó a la hermosa princesa sobre el caballo de oro. El zorro les acompañó y dijo al príncipe:

—Ahora te ayudaré a obtener el pájaro de oro también. Cuando te acerques al castillo en donde está, deja afuera a la princesa, y yo cuidaré de ella. Luego cabalga hasta el patio del castillo en el caballo de oro. Todos se regocijarán al verlo y sacaran el pájaro de oro. En cuanto tengas la jaula en la mano, regresa aquí a galope y recoge a la princesa.

También esto fue hecho sin dificultades y el príncipe se dispuso a regresar a su casa con sus tesoros.

—Aguarda —le dijo el zorro—. Ahora debes recompensarme por toda la ayuda que te he prestado.

—¿Qué quieres de recompensa? —preguntó el joven.

—Cuando lleguemos hasta el bosque que ves allí, mátame de un tiro y córtame la cabeza y las patas.

—¡Buena gratitud sería eso! —exclamó el príncipe—. Jamás podría hacer algo semejante.

Y el zorro dijo:

—Si no puedes hacerlo, entonces debo abandonarte. Pero te daré un último consejo antes de marcharme. Cuídate de dos cosas: no compres carne de ahorcado ni te sientes al borde de un pozo.

Con estas palabras, el zorro desapareció en el bosque.

El joven pensó: «¡Qué animal tan extraño! ¡Qué ideas tan raras tiene! ¿Quién podría comprar carne de ahorcado? ¿Y cuándo se me ha ocurrido a mí sentarme en el borde de un pozo?» Se puso en marcha con la hermosa princesa y llegó por fin a la aldea en donde sus dos hermanos se habían quedado. Había allí un gran alboroto, y cuando el príncipe preguntó qué era lo que ocurría, le respondieron que dos hombres iban a ser colgados. Al acercarse, el joven vio que se trataba de sus hermanos, los cuales habían cometido toda clase de villanías y habían perdido todos sus bienes. Preguntó entonces el príncipe si no había alguna forma de salvarlos.

—Podrías, si quisieras comprar su libertad —le dijeron—. ¿Pero para qué vas a gastar tu dinero en este par de bribones?

Mas sin dudarlo un instante el joven pagó la suma requerida, y sus hermanos fueron liberados. Así pues, todos juntos se pusieron en camino.

Llegaron al bosque en donde habían encontrado al zorro por primera vez, y como hacía fresco y el sol les quemaba las espaldas, los dos hermanos dijeron:

—Descansemos junto al pozo y así podremos comer y beber tranquilamente.

El tercer hermano consistió; mientras hablaban se olvidó del consejo del zorro y, sin sospechar nada, se sentó al borde del pozo. Entonces ,los dos hermanos lo empujaron, cogieron a la princesa, el caballo y el pájaro y regresaron a la casa de su padre.

—Mira lo que hemos traído —le dijeron—. No sólo hemos capturado al pájaro de oro, sino que también al caballo de oro y a la princesa del castillo de oro.

Hubo gran alegría para acogerlos, mas el caballo no comía, el pájaro no cantaba y la princesa lloraba todo el día.

Pero el príncipe más joven no estaba muerto. Afortunadamente el pozo estaba seco; al caer al fondo de musgo no se hizo ningún daño, pero no pudo salir a la superficie. Entonces, nuevamente, el fiel zorro apareció a rescatarle. De un salto entró en el pozo y le reprochó haber olvidado sus consejos.

Luego le ordenó que se agarrara firmemente a su cola, y lo arrastró de esa forma a la superficie.

—Todavía corres peligro —le advirtió el animal—. Tus hermanos no están seguros de que hayas muerto y han apostado guardias por todo el bosque con órdenes de matarte en cuanto te vean.

Un pobre hombre estaba sentado a la orilla del camino, y el joven cambió sus ropas por las suyas. Así disfrazado, se puso, pues, en marcha rumbo al palacio de su padre. Al llegar por fin, nadie le reconoció, pero el caballo empezó a comer, el pájaro a cantar y la hermosa princesa dejó de llorar, lo que asombró mucho al rey.

—¿Qué significa esto? —se preguntó en voz alta.

Y la princesa respondió:

—No lo sé, pero antes estaba muy triste, y ahora estoy muy contenta. Me siento como si mi verdadero prometido estuviera presente.

Entonces, la princesa relató al rey todo lo que había ocurrido, pese a que los malvados hermanos la habían amenazado de muerte si de sus labios salía una sola palabra. El rey mandó que todo el mundo compareciera ante él, y así lo hizo también el joven príncipe, vestido con sus harapos.

Al verlo, no obstante, la princesa le reconoció de inmediato y le echó los brazos al cuello. Los pérfidos hermanos fueron detenidos y ejecutados, y el príncipe se casó con la hermosa princesa, que de este modo se convirtió en heredera del trono.

¿Pero qué le ocurrió al pobre zorro? Mucho después de lo ocurrido, un día el príncipe se encontraba paseando por el bosque cuando encontró a su amigo el zorro, que le dijo:

—Ahora tienes todo lo que podrías desear, y yo sigo tan miserable como siempre. Si lo quieres, está en tu poder liberarme.

Y otra vez volvió a implorarle que lo matara de un tiro y le cortara la cabeza y las patas. Por fin, el joven lo hizo, y apenas cumplió esa extraña tarea, el zorro se convirtió en un joven, que no era otro que el hermano menor de la princesa, y que fue liberado de este modo del hechizo que pesaba sobre él. Entonces, nada más ensombreció la dicha de todos, y vivieron felices hasta el final de sus vidas.

El judío en las zarzas

ABÍA una vez un hombre muy rico que tenía un criado que le servía honrada y fielmente; era el primero en levantarse por la mañana y el último en acostarse por la noche, y siempre estaba dispuesto, incluso para las tareas más desagradables.

Jamás se quejaba, y pasara lo que pasara, todo se lo tomaba con alegría. Después de un año de trabajo, el amo decidió no pagarle, pensando que de esa forma, a la vez que se ahorraba el dinero, impedía que el criado se marchara. Éste no dijo nada; siguió trabajando un año más, y cuando llego la hora tampoco recibió su paga; sin embargo, siguió trabajando, sin quejarse, para el rico.

Pasó igual el tercer año, y por fin el amo, pensando en el asunto, se metió la mano en el bolsillo, pero volvió a sacarla vacía. Finalmente, el criado le dijo:

—Señor, os he servido fielmente durante tres años. ¿Podrías pagarme lo que me corresponde? Quisiera marcharme para ver algo de mundo.

Entonces, el avaro rico repuso:

—Sí, amigo mío, me has servido bien y te recompensaré generosamente.

217

De nuevo se metió la mano en el bolsillo, mas esta vez contó tres peniques y dijo al criado:

—Aquí tienes un penique por año. Es una buena suma, y mucho más de lo que te darían otros señores.

El criado, que no entendía mucho de dinero, se metió su capital en el bolsillo, al tiempo que pensaba: «Ahora que tengo los bolsillos llenos, no tendré que preocuparme por el dinero, ni me agotaré haciendo trabajos pesados.»

Así pues, se puso en camino por valles y montes, saltando y cantando con alegría. Al llegar al bosque se encontró con un hombrecillo que lo interpeló con las siguientes palabras:

—¿Adónde vas tan contento y despreocupado? No parece que te pese ningún problema.

—¿Y por qué debería preocuparme? —repuso el joven—. Tengo todo el dinero que me hace falta: mi paga de tres años de trabajo tintinea en mis bolsillos.

—¿Y a cuánto asciende tu tesoro? —se interesó el hombrecillo.

—¿A cuánto? Pues a tres peniques.

—Mira —le dijo entonces el enano—, dame tus tres peniques. Yo no puedo trabajar, soy pobre y paso necesidades. En cambio, tú eres joven, y puedes ganarte fácilmente la vida.

El criado, que tenía un gran corazón, sintió compasión por el hombrecillo y le dio sus tres peniques con estas palabras:

—Acéptalos por el amor de Dios; yo puedo arreglarme muy bien sin ellos.

Al oír esto, el enano dijo:

—Veo que tienes un buen corazón, y por eso te concederé tres deseos; uno por cada penique que me das, y todos se harán realidad.

—¡Ajá! —exclamó el criado—. ¿Así que eres un mago? Pues bien, si es así, ahí van mis tres deseos: primero, una cerbatana que no falle nunca el blanco; segundo, un violín que haga bailar a todo el mundo cuando lo toque, y tercero, que si pido un favor a alguien, no pueda rehusármelo.

—Los tres están concedidos —dijo el enano.

Se agachó a buscar entre unos arbustos y... ¡a que no sabéis lo que sacó!, la cerbatana y el violín. Y se los entregó al joven criado.

—Sea cual sea el favor que pidas, nadie podrá nunca negártelo.

«¡Dios mío! —se dijo el criado para sus adentros—. ¿Qué más se puede pedir?», y prosiguió su camino más contento que unas pascuas.

A continuación se encontró con un judío, cuya barba parecía la de un chivo, que estaba oyendo el canto de un pájaro que estaba posado en la copa de un árbol.

—¡Dios misericordioso! —exclamó el judío—. ¿Cómo puede una criatura tan pequeña tener una voz tan bonita y potente? ¡Ay, ojalá pudiera yo coger a ese pájaro! ¡Si hubiera alguien que pudiera ponerle sal en la cola!

—Si eso es todo lo que te preocupa —intervino el criado—, haremos que baje de inmediato.

Al momento sacó la cerbatana y mató al pájaro de un solo intento, y éste cayó entre las zarzas.

—Muy bien, perrito —dijo el joven—, anda y recógelo si lo deseas.

—Ya creo que lo haré —dijo el judío—. El amo ordena y el perro obedece. Tú le has dado, y yo lo sacaré de ahí.

Dicho esto, se puso a cuatro patas y se dispuso a

meterse entre las zarzas. Cuando estaba dentro, el criado tuvo una maliciosa idea; sacó el violín y empezó a tocar.

Al mismo tiempo, el judío empezó a levantar los pies, a saltar y bailar.

Cuanto más tocaba el criado, más rápido era el ritmo del baile. Las zarzas, con sus espinas, empezaban a rasgar el abrigo del judío, se le enredaban en la barba y le cortaban y arañaban todo el cuerpo.

—¡Dios mío! —gritó el pobre hombre—. ¡A qué viene ahora ponerse a tocar ese violín! Deteneos, señor, os lo ruego, no me apetece bailar.

Pero el criado no le hizo caso. «Tú has desollado a mucha gente antes —pensaba—; ahora las zarzas te van a desollar a ti.» Así pues, continuó tocando y el judío saltaba cada vez más alto, hasta que los harapos de su abrigo quedaron colgando entre las espinas.

—¡Ay, ay! —gritaba el hombre desesperado—. ¡Os daré lo que queráis, joven señor, si os detenéis! Puedo daros una bolsa llena de dinero, si lo deseáis.

—Ya que te sientes tan generoso —repuso el criado—, entonces dejaré de tocar. Pero debo admitir que tu baile tiene cierto estilo.

Dicho esto, dejo el violín, recogió la bolsa de oro y prosiguió su camino.

El judío se quedó mirando al criado hasta que éste se perdió de vista, y luego gritó con todo el aire de sus pulmones:

—¡Miserable músico, violinista de taberna, espera a que te coja solo! ¡Te haré correr hasta que se te caigan las suelas de los zapatos! ¡Maldito bribón, ponte una moneda de cinco centavos en la boca si quieres que tu vida valga algo!

Y así siguió escupiendo todos los insultos que se

le ocurrían, hasta que se sintió más aliviado y se encaminó hacia la ciudad presentándose ante el juez.

—¡Ay, señor juez, un malvado bribón me ha robado y mirad en qué estado me ha dejado! Hasta las piedras se apiadarían de mí. Mis ropas están destrozadas, tengo cortes y arañazos por todo el cuerpo, y todo lo que poseía me lo ha quitado, la bolsa y todo lo demás. ¡Ay, mis hermosos ducados, a cuál más reluciente! Por el amor de Dios, señor juez, metedlo en prisión.

El juez replicó:

—¿Ha sido un soldado el que te ha puesto así a sablazos?

—¡Dios no lo permita! —gritó el judío—. No tenía espada, señor, sólo una cerbatana colgada del hombro y un violín al cuello.

El juez envió a sus hombres, y éstos encontraron pronto al criado, que seguía su camino tranquilamente y sin ninguna prisa. Al registrarlo encontraron la bolsa del judío y lo llevaron al tribunal.

—Yo no he tocado al judío ni le he quitado su dinero —dijo entonces—. Él me lo ofreció voluntariamente para que yo dejara de tocar el violín, porque no podía soportar la música.

—¡Dios misericordioso! —se desesperó el judío—. No dice más que mentiras.

El juez, que tampoco creía en el criado, dijo:

—¡Esa sí que es buena! Ningún judío da su dinero así porque sí.

Y condenó al buen criado a la horca por salteador de caminos. Cuando los soldados se lo llevaron, el judío exclamó:

—¡Bribón, mal músico! ¡Ahora verás lo que es bueno!

Pero el criado subió con calma la escalerilla, acompañado del verdugo, y en el último escalón se volvió y dijo al juez:

—Concededme un último deseo antes de morir.

—Pide lo que quieras, siempre que no sea seguir viviendo.

—No suplicaré por mi vida —contestó el criado—. Sólo permitidme que una vez más toque el violín antes de morir.

Al oír esto, el judío empezó a gritar como un cerdo al que están degollando:

—¡No, no se lo permitáis! ¡Por el amor de Dios!

Mas el juez replicó extrañado:

—¿Y por qué no habría de concederle ese último y breve placer? Está concedido, y no se hable más.

La verdad es que no pudo rehusarse, a causa del

don que el enano había otorgado al criado. Pero el judío insistió a gritos:

—¡Oh, no! ¡Oh, no! ¡Por favor, atadme!

El buen criado sacó entonces su violín, y al primer golpe del arco el juez, los escribanos y los criados del verdugo empezaron a sacudirse y a bailar. La soga cayó de las manos del criado que estaba a punto de atar al judío. Al segundo golpe del arco todos levantaron los pies del suelo y se pusieron a saltar.

El verdugo se olvidó del criado y se dispuso a bailar. Al tercer golpe todo el mundo estaba bailando. El juez y el judío en primer lugar, y, aunque parezca mentira, eran los mejores bailarines del grupo.

No pasó mucho tiempo sin que la gente que había llegado a la plaza principal, atraída por la curiosidad, se uniera al baile: viejos y jóvenes, gordos y flacos. Incluso los perros se erguían sobre sus patas traseras y saltaban siguiendo el compás. Y cuanto más tocaba el criado, los bailarines empezaron a darse cabezadas unos a otros y a gritar de dolor.

Por fin, el juez; completamente exhausto y sin respiración, grito:

—¡Te concedo el perdón, pero deja ya de tocar!

El buen criado se apiadó de todos ellos y volvió a colgarse su violín al cuello y bajó la escalerilla.

Luego se acercó al judío, que estaba tendido en el suelo jadeando, y le dijo:

—¡Pícaro! Confiesa de una vez de dónde has sacado ese oro, o sacaré mi violín y empezaré a tocar de nuevo.

—¡Lo he robado, lo he robado! —gritó el judío—. Pero tú lo has ganado legalmente.

Al oír esto, el juez mandó detenerlo y lo hizo colgar por ladrón.

Las tres ramas verdes

ABÍA una vez un ermitaño que vivía en un bosque al pie de una montaña. Pasaba el tiempo rezando y haciendo obras de caridad, y todas las tardes para hacer penitencia, subía dos grandes cubos de agua desde la ladera hasta la cumbre de la montaña, para dar de beber a los animales y regar las plantas, porque en aquellas alturas soplaba un viento tan fuerte que resecaba el aire y la tierra. Los pájaros se lo agradecían, ya que, asustados de los humanos, tenían que volar en círculos para buscar con su penetrante mirada dónde beber agua.

Al ermitaño se le aparecía un ángel, que recompensaba su piedad. Después de acompañarle en la subida, en cuanto el ermitaño concluía su tarea, le proporcionaba alimentos, lo mismo que hacían los cuervos con el profeta por orden de Dios Nuestro Señor.

Así pasaron muchos años para el piadoso ermitaño, hasta que un día vio a lo lejos a un criminal que era conducido a la horca, y se dijo para sus adentros: «Ése tiene lo que se merece.» Aquella tarde, al acarrear los cubos de agua hacia la cumbre de la montaña, el ángel que siempre le acompañaba no apareció a darle su comida. Aterrorizado, el ermitaño hizo examen de conciencia para ver qué era lo que podía haber ofendido a Dios, mas le fue imposible encontrar la respuesta. Entonces se arrodilló, dejó de comer y beber, y permaneció orando día y noche.

Un día, cuando lloraba amargamente, oyó cantar a un pajarillo.

—¡Qué feliz cantas! —le dijo—. Dios Nuestro Señor no debe estar enfadado contigo. ¡Ay, ojalá tú pudieras decirme qué es lo que he hecho para provocar su enfado, así podría hacer penitencia y mi corazón se aliviaría!

El pajarillo le respondió:

—Tu falta fue condenar a un pobre pecador que iba camino a la horca. Por eso Dios Nuestro Señor se ha enfadado contigo, ya que sólo a Él le es dado enjuiciar a los mortales. No obstante, si te arrepientes y haces penitencia, serás perdonado.

Entonces apareció el ángel con una vara seca en la mano. Se la ofreció y le dijo:

—Debes llevar esta vara contigo hasta que de ella broten tres ramas verdes, y por la noche, cuando te acuestes a dormir, debes ponerla debajo de tu cabeza. Tendrás que mendigar puerta por puerta, y nunca podrás permanecer en una casa más de una noche. Ésta es la penitencia que el Señor te impone.

Así pues, el ermitaño cogió la vara y regresó al mundo del que hacía tanto tiempo se había alejado. Sólo comía y bebía lo que le daban de limosna al pedir de puerta en puerta. Mas con frecuencia nadie hacía caso a sus súplicas y las puertas permanecían cerradas, y a veces, el ermitaño pasaba días enteros sin comer más que una seca corteza de pan.

En una de esas ocasiones en las que había mendigado en vano durante todo el día y nadie le había ofrecido alojamiento para pasar la noche, el ermitaño llegó hasta un bosque, donde encontró una cueva en la que vivía una vieja.

—Buena mujer —le dijo—, déjame pasar la noche en tu casa.

—No —replicó la vieja—, no podría dejarte entrar aunque quisiera. Mis tres hijos son unos ladrones violentos y desalmados. Si al volver a casa te encontraran aquí, nos matarían a los dos.

—Te lo suplico —rogó el ermitaño—, déjame entrar. No te herirán a ti ni me harán daño a mí tampoco.

Como la mujer tenía buen corazón, y él insistió, lo dejó entrar. El ermitaño se acopló debajo de la escalera y con la vara bajo su cabeza. Al verlo la mujer le preguntó por qué lo hacía, y el ermitaño le respondió que llevaba la vara a todas partes para hacer penitencia, y que la usaba como almohada por las noches. Le contó también que lo hacía porque había

ofendido a Dios cuando, a la vista de un pobre pecador que iba camino de la horca, había pensado: «Ése tiene lo que se merece.»

La mujer estalló en lágrimas al oírlo, y lamentándose dijo:

—Si Dios castiga tan duramente una falta tan pequeña, ¿qué les ocurrirá a mis hijos cuando comparezcan ante Él?

A medianoche llegaron los ladrones armando mucho jaleo, y encendieron un fuego. Cuando éste iluminó la cueva y vieron al ermitaño echado bajo la escalera, se encolerizaron y gritaron:

—¿Acaso no te hemos prohibido que dejes entrar a nadie en la cueva?

—Dejadle en paz —dijo la madre—. Es un pobre hombre que hace penitencia por sus pecados.

—¿Qué es lo que ha hecho? —preguntaron entonces los ladrones. Y luego, dirigiéndose al ermitaño añadieron—: Venga, viejo, cuéntanos tus pecados.

El anciano se levantó y les contó con pocas palabras que había pecado lo suficiente como para hacer enfadar a Dios Nuestro Señor, y que tenía que hacer penitencia por su pecado.

Al oírlo, los ladrones se conmovieron de tal modo, que temblaron de miedo al pensar en sus vidas tan nutridas de fechorías; cuando se recuperaron, se arrepintieron sinceramente y empezaron a hacer penitencia.

Después de convertir a los tres pecadores, el ermitaño volvió a acostarse bajo la escalera y se durmió profundamente. Por la mañana lo encontraron muerto, y de la vara en la que reposaba la cabeza habían brotado tres ramas verdes.

El Señor le había perdonado.

Seis que se abrieron
camino en la vida

ABÍA una vez un hombre que era hábil en más de un oficio. Sirvió en el ejército y luchó con disciplina y valor, mas cuando terminó la guerra, recibió la licencia y tres peniques como pago a sus servicios.

—¡No pueden hacerme esto a mí! —exclamó indignado—. ¡Ojalá encontrara los hombres que necesito para obligar al rey a que me dé todos sus tesoros!

Lleno de rabia, se internó en el bosque, y allí vio a un hombre que acababa de arrancar seis árboles, de una vez, como si fueran espigas. Entonces, le dijo:

—¿Quieres venir conmigo y entrar a mi servicio?

—Sí —contestó el hombre—, pero antes deja que le lleve a mi madre este hacecillo de leña.

Dicho esto, cogió uno de los troncos y ató con él los otros cinco; luego se echó el haz al hombro y se lo llevó. Un momento después regresó con su nuevo amo, y éste le dijo:

—Ahora los dos juntos nos abriremos camino en la vida.

Habían andado un rato cuando vieron a un cazador que, arrodillado sobre una pierna, apuntaba con la escopeta. El soldado le preguntó:

—¿A qué apuntas, cazador?

El cazador replicó:

—Hay una mosca en la rama de un roble a dos millas de aquí. Voy a darle en el ojo izquierdo.

—¡Oh, vente conmigo! —exclamó el soldado—. Si vamos los tres juntos, nos abriremos camino en la vida.

El cazador aceptó de buen grado y los tres echaron a andar. Luego llegaron a un lugar donde había siete molinos de viento, cuyas aspas giraban a gran velocidad, a pesar de que no soplaba ni la más mínima brisa ni se movía una sola hoja. El soldado dijo:

—No entiendo qué es lo que impulsa a estos molinos. No sopla ni la más mínima brisa.

Siguió andando con sus servidores y, cuando habían hecho dos millas, vieron a un hombre subido sobre la rama de un árbol. Con un dedo se tapaba uno de los agujeros de la nariz y soplaba por el otro.

—¿Qué haces ahí arriba, buen hombre? —inquirió el soldado.

Y el hombre respondió:

—A dos millas de aquí hay siete molinos de viento. Estoy soplando para que se muevan.

—¡Oh, vente conmigo! —le dijo el soldado—. Si vamos los cuatro juntos, sin duda alguna nos abriremos camino en la vida.

Así que el soplador bajó del árbol y se unió a los otros tres.

Al poco rato vieron a un hombre de pie sobre una sola pierna; se había quitado la otra y la había colocado a un lado.

El soldado le dijo:

—Te has puesto cómodo, ¿verdad? ¿Piensas tomarte un buen descanso?

—Soy un corredor —replicó el hombre—. Me he quitado la pierna para no correr demasiado. Cuando empleo las dos, corro más rápido que los pájaros.

—¡Oh, vente conmigo! —exclamó el soldado—. Si vamos los cinco juntos, sin duda alguna nos abriremos camino en la vida.

El corredor se unió al grupo, y poco después se encontraron a un hombre que llevaba el sombrero inclinado, de modo que le tapaba una oreja.

El soldado le dijo:

—Discúlpame, ¿pero por qué llevas el sombrero sobre la oreja? Pareces un payaso.

—Así debo llevarlo —repuso el hombre—. Si lo enderezara habría una helada tan densa, que los pájaros se congelarían en el aire y caerían muertos al suelo.

—¡Oh, entonces vente conmigo! —exclamó el soldado—. Los seis juntos nos abriremos camino en la vida, sin ninguna duda.

Muy pronto, los seis llegaron a una ciudad donde el rey había hecho público que quien echara una carrera a su hija y la ganara, se convertiría en su esposo; pero que si perdía, también perdería la cabeza. El soldado se presentó ante el monarca y le dijo:

—Acepto el desafío. Pero mi criado correrá por mí.

El rey replicó:

—En tal caso, también su vida servirá de prenda. Si pierde, haré que os corten la cabeza a los dos.

Una vez cerrado el trato, el soldado le puso al corredor la otra pierna y le dijo:

—Estamos juntos en esto, así que pórtate bien.

Los corredores tenían que coger agua de una fuente que se encontraba muy lejos de allí, y resultaría vencedor el que regresara antes. El corredor y la princesa recibieron cada uno un cántaro y empezaron a correr a la vez; sin embargo, un minuto después, cuando la princesa apenas había recorrido un corto trecho, ninguno de los espectadores podía divisar a su oponente; había desaparecido tan rápido como un ciclón. En menos de lo que canta un gallo llegó hasta la fuente, llenó el cántaro y emprendió el regreso. Pero a la mitad de camino se sintió fatigado, soltó el cántaro a un lado, se tumbó en el suelo y se quedó dormido. Encontró un cráneo de caballo y lo empleó de almohada, pensando que la incomodidad le impediría dormir demasiado.

Mientras tanto, la hija del rey, que era una notable corredora para ser una persona corriente, había llegado a la fuente y volvía corriendo con su cántaro lleno de agua. Cuando vio al corredor durmiendo se regocijó y dijo:

—El enemigo está en mis manos.

Entonces volcó el cántaro de su contrincante y salió corriendo de nuevo. Todo se hubiera perdido si no hubiera sido porque, afortunadamente, el cazador se había apostado en el tejado del castillo y lo había visto todo con su aguda vista.

—¡La hija del rey no nos vencerá! —exclamó.

Acto seguido cargó su escopeta, apuntó con el mayor cuidado y disparó al cráneo de caballo, haciendo que se desplazara y que el corredor, que tenía la cabeza apoyada sobre él, se despertara. Sobresaltado, al ver que su cántaro estaba vacío y que la princesa le llevaba una buena ventaja, se espabiló, pero no se desanimó. Cogió el cántaro, volvió a la fuente, lo llenó de agua otra vez, se lanzó a la carrera y llegó al castillo diez minutos antes que la hija del rey.

—Apenas he empezado a moverme —dijo—. Lo que hice antes difícilmente puede llamarse correr.

Mas el rey se sentía muy disgustado con la idea de que un simple soldado retirado se casara con su hija, y ésta aún más que su padre; se pusieron a pensar en la forma de deshacerse del soldado y de sus compañeros, y el rey dijo a la hija:

—¡No te preocupes, ya lo tengo! Jamás volverán a sus hogares.

Luego mandó llamar a los seis viajeros y les dijo:

—Ahora quiero que comáis, bebáis y os divirtáis todos juntos.

Y los condujo a una habitación que tenía el suelo de hierro, las puertas también eran de hierro, y gruesas barras de hierro en la ventana. En el centro había una mesa con gran variedad de manjares.

—Comed y disfrutad cuanto queráis —dijo el rey, y al salir atrancó la puerta con cerrojos y candados.

Después mando llamar al cocinero, y le ordenó que encendiera un fuego debajo de la habitación hasta que el suelo de hierro se pusiera al rojo vivo. El cocinero hizo lo que se le mandaba, y muy pronto los seis compañeros empezaron a sentir calor.

Al principio pensaron que se debía a lo mucho que habían comido, pero como el calor aumentaba, intentaron huir y, al encontrar la puerta y la ventana cerradas, se dieron cuenta de que se trataba de una encerrona del rey, que quería quemarlos vivos.

—No temáis —dijo el del sombrero—. No se saldrá con la suya. Ahora mismo voy a provocar una helada que hará que huya derrotado.

Entonces se enderezó el sombrero y, al instante, se desató un frío tal, que el calor desapareció y la comida que había en los platos comenzó a helarse.

Pasadas unas horas, pensando el rey que ya estarían bien quemados, mandó abrir la puerta para comprobar por sí mismo el resultado de su trampa. Pero cuál no sería su sorpresa al encontrar a los seis compañeros tan saludables como siempre y diciéndole que apreciaban la oportunidad de salir de allí para poder calentarse, ya que hacía tanto frío que la comida se había helado en los platos. El rey bajó hecho una furia a reñir al cocinero.

—¿Por qué no has hecho lo que te mandé?

El pobre hombre contestó:

—Majestad, yo he hecho fuego suficiente. Mirad vos mismo.

El rey vio las flameantes llamas que ardían bajo la habitación de hierro y comprendió que, si quería librarse de los seis, debería pensar en algo más efectivo. De nuevo se puso a maquinar la manera de lograr su objetivo, y por fin mandó llamar al soldado y le dijo:

—¿Renunciarías a la mano de mi hija a cambio de oro? Te daré todo lo que me pidas.

Y el soldado replicó:

—¡Oh, sí, majestad! Si me dais tanto como mi servidor pueda acarrear, renunciaré a vuestra hija.

Aquello agradó al rey.

—Muy bien —añadió el soldado—. Volveré a por el oro dentro de dos semanas

Entonces tomó a su servicio a todos los sastres del reino para que le hicieran un saco enorme en el plazo de quince días. Acabado éste, el forzudo, el que arrancaba los árboles sin ningún esfuerzo, se colgó el saco al hombro y se presentó ante el rey.

—¡Por todos los cielos! —exclamó el monarca—. ¡Qué hombre tan fuerte! ¡Lleva sobre la espalda un saco más grande que una casa!

234

Y, aterrorizado, pensó en la inmensa cantidad de oro que cabría en el saco. Mandó entonces que le llevaran un tonel de oro, y entre dieciséis hombres, los más fuertes, lo acarrearon hasta el forzudo, quien lo cogió con una mano, lo echó al saco y dijo:

—Será mejor que traigáis más la próxima vez. Esto ni siquiera cubre el fondo del saco.

Y así, poco a poco, el tesoro real fue desapareciendo en el interior del saco. Pero aún no estaba lleno ni por la mitad.

—¡Traed más! —gritó—. Hacen falta más nueces para llenar este saco!

Por fin llevaron siete mil carros cargados con el oro de todo el reino, y el forzudo los metió en el saco, con bueyes y todo.

—¿Por qué perder el tiempo seleccionando? —dijo—. Cogeré el cargamento como viene, hasta que el saco se llene.

Cuando metió todos los carros, aún quedaba sitio para mucho más, pero el forzudo dijo:

—Me detendré aquí. No hay nada malo en cerrar el saco antes de que esté lleno.

Acto seguido, ató el extremo del saco, se lo cargó a la espalda y se fue en busca de sus compañeros.

Cuando el rey vio que un solo hombre se llevaba toda la fortuna de su reino, montó en cólera y ordenó a su ejército que persiguiera a los seis compañeros sin desmayar, hasta que recuperara el saco. Pronto dos regimientos alcanzaron al grupo y gritaron:

—¡Estáis arrestados! Dejad ese saco en el suelo o perderéis la vida.

—¡Qué decís? —preguntó el soplador—. ¿Arrestados nosotros? Antes volaréis todos por el aire.

Entonces se tapó uno de los agujeros de la nariz,

sopló por el otro y, al instante, los dos regimientos salieron volando por el aire y fueron dispersados en todas las direcciones: unos por aquí, otros por allá, y así todos.

Un sargento pidió merced diciendo que era un valiente soldado que llevaba sobre el cuerpo nueve cicatrices y que no merecía ser humillado de esa manera. El soplador dejó de soplar con suavidad al oírlo y el sargento cayó al suelo ileso. Luego le dijo:

—Ahora vuelve al castillo, cuéntale al rey lo que ha ocurrido, y dile que puede enviar algunos regimientos más si quiere que vuelen por el aire.

Cuando el rey recibió el mensaje, dijo:

—Dejad que se vayan esos bribones. Son demasiado poderosos para mí.

Así pues, los seis compañeros se llevaron el botín a sus casas, lo dividieron equitativamente entre todos y vivieron felices hasta el final de sus días.

Piel de oso

ABÍA una vez un joven que se alistó en el ejército, luchó valientemente y estuvo siempre entre los primeros en el frente cuando las balas silbaban formando una nube espesa. Mientras duró la guerra todo fue bien, mas cuando se firmó la paz recibió la licencia y el capitán le dijo que podía marcharse a donde quisiera. Sus padres habían muerto, y como no tenía casa propia se presentó en la de sus hermanos y les pidió que le admitiesen hasta que volviese a haber guerra.

Pero los hermanos tenían el corazón muy duro y le dijeron:

—¿Y por qué vamos a mantenerte, si no eres de ninguna utilidad para nosotros? Márchate y resuelve tus problemas en otro sitio.

Lo único que poseía el soldado era su fusil, así que se lo colgó al hombro y se puso en camino. Pronto llegó a un brezal en donde vio unos árboles que formaban un círculo. Como se encontraba muy triste, se sentó bajo uno de ellos a meditar sobre su suerte. «No tengo dinero —se decía—. Lo único que sé hacer en la vida es luchar en la guerra, y, por lo visto, ahora que hay paz ya no le sirvo a nadie. Por lo que veo tendré que morirme de hambre.»

De pronto oyó un leve crujido y al mirar a su alrededor vio a un extraño ser que llevaba un traje de color verde muy lujoso, pero que tenía una horrible pezuña de caballo.

—Sé cuál es tu problema —le dijo al soldado—. Te daré tanto dinero como puedas desear, pero antes necesito saber que no eres un cobarde, porque no me gusta gastar mi dinero inútilmente.

—¿Acaso crees que un soldado puede ser cobarde? —replicó el joven—. Ponme a prueba.

—Muy bien —dijo el hombre—. Mira detrás de ti.

Y cuando el soldado se volvió, vio un enorme oso que se le acercaba gruñendo.

—¿Conque esas tenemos? —exclamó el joven—. Cuando te haga cosquillas en la nariz se te quitarán las ganas de gruñir.

Dicho esto, sacó su fusil y, después de apuntar, le disparó al oso en el hocico. El oso cayó muerto, y el extraño dijo entonces:

—Veo que tienes mucho coraje, pero aún debes cumplir otra condición.

—Si no atañe a la inmoralidad de mi alma, no pongo objeción —repuso el soldado, que ya sabía de sobra quién era su interlocutor—. Pero si esa condición compromete mi salvación eterna, no quiero saber nada de ella.

—Podrás juzgarlo por ti mismo —respondió el hombre—. Durante los próximos siete años no podrás lavarte ni peinarte, ni afeitarte la barba, ni cortarte las uñas; tampoco podrás rezar ni siquiera un padrenuestro. Yo te daré la ropa que deberás llevar durante todo ese tiempo. Si mueres antes de que pasen los siete años, serás mío; pero si vives, serás libre y rico el resto de tus días.

El soldado pensó en su extrema pobreza, recordó con cuánta frecuencia se había enfrentado a la muerte y decidió correr el riesgo. Entonces el Diablo se quitó el traje verde, se lo dio y le dijo:

—Mientras lleves esto puesto, siempre que metas la mano en el bolsillo la sacarás llena de dinero.

Luego le quitó la piel al oso y añadió:

—Ésta será tu capa y tu cama. A causa de ella la gente te llamará Piel de Oso.

Y entonces desapareció.

El soldado se puso el traje, metió la mano en el bolsillo y comprobó que el Diablo había dicho la verdad. Luego se echó la piel de oso por los hombros y se marchó a recorrer el mundo, dispuesto a disfrutar de la vida lo que pudiera; no se privaba nunca de ningún placer y no le preocupaba gastar dinero. Las cosas le fueron bastante bien durante el primer año, pero al segundo tenía un aspecto monstruoso: su rostro estaba casi por entero cubierto de pelo, la barba le llegaba a las rodillas y sus uñas parecían garras. Tenía tal suciedad acumulada en la cara, que si se hubieran sembrados berros en ella seguramente hubieran brotado. Todo el mundo huía de él, pero como iba dando dinero a los pobres para que rogaran a Dios que no muriese antes de que pasaran siete años, y además pagaba generosamente, nunca le faltaba alojamiento.

Cuatro años después llegó a una posada y el dueño no quiso admitirlo, ni siquiera en el establo, por miedo a que los caballos se asustaran al verle.

Cuando Piel de Oso sacó del bolsillo un puñado de monedas de oro, el posadero se compadeció de él y le dio alojamiento en la parte de atrás de la casa, a condición de que no se dejase ver por los huéspedes, ya que no quería que su posada adquiriera mala reputación.

Estaba sentado en el cuarto que le había asignado, deseando de todo corazón que pasaran de una vez los siete años, cuando oyó que alguien se lamentaba en la habitación de al lado. Como Piel de Oso tenía un buen corazón fue a ver qué pasaba, y se encontró con un anciano que lloraba amargamente y se retorcía las manos. Al ver ante sí a semejante monstruo, el hombre, asustado, pegó un salto y echó a correr, mas al oír que tenía voz humana se detuvo y escuchó, hasta que por fin, respondiendo a las suaves palabras de Piel de Oso, le relató los motivos de su desesperación. Gradualmente había ido perdiendo toda su fortuna, y sus hijas y él habían quedado reducidos a la miseria, y como no podía pagar al posadero, iban a meterle en la cárcel.

—Si eso es todo —le dijo entonces Piel de Oso—, deja ya de atormentarte, yo tengo mucho dinero.

Mandó llamar al posadero, le pagó lo que se le debía y dio una bolsa de oro al pobre anciano.

Cuando éste vio que su miseria había terminado, no supo cómo manifestar su reconocimiento.

—Ven conmigo —dijo—. Mis tres hijas son muy hermosas. Podrás escoger a una por esposa; cuando sepan lo que has hecho por nosotros no rehusarán. Es cierto que tienes un aspecto muy extraño, pero ellas se encargarán de arreglarte.

La idea atrajo a Piel de Oso, y acompañó al anciano; mas cuando la hija mayor le vio, se pegó tal susto que salió corriendo. La segunda se quedó parada ante él, lo examinó de pies a cabeza y luego dijo:

240

—¿Cómo voy a casarme con un hombre que ni siquiera tiene aspecto humano? Antes lo haría con el oso que vi en la feria vestido con una casaca de húsar y guantes. Al menos era feo, pero limpio y podría acostumbrarme a él.

Pero la menor dijo:

—Querido padre, debe ser un buen hombre, puesto que te ayudó cuando lo necesitabas. Si le has prometido esposa como recompensa, tu promesa debe cumplirse.

Por desgracia, el rostro de Piel de Oso estaba cubierto de barro y pelo, si no la muchacha habría notado cómo el corazón le saltaba de alegría al escuchar

241

sus palabras. Entonces Piel de Oso se sacó el anillo que llevaba en el dedo, lo partió por la mitad, le dio a la joven una parte y él se quedó con la otra. En la que le dio a ella escribió su nombre, y en la suya el nombre de la joven, recomendándole que procurara no perderla.

Luego se despidió diciendo:

—Todavía debo seguir vagando durante tres años más. Si cumplido ese plazo no he vuelto, serás libre, porque habré muerto. Mas ruega a Dios para que me conserve la vida.

La pobre muchacha vestía de negro desde aquel día y se le llenaban los ojos de lágrimas cuando pensaba en su prometido. Sus hermanas, en cambio, se burlaban de ella.

—Ten cuidado —le decía la mayor—, no sea que al darle la mano te la destroce entre sus garras.

—Ponte en guardia —decía la segunda—: a los osos les gustan los dulces, y a ti te devorará.

—Tendrás que hacer siempre su voluntad —añadía la mayor—, si no se pondrá a gruñir.

Y la segunda insistía:

—Sin embargo, la boda será muy alegre: los osos son muy buenos bailarines.

Pero a ella nada de lo que dijeran sus hermanas le afectaba.

Entre tanto, Piel de Oso seguía andando por el mundo, ayudando a tanta gente como podía y repartiendo generosamente su dinero entre los pobres para que rezaran por él.

Por fin, cuando llegó el último día del séptimo año, volvió al brezal y se sentó debajo de uno de aquellos árboles que formaban círculo. En seguida oyó silbar al viento y el Diablo apareció ante él, dirigiéndole una sombría mirada. Le dio a Piel de Oso su antigua ropa y le pidió su traje verde.

—No tan rápido —dijo Piel de Oso—. Antes tienes que asearme.

Muy a pesar suyo, el Diablo tuvo que acarrear agua, lavarle, peinarle y cortarle las uñas. Hecho esto, el joven recobró su aspecto de soldado valiente y estaba incluso más guapo de lo que era antes.

Cuando el Diablo se fue, Piel de Oso se alegró mucho, y camino de la ciudad se compró un magnífico traje de terciopelo, se sentó en un coche tirado por cuatro caballos blancos y emprendió el rumbo a la casa de su prometida. Nadie le reconoció cuando llegó. El padre le confundió con un general, le llevó al comedor en donde se encontraban sus hijas y le reservó un sitio entre las dos mayores. Éstas escanciaron vino y se dijeron para sí que jamás habían visto un hombre tan guapo.

En cambio, su prometida, sentada frente a él y vestida de negro, no pronunció una sola palabra ni levantó los ojos. Cuando el joven preguntó al padre si le concedería la mano de una de sus hijas, las dos mayores salieron disparadas a sus habitaciones a ponerse sus mejores ropas, ya que pensaban que una de ellas sería la elegida.

Pero tan pronto como el joven se encontró a solas con su prometida, sacó la mitad del anillo, lo echó en una copa de vino y se la ofreció a la joven, quien, al encontrar la mitad del anillo en el fondo, le miró y el corazón empezó a saltarle de alegría en el pecho. Entonces sacó la otra mitad, que llevaba atada a un lazo que tenía alrededor del cuello, puso las dos partes juntas y comprobó que coincidían perfectamente. Luego el joven dijo:

—Yo soy tu prometido. Era Piel de Oso cuando me viste por primera vez, pero por la gracia de Dios he recobrado mi aspecto humano y estoy limpio ante ti.

Dicho esto, se acercó a ella, la abrazó y la besó. Justo en ese momento aparecieron las dos hermanas con sus preciosos vestidos, al ver que el apuesto visitante había escogido a la menor, y al enterarse de que era el mismo Piel de Oso, se escaparon de la casa llenas de rabia. La mayor se tiró a un pozo, y la segunda se colgó de un árbol.

Esa noche llamaron a la puerta y, cuando el novio la abrió, vio al Diablo ante sí con su familiar traje de color verde.

—Como puedes ver, no me ha salido tan mal —le dijo—. He perdido un alma, pero he ganado dos.

El joven gigante

RASE una vez un labrador que tenía un hijo del tamaño de un dedo pulgar. Nunca crecía, y al cabo de los años su estatura no aumentó más que el grosor de un pelo. Un día que su padre se iba a trabajar al campo el niño le dijo:

—Padre, yo quiero ir contigo.

—Conque quieres venir conmigo, ¿eh? —contestó el labrador—. Pues te quedarás aquí. No me serías de ninguna utilidad en el campo y podrías perderte.

Al oír esto, el niño empezó a llorar de tal modo que para calmarlo su padre se lo metió dentro del bolsillo y se lo llevó consigo; al llegar al campo lo colocó en un surco recién abierto. Pero mientras el pequeñín estaba allí sentado, un enorme gigante se acercó a zancadas desde el otro lado del monte.

—¿Ves al coco? —dijo el padre para asustar al niño y lograr que se portara mejor—. Ha venido para llevarte lejos.

De dos zancadas, el gigante llegó al surco, levantó al niño cuidadosamente con los dedos índice y pulgar, lo miró de arriba abajo y sin decir una sola palabra se marchó llevándoselo consigo. El padre se asus-

245

tó tanto que se quedó paralizado y fue incapaz de emitir sonido alguno. Pensó que el niño estaba perdido y que no volvería a verlo en toda su vida.

El gigante se llevó al niño a su casa y le alimentó él mismo; así fue como el pequeñín empezó a crecer sano y fuerte como un gigante.

Dos años después, el viejo gigante lo llevó al bosque para medir su fuerza, y le dijo:

—Arranca tú solo una vara.

El muchacho era ya tan fuerte que arrancó un árbol joven con raíces y todo. Pero el gigante dijo:

—Todavía habrá que hacerlo mejor.

Y se lo llevó a su casa otra vez y le alimentó durante dos años más. Cuando el gigante le puso a prueba por segunda vez, el muchacho se había hecho tan fuerte que pudo arrancar un árbol adulto. No obstante, tampoco en esa ocasión quedó satisfecho el gigante. Y siguió nutriéndolo otros dos años. Pasados éstos, lo llevó al bosque y le dijo:

—Ahora arráncame una vara como Dios manda.

Entonces, el muchacho cogió el roble más grueso que había en el bosque, lo arrancó sin el menor esfuerzo y lo partió en dos.

—Está bien —dijo el gigante—. Ya eres un gigante hecho y derecho.

Y con estas palabras llevó al joven al campo donde lo había encontrado, en donde se encontraba el labrador arando la tierra. El joven gigante se acercó a él y le dijo:

—Padre, mira en qué hombre tan grande y fuerte se ha convertido tu hijo.

Pero el labrador se aterrorizó:

—¡No! ¡Tú no eres mi hijo! ¡No quiero saber nada de ti! ¡Vete!

—Sí, soy tu hijo. Déjame hacer el trabajo. Yo puedo arar tan bien como tú, o mejor todavía.

—No, no, tú no eres mi hijo, ni sabes cómo arar. ¡Vete!

Pero como tenía miedo del coloso, soltó el arado y se separó a una distancia prudencial de éste. El joven cogió el arado y con una sola mano lo clavó tan hondo en la tierra que el labrador, sin poder resistirlo, le gritó:

—Si quieres arar, no debes hundir tanto el arado. ¡Mira lo que estás haciendo con mi campo!

Entonces, el muchacho desenganchó los caballos y se unció él mismo al arado, diciendo:

—Vuelve a casa, padre, y di a mi madre que me prepare un gran plato de comida. Mientras tanto, yo acabaré de arar por ti.

El labrador volvió a su casa y le dijo a su mujer que preparase la comida, mientras el muchacho aró dos acres de tierra él solo. Cuando terminó de arar, rastrilló la tierra con dos rastrillos a la vez, y al terminar fue al bosque, arrancó dos robles y se los echó sobre los hombros; acto seguido colgó los dos rastrillos de uno de los troncos, y los dos caballos del otro, y se lo llevó todo hasta la casa de sus padres con la misma facilidad que si se tratara de un haz de paja.

Cuando entró en el patio de la casa, su madre no le reconoció.

—¿Quién es ese horrible gigantón? —preguntó, y el labrador le dijo:

—Es nuestro hijo.

—¡Oh, no! —exclamó la mujer—. No puede ser nuestro hijo. Nunca hemos tenido un hijo grande como éste. El nuestro era muy pequeño.

—Y dicho esto, le gritó al muchacho:

—¡Vete! ¡No te queremos!

El joven no dijo nada, llevó los caballos al establo, les dio de comer heno y avena, les cambió la paja, entró en la casa, se sentó en una silla y dijo:

—Madre, tengo hambre. ¿Estará pronto la comida?

—Sí —dijo la mujer, y sacó dos fuentes de comida tan grandes que hubieran tenido para ella y su marido durante dos semanas.

Pero el muchacho las vació en menos de un santiamén, y luego preguntó si no podrían darle algo más.

—No —respondio la madre—. Ésto es todo lo que tenemos.

—Pues apenas ha bastado para abrirme el apetito —dijo el gigante—. Necesito comer algo más.

La madre no quería contradecirlo, así que llenó de comida una enorme marmita y la puso al fuego. Cuando estuvo lista, se la dio, y el muchacho dijo:

—¡Por fin! ¡Ahora sí que veo un bocado!

En un momento dejó la marmita vacía, pero aún se sentía el gigante hambriento.

—Padre —dijo entonces—, veo que nunca tendré suficiente para comer en esta casa, así que si me das una barra de hierro que no pueda romper con la rodilla, me iré a recorrer mundo.

El labrador se alegró al oírlo y, después de enganchar dos caballos a su carro, fue a la herrería y compró una barra de hierro tan grande que los animales apenas podían arrastrarla. Mas el gigante se la apoyó sobre la rodilla y la quebró con la misma facilidad que si fuera una varita de maíz. Entonces, el padre enganchó cuatro caballos al carro y fue a buscar una barra mucho más grande y pesada que la anterior; los animales apenas podían con ella. Por segunda vez el gigante dobló la barra con la rodilla y la rompió lo mismo que la anterior.

—Padre —dijo—, ésta tampoco me sirve. Tienes que enganchar más caballos al carro y traerme algo más fuerte.

Esta vez el padre enganchó ocho caballos, y la barra que encontró eran tan pesada que los animales la arrastraron a duras penas.

En cuanto el gigante la levantó, se rompió un pedazo de la punta.

—Padre —dijo entonces—, ya veo bien que no puedes traerme la barra que necesitó, así que me iré de casa ahora mismo.

Partió por fin a recorrer mundo como herrero ambulante y llegó a una aldea en donde había un herrero tan avaro que no podía dar nada a nadie, ya que todo lo quería para él. El joven gigante se presentó en la herrería y le preguntó si necesitaba los servicios de un herrero ambulante.

—Sí —respondió el herrero, observándolo atentamente.

«Es un muchacho muy fuerte que podrá utilizar muy bien la almádena para ganarse su jornal», pensó, y luego le preguntó:

—¿Cuánto quieres de salario?

—Nada —dijo el gigante—. Pero cada dos semanas, cuando pagues a los demás herreros, me dejarás propinarte un par de golpes.

El avaro se quedó encantado, ya que pensó que se ahorraría mucho dinero. A la mañana siguiente dejó que el nuevo empleado empuñara la almádena. El herrero puso frente al gigante una barra de hierro al rojo vivo, y éste la partió en dos, con tal fuerza, que enterró el yunque en el suelo y no pudieron sacarlo. El avaro se disgustó mucho.

—¡Eh! —exclamó—. No puedo emplearte en la herrería. Atizas demasiado fuerte. ¿Qué paga quieres por este único golpe que has dado con la almádena?

El gigante replicó:

—Sólo quiero darte una palmadita.

Y acto seguido levantó el pie y propinó al herrero una patada que lo lanzó al aire, por encima de cuatro carretas cargadas de heno. Luego cogió la barra de hierro más gruesa que había en la herrería y, usándola como bastón, prosiguió su camino.

Pronto llegó a una granja y preguntó al administrador si no necesitaba un mayoral.

—Sí —respondió éste—, necesito uno, y tú pareces fuerte y trabajador. ¿Qué salario quieres?

Nuevamente contestó el gigante que no quería dinero, pero a cambio quería darle tres palmaditas una vez al año. Esto convino al administrador, ya que también era un avaro.

A la mañana siguiente todos los peones se disponían para salir al bosque a cortar leña, mas el mayoral seguía en la cama. Uno de ellos le dijo:

—¡Levántate!, ya es hora. Tenemos que ir al bosque y tú debes venir con nosotros.

El gigante respondió con rudeza:

—Poneos en camino. Yo acabaré antes de que vosotros estéis de vuelta.

Entonces, los peones acudieron ante el administrador y le dijeron que el mayoral aún estaba en la cama y que no quería ir al bosque con ellos. El administrador les ordenó que volvieran a despertarlo y a decirle que enganchara los caballos. Pero el mayoral dijo lo mismo que antes:

—Poneos en camino. Yo acabaré antes de que vosotros estéis de vuelta.

Así pues, se quedó en la cama dos horas más, y por fin se levantó, cogió dos fanegas de guisantes del granero y se preparó un desayuno que se comió con tranquilidad. Sólo entonces enganchó los caballos y emprendió la marcha hacia el bosque.

Antes de llegar había un barranco que era imprescindible atravesar. El gigante lo cruzó primero con su carro; luego volvio atrás él solo, arrancó árboles y maleza del bosque e hizo con ellos una barricada que los caballos no pudieran franquear. Cuando llegó adonde estaban los peones, éstos estaban a punto de regresar con sus carros cargados de leña.

—Id delante —les dijo—. De todos modos, yo llegaré antes que vosotros.

Y sin internarse demasiado en el bosque se limitó a arrancar dos árboles de los más gruesos que allí había y echarlos al carro. Hecho esto, emprendió el regreso. Cuando llegó a la barricada, encontró ante ella a los demás peones, que no podían atravesarla.

—Ya veis —les dijo el gigante—, si os hubierais quedado conmigo, habríais regresado a la misma hora y habríais podido dormir más.

Luego intentó atravesar la barricada, pero los caballos no eran capaces de hacerlo, así que los desenganchó, los colocó encima del carro, cogió él mismo la lanza y arrastró al carro y toda la carga con la misma facilidad que si cargara una pluma. Cuando llegó al otro lado, dijo a los peones:

—Ya veis: he pasado antes que vosotros.

Cuando llegó a la granja cogió uno de los troncos, se lo enseñó al administrador y le dijo:

—¿Sirve este tronco de leña?

El administrador asintió y por la noche le dijo a su mujer:

—Éste sí que es un buen peón. Puede que duerma más que los otros, pero también está de vuelta antes que ellos.

Así transcurrió un año. Cuando los demás peones recibieron su paga, el gigante también pidió la suya. Mas el administrador temía los golpes que recibiría de manos semejantes, y le rogó que olvidara lo pactado.

—Te diré lo que haremos —le dijo—. Cambiemos de sitio: tú serás el administrador y yo el mayoral.

—No —respondió el gigante—. No quiero ser administrador. Soy mayoral y mayoral seguiré siendo. Sólo quiero que respetes lo convenido.

Entonces, el administrador le ofreció lo que quisiera a cambio de que olvidara lo pactado, pero el gigante respondió que no a todas sus sugerencias. El pobre hombre no sabía qué hacer, de modo que le pidió dos semanas de tiempo, pensando que se le ocurriría algo para salvarse de la paliza.

Cuando el mayoral concedió la prórroga, el administrador reunió a todos sus peones y les pidió que se devanaran los sesos, si era necesario, para sacarlo de aquella situación. Tras mucho pensar, los peones concluyeron que aquel mayoral podía matar de un solo golpe a cualquier hombre, con la misma facilidad que si matara a un mosquito, y que semejante compañero no era garantía para la vida de nadie. Así pues, aconsejaron al administrador que le mandara limpiar el pozo, para que cuando estuviera allí abajo ellos pudieran arrastrar una de las inmensas piedras del molino que había cerca y tirársela a la cabeza. Después de eso, dijeron, nunca más volvería a ver la luz del sol.

La idea agradó al administrador, y el mayoral bajó al pozo de buen grado. Cuando llegó al fondo, los peones tiraron desde arriba la piedra más grande que pudieron encontrar, pensando que le destrozarían la cabeza. Cuál no sería su sorpresa cuando el gigante les gritó:

—¡Quitad las gallinas de ahí! Estan escarbando con el pico y me cae polvo en los ojos.

El administrador entonces simuló espantar a las gallinas.

Cuando el gigante concluyó su trabajo, trepó hasta la superficie y dijo:

—Mirad qué hermoso collar tengo —refiriéndose a la piedra de molino que llevaba incrustada alrededor del cuello.

Luego volvió a pedir su paga, pero nuevamente el administrador le pidió dos semanas de gracia.

Los peones se reunieron y decidieron entonces, que el mayoral fuera enviado al molino encantado para hacer harina por la noche. Hasta ese momento, nadie que hubiera pasado allí la noche había salido con vida. La idea agradó al administrador, y esa misma tarde envió al joven al molino, ordenándole que llevara cien fanegas de grano y que las moliese por la noche, ya que necesitaba con urgencia la harina.

El mayoral fue al granero, se echó veinticinco fanegas en el bolsillo derecho, otras veinticinco en el izquierdo y el resto lo metió en un saco que se echó al hombro.

Cuando llegó al molino, el molinero le advirtió que podía moler fácilmente de día, pero que nadie que se quedara allí por la noche saldría con vida por la mañana, puesto que el molino estaba embrujado.

—No te preocupes por mí —replicó el gigante—. Vuelve a tu casa y duerme tranquilo.

Luego entró en el molino y echó el grano en la tolva. Cerca de las once de la noche se sentó a descansar. Al rato, la puerta se abrió de repente y entró una mesa enorme, seguida de vino, carne asada y todo tipo de excelentes manjares que se movían por sí solos, ya que no había nadie que los transportara. Las sillas entraron también, pero el gigante no vio a nadie en absoluto, excepto unos dedos que manejaban los tenedores y cuchillos y servían la comida en los platos. Como estaba hambriento y la comida estaba a su alcance, no dudó en sentarse a la mesa y comer con deleite.

Cuando terminó de cenar y los seres invisibles también rebañaron sus platos, oyó claramente que apagaban las luces con soplidos y de repente se hizo la oscuridad más absoluta. Entonces sintió algo parecido a un puñetazo en la nariz.

—Si recibo otro igual, lo devolveré —dijo el gigante en voz alta.

Siguió un segundo puñetazo, y el gigante empezó a propinar golpes a su vez. Así pasó toda la noche, dando y recibiendo puñetazos a partes iguales. Al clarear el alba, la batalla se detuvo.

Cuando el molinero se levantó, fue a ver lo que había sido del mayoral y se sorprendió al encontrarlo con vida.

—Apareció una magnífica cena —explicó el gigante—, cené, luego recibí un puñetazo en la nariz, pero devolví los mismos golpes que recibí.

El molinero se puso muy contento.

—Has acabado con el encantamiento de mi molino —le dijo.

Acto seguido, ofreció al gigante una gran suma de dinero, pero éste dijo:

—No necesito dinero. Tengo suficiente.

Luego se echó el saco de harina al hombro, volvió a la granja y dijo al administrador:

—Yo he cumplido con lo mío, y ahora quiero la paga que hemos convenido.

El administrador se llevó un susto de muerte. Se encerró en su habitación y empezó a dar vueltas de un lado a otro. El sudor le corría por la frente y, por tomar un poco de aire, abrió la ventana.

Pero antes de que se diera cuenta, el mayoral le dio tal patada que lo hizo saltar por la ventana tan alto, que lo perdió de vista. Entonces, el mayoral fue a la mujer del administrador y le dijo:

—Si tu marido no regresa, tú misma recibirás el segundo golpe.

—¡No, no! —gritó la mujer—. ¡Me matarías!

La desdichada abrió la otra ventana, ya que el sudor también le bañaba la frente. El gigante le dio entonces una patada y salió volando por el aire de la misma forma que su marido, sólo que como era menos pesada que éste, subió aún más alto.

—¡Ven aquí! —le dijo su marido.

Pero la mujer respondió:

—No puedo. ¡Ven tú aquí!

Y siguieron volando, pero sin poder encontrarse. Y si aún están en el aire yo no lo sé. Lo que sí sé es que el joven gigante cogió su barra de hierro y prosiguió su camino.

Juanita y Juanito

ABÍA una vez un viejo castillo en las profundidades de un denso bosque. En él vivía completamente sola una vieja que era una malvada bruja. Por el día se convertía en gato o lechuza, mas durante la noche recobraba su aspecto humano. Tenía un truco para atraer a los pájaros y los animales de caza, y una vez que los había matado, los asaba y se los comía.

Si alguien se acercaba al castillo, a menos de cien pasos, se quedaba congelado en su sitio sin poder moverse, hasta que la bruja pronunciaba las palabras que rompían el hechizo.

Si una niña inocente caía en sus redes, la bruja la convertía en pájaro y la encerraba en una jaula de mimbre que colocaba en la torre del castillo. Allí tenía siete mil extraños pájaros de éstos, todos encerrados en jaulas de mimbre.

Pues bien, había una vez una niña que se llamaba Juanita, y que era la más bonita de todas las niñas del mundo. Estaba prometida a un apuesto joven llamado Juanito. Iban a casarse pronto, y su mayor dicha era la de estar juntos.

257

Una tarde que querían estar solos y tranquilos, se fueron al bosque.

—Ten cuidado —dijo Juanito—, no te acerques mucho al castillo.

Era un hermosa tarde, los rayos de sol brillaban entre los troncos de los árboles e iluminaban las oscuras zonas verdes del bosque, y las tórtolas cantaban tristemente en las viejas hayas.

Juanita estaba sentada bajo la tenue luz del sol y suspiraba; y Juanito suspiraba también.

Estaban tan tristes como si la muerte les hubiera rondado. Miraron a su alrededor y se sintieron extraños, ya que no sabían cómo regresar a sus casas. El sol estaba a medio camino entre el monte y el horizonte. Juanito miró entre los arbustos y vio la pared del castillo únicamente a unos pasos de donde ellos estaban. El pánico se apoderó de él y Juanita empezó a cantar:

—Mi pobre pajarito se lamenta
y canta triste, triste, triste;
canta que está su tortolita muerta,
canta triste, tris... Tuii, tuii, tuii.

Juanito miró a Juanita: ésta se había convertido en un ruiseñor, y cantaba «*tuii, tuii, tuii*». Una lechuza de malvados ojos volaba sobre ella, lo hizo tres veces y tres veces chilló: *tu juu, tu juu, tu juu.* Juanito no podía moverse, se había quedado más parado que una piedra y era incapaz de llorar, hablar o mover una mano o pie. El sol acabó de ocultarse y la lechuza desapareció tras un arbusto.

Un momento después salió convertida en una horrible vieja, de piel amarillenta y arrugada. Tenía

los ojos rojos y la nariz tan torcida que la punta le tropezaba con la barbilla.

Murmurando para sus adentros, cogió al ruiseñor y se lo llevó. Juanito no pudo pronunciar palabra ni hacer el más mínimo movimiento para impedirlo. Luego, la bruja regresó y dijo con una voz aguda y chillona:

—¡Salud, Zachiel! Cuando la luna brille sobre la jaula, déjale salir.

Y Juanito quedó libre. Se puso entonces de rodillas ante la bruja y le suplicó que le devolviese a su amada Juanita, pero ella le dijo que jamás volvería a verla, y luego se fue. El joven lloró, gritó, amenazó, pero todo fue en vano.

—¡Ay, qué será ahora de mí! —se lamentó.

Entonces se fue del bosque y se dedicó a vagabundear por la comarca, hasta que llegó a una extraña aldea en la que se quedó una temporada cuidando ovejas. Con frecuencia merodeaba por los alrededores del castillo, pero no se acercaba demasiado.

Una noche soñó que encontraba una flor, tan roja como la sangre, que encerraba una valiosa perla en su interior. Él cortaba la flor e iba al castillo con ella, y todo lo que tocaba con la flor quedaba liberado del hechizo. En su sueño la flor le ayudaba a recuperar a su amada Juanita.

Al despertar por la mañana se puso a buscar la flor, removiendo cielo y tierra. La buscó durante ocho días, y la mañana del noveno encontró por fin una flor tan roja como la sangre. En el centro tenía una gota de rocío más grande y hermosa que la perla más valiosa. Con la flor en la mano, caminó día y noche hasta llegar al castillo. Cuando atravesó el límite del círculo mágico de los cien pasos no se quedó inmovilizado y pudo llegar hasta la puerta del castillo.

El corazón le latía con fuerza; tocó la puerta con la flor y automáticamente se abrió. El joven entró, atravesó el patio y aguzó el oído para oír el canto de algún pájaro. Por fin lo escuchó, y se internó más y más en el castillo hasta que llegó a la torre donde estaba la bruja dando de comer a los siete mil pájaros enjaulados.

Cuando le pérfida vieja vio a Juanito, se enfadó muchísimo, y empezó a gritar y a escupir veneno, pero por más que hizo no pudo acercarse a él, ni siquiera a dos pasos de distancia.

Sin prestarle atención, Juanito recorrió la habitación de arriba abajo estudiando cuidadosamente a todos los pájaros que había en las jaulas. Pero entre los cientos de ruiseñores, ¿cómo sería capaz de encontrar a su Juanita?

De pronto, mientras estudiaba una de las jaulas, de reojo vio cómo la bruja, de puntillas, se llevaba una jaula, y que estaba a punto de cerrar la puerta. De un salto Juanito se lanzó sobre ellas y tocó a la jaula con la flor. También tocó con la flor a la bruja, y ésta perdió sus poderes mágicos.

Entonces, el ruiseñor se convirtió en la hermosa Juanita, que le rodeó el cuello con sus brazos, y que estaba tan bella como siempre. Después de conjurar el hechizo de los demás pájaros y convertirlos a todos de nuevo en niñas, Juanito se fue a su casa con su querida Juanita, y los dos vivieron felices durante muchos, muchos años.

La bella durmiente

ACE mucho, mucho tiempo, había un rey y una reina que no dejaban pasar un día sin suspirar añorando:

—¡Ay, si tuviéramos un hijo, qué felices seríamos!

Pero su deseo no se cumplía.

Un buen día, estando la reina bañándose, una rana salió del agua, y se arrastró hasta ella y le dijo:

—Se cumplirá tu deseo. Antes de que pase un año traerás al mundo una hija.

Y la predicción de la rana se cumplió: en el plazo fijado la reina dio a luz a una niña tan hermosa que el rey, desbordado de felicidad, dio una gran fiesta. No sólo invitó a sus parientes, amigos y conocidos, sino también a las hadas, ya que deseaba que éstas estuvieran bien dispuestas hacia su hijita.

Había treces hadas en el reino, pero el rey sólo tenía doce platos de oro para que comieran, de modo que una de ellas tuvo que quedarse en su casa, sin poder asistir al banquete.

La fiesta se celebró con gran esplendor, y al terminar el banquete las hadas fueron otorgando a la niña sus dones mágicos: la una le dio virtud; la segunda, belleza; la tercera, salud, y así sucesivamente hasta que la princesita tuvo todo lo que un ser humano puede desear en este mundo. Cuando once le habían concedido sus dones, la decimotercera hada apareció de repente en el salón: había acudido para vengarse por no haber sido invitada, y sin saludar ni fijarse en nadie dijo en voz muy alta:

—Cuando cumpla quince años se pinchará el dedo con un huso y morirá.

Sin decir una sola palabra más desapareció. Todo el mundo se quedó aterrorizado y sin saber qué hacer. Pero faltaba el don de la duodécima hada, que dio un paso adelante para formularlo. Como no podía deshacer por completo el malvado conjuro que había caído sobre la niña, lo suavizó de este modo:

—La princesa no morirá. Pero caerá en un profundo sueño que durará cien años.

El rey, que quería proteger a su amada hija contra esta calamidad, mandó quemar todos los husos que hubiera a lo largo y lo ancho de su reino. Mientras tanto, todos los dones de las hadas buenas fueron cumpliéndose en la niña: creció tan hermosa, tan modesta, tan comprensiva y prudente que todo el que la veía quedaba prendado de ella.

El día en que cumplió los quince años, el rey y la reina se hallaban fuera y la princesa estaba sola en el castillo. Se puso a recorrerlo para entretenerse, y entró en todas las alcobas y aposentos, hasta que por fin llegó a una antigua torre. Subió, sin dudarlo, por una sinuosa y estrecha escalera que conducía a una puertecita, en cuya cerradura había una llave oxidada. La princesa hizo girar la llave y la puerta se abrió, dando paso a una habitación pequeña en la que había una anciana que con un huso hilaba el hilo.

—Buenos días, abuela —saludó la princesa—. ¿Qué estás haciendo?

—Estoy hilando —respondió la anciana, moviendo la cabeza lentamente.

—¿Y qué es eso que gira tan alegremente? —preguntó la princesa.

Y al decirlo, cogió el huso e intentó hilar, pero en cuanto lo hizo, el conjuro que pesaba sobre ella cobró efecto y la princesita se pinchó un dedo.

Al instante cayó sobre una cama que allí había y un profundo sueño cerró sus ojos. Y su sueño se extendió por todo el palacio. El rey y la reina llegaban justo en ese momento y, al entrar en el salón, cayeron dormidos, y todos los miembros de la corte con ellos. Los caballos se durmieron en los establos, los perros en el patio, las palomas sobre el tejado y las moscas sobre la pared. Aun el fuego en el hogar dejó de crujir y cayó también en un profundo sueño; y la carne que estaba en el horno dejó de asarse, y el cocinero, que estaba a punto de dar al pinche un tirón de pelo, porque había cometido un error, se quedó con la mano en alto y cayó dormido. También el viento se detuvo y ni una sola hoja de los árboles que rodeaban al castillo volvió a moverse.

En torno al castillo creció una valla de zarzas, que cada año se hacía más y más alta, hasta que acabó por cubrirlo por completo, de tal modo que no podía verse nada de él, ni siquiera la bandera que ondeaba sobre el tejado. La historia de Zarza-Rosa, como la gente dio en llamar a la hermosa princesa dormida, se hizo famosa por toda la comarca, y de cuando en cuando aparecía algún príncipe que intentaba atravesar el cerco para entrar en el castillo. Pero ninguno de ellos tenía éxito, ya que las zarzas eran tan espesas y se enredaban entre sí de tal manera, que parecía que tenían manos; los jóvenes quedaban atrapados sin poder liberarse y morían sin remedio.

Al cabo de mucho, mucho tiempo, llegó a la comarca un nuevo príncipe, que oyó hablar a un anciano del cerco de zarzas que, según la leyenda, ocultaba un castillo, en donde una hermosa princesa llamada Zarza-Rosa llevaba cien años dormida, al igual que el rey y la reina y toda la corte. El anciano también había oído de boca de su abuelo que muchos príncipes habían tratado de abrirse paso a través de la espinosa valla, pero que habían quedado atrapados y habían muerto sin remedio.

Entonces, el joven príncipe dijo:

—Yo no tengo miedo. Iré y veré a la hermosa Zarza-Rosa.

El buen anciano hizo todo lo que pudo para disuadirlo, mas fue en vano.

Sin embargo, habían transcurrido ya cien años, y había llegado la hora en que Zarza-Rosa tenía que despertar; a medida que el príncipe se acercaba a la valla de zarzas, éstas se iban convirtiendo en grandes y hermosas flores, que se apartaban y le permitían el paso para cerrarse luego tras él y formar nuevamente un cerco. En el patio el príncipe vio dormidos a los caballos y a los perros de caza, y sobre el tejado las palomas permanecían inmóviles con las cabezas bajo las alas. Y cuando entró en el castillo, las moscas dormían sobre las paredes, el cocinero aún tenía la mano en alto, como si estuviera a punto de coger a su asistente por los pelos, y la criada seguía sentada en la mesa ante la negra gallina que tenía que desplumar.

El joven siguió avanzando por el castillo y vio a toda la corte dormida en el salón principal, y en los estrados, junto al trono, se encontraban también dormidos el rey y la reina. Reinaba un silencio tal que el príncipe podía oír el sonido de su propia respiración.

Por fin llegó hasta la torre y abrió la puerta de la pequeña habitación en donde Zarza-Rosa dormía. Allí estaba, y era tan bella que el joven no podía dejar de mirarla; entonces se inclinó y la besó, y apenas sus labios rozaron los de la joven, Zarza-Rosa abrió los ojos, se despertó y le sonrió dulcemente.

Bajaron juntos las escaleras y en ese momento el rey y la reina y toda la corte se despertaron, y se miraban unos a otros sorprendidos. En el patio los caballos se levantaron y se sacudieron; los perros de caza saltaron y movieron el rabo; las palomas del tejado sacaron las cabezas de debajo de las alas, miraron a su alrededor y se lanzaron a volar por los campos; las moscas siguieron arrastrándose por las paredes; el fuego en la cocina volvió a crujir y la carne acabó de asarse; el cocinero le tiró a su asistente del pelo con tanta fuerza que éste dio un grito, y la criada acabó de desplumar a la gallina.

El príncipe y Zarza-Rosa se casaron con toda pompa y boato, y vivieron felices hasta el fin de sus vidas.

Los tres pelos de oro del diablo

ABÍA una vez una pobre mujer que dio a luz un niño que nació de pie, por lo que un adivino le predijo que al cumplir los catorce años se casaría con la hija del rey. No había pasado mucho tiempo, cuando el rey llegó a la aldea de incógnito y nadie le reconoció. Preguntó a los aldeanos qué había de nuevo, y éstos respondieron:

—Hace unos días una mujer dio a luz un niño que nació de pie, y esto significa que tendrá éxito en todo lo que emprenda, y aún más, que según el adivino, al cumplir los catorce años se casará con la hija del rey.

El rey tenía muy mal corazón y esta profecía le irritó. Se presentó entonces ante los padres del niño y, fingiendo una amable disposición, les dijo:

—Vosotros sois muy pobres; si confiáis vuestro hijo a mi cuidado, no os arrepentiréis.

Los padres se negaron al principio, pero cuando el forastero les ofreció una gran suma de oro, pensaron: «Seguro que esto le traerá buena suerte, ya que es un niño afortunado.»

Así pues, consintieron por fin.

El rey metió al niño en una caja y partió con él

hasta llegar a un río de aguas muy profundas al que arrojó la caja, diciendo para sus adentros: «He salvado a mi hija de un pretendiente indeseable.»

Pero la caja no se hundió, sino que flotando como un bote fue arrastrada por la corriente hasta llegar a unas dos millas del palacio del rey, en donde la detuvo la esclusa de un molino. Uno de los mozos la vio y la arrastró hacia la orilla con un gancho, pensando que había encontrado un rico tesoro.

Cuál no sería su sorpresa al abrirla y encontrar un hermoso niño tan fresco y sonrosado como el que más. Llevó, pues, al niño al molinero y a su mujer, quienes no tenían hijos, y dijeron maravillados:

—Es un regalo de Dios.

Desde ese momento se hicieron cargo del huerfanito y le educaron e inculcaron buenos principios.

Mas ocurrió que un día el rey fue sorprendido por una tormenta y se refugió en el molino. Al ver al muchacho alto y fuerte, preguntó a la pareja si era su hijo.

—No —respondieron—. Es un huérfano que encontramos hace catorce años flotando en una caja, junto a la esclusa del molino, y el mozo lo sacó del agua.

Él comprendió al oír estas palabras que el niño no era otro que el que él mismo había arrojado al río, y entonces dijo:

—Buenas gentes, ¿no podría el joven llevar una carta a la reina de mi parte? Le daré a cambio dos monedas de oro.

—Como mande vuestra majestad —contestaron los padres, y ordenaron al muchacho que se preparara.

El rey escribió una carta a la reina diciendo: «Tan pronto como el muchacho que lleva la carta llegue, hazlo matar y entiérralo. Todo esto debe hacerse antes de que yo vuelva.»

El joven partió con la carta, pero se extravió, y al anochecer se encontró en medio de un espeso bosque. Vio entonces una luz en la oscuridad y, guiado por ella, llegó a una cabaña. Al entrar vio a una anciana que estaba sentada sola frente al fuego. Se sobresaltó al verle y le dijo:

—¿De dónde vienes y adónde vas?

—Vengo del molino —repuso el muchacho—, y voy camino de palacio a llevar una carta a la reina. Pero me he extraviado en el bosque y me gustaría pasar aquí la noche.

—¡Pobre de ti! —exclamó la anciana—. Has caído en la guarida de unos ladrones, y si vienen y te ven, te matarán.

—Que vengan —repuso el joven—. No tengo miedo, y además estoy demasiado cansado para seguir andando.

Acto seguido, se tumbó sobre un banco y se quedó profundamente dormido. Al rato llegaron los ladrones, y al verle exclamaron enfadados:

—¿Quién es ese muchacho que duerme sobre el banco?

—¡Oh! —dijo la anciana atemorizada—, no es más que un inocente niño que se ha extraviado en el bosque. Me dio pena de él y le permití que pasara aquí la noche. Lleva una carta para la reina.

Los ladrones cogieron la carta y la leyeron. Comprendieron que el muchacho encontraría la muerte en cuanto la entregara y, aunque eran de corazón duro, se compadecieron del joven y destruyeron la carta. Entonces, el jefe de la banda escribió otra diciendo que el muchacho debía casarse con la hija del rey en cuanto llegara al palacio. Dejaron descansar al joven hasta la mañana siguiente, y cuando se despertó le entregaron la carta y le indicaron el camino para llegar sano y salvo al palacio.

Cuando la reina leyó la carta cumplió la orden que contenía y mandó celebrar una magnífica boda. Así pues, la princesa se casó con el niño que había nacido de pie. Y como el muchacho era apuesto y amable, vivió feliz y a gusto con él.

Pasado un tiempo, el rey regresó a palacio y vio con sorpresa que la profecía se había cumplido y que el niño predestinado se había casado con su hija.

—¿Cómo pudo ocurrir esto? —preguntó indignado—. En mi carta te ordenaba una cosa muy diferente.

Entonces, la reina le enseñó la carta para que la viera por sí mismo.

El rey leyó la carta y comprendió que había sido cambiada por la que él había mandado, de modo que preguntó al joven qué había hecho con ella y por qué la había cambiado.

—No lo sé —contestó el muchacho—. Me la debieron cambiar cuando me quedé a dormir en la cabaña del bosque.

El rey se encolerizó.

—¿Acaso creíste que saldrías bien librado y fácilmente? —exclamó—. El que quiera a mi hija tendrá que bajar al infierno y traerme los tres pelos de oro de la cabeza del Diablo. Sólo así podrás conservarla.

El astuto monarca pensaba deshacerse de él para siempre de esta forma. Pero el joven repuso:

—No hay cuidado. Os traeré los tres pelos de oro. Yo no le tengo miedo al Diablo.

Dicho esto, se despidió y partió del palacio.

Al poco rato llegó a una ciudad, a cuya puerta el centinela le preguntó qué oficio conocía.

—Conozco todos —respondió el joven.

—En ese caso —dijo el centinela—, puedes hacernos el favor de decirnos por qué la fuente de nuestro mercado, que antes daba vino, se ha secado y ahora ni siquiera da agua.

—Os lo diré —contestó el joven—. Pero aguardad hasta que regrese.

Prosiguió su camino, y al llegar a otra ciudad el centinela volvió a preguntarle qué oficio conocía.

—Conozco todos —respondió el joven por segunda vez.

—Entonces puedes hacernos el favor de decirnos por qué un árbol de nuestra ciudad que antes daba manzanas de oro ahora ni siquiera tiene hojas.

—Os lo diré —repuso el joven—. Pero aguardad hasta que regrese.

Prosiguió su camino y llegó a un río muy grande. El barquero le preguntó qué oficio conocía, y por tercera vez respondió.

—Conozco todos.

—Entonces —dijo el barquero— puedes hacerme el favor de decirme por qué debo estar siempre en este puesto, cruzando una y otra vez la corriente, sin que nadie me releve nunca.

—Te lo diré —dijo el joven—. Pero aguarda hasta que regrese.

Después de cruzar el río encontró la entrada del infierno. El interior era negro y estaba lleno de hollín; el Diablo no estaba en casa, mas su abuela se encontraba sentada en un enorme sillón.

—¿Qué es lo que quieres? —preguntó. No tenía muy mal aspecto.

—Necesito tres pelos de oro de la cabeza del Diablo —contestó el joven—. Si no, no podré conservar a mi esposa.

—Eso es pedir demasiado —repuso la mujer—. Si el Diablo te ve aquí cuando entre, desearás no haber venido. Sin embargo, me das pena y te ayudaré.

Dicho esto, lo convirtió en una hormiga y le dijo:

—Ocúltate entre los pliegues de mi falda. Ahí estarás a salvo.

—Gracias —dijo el joven—. Pero además hay tres cosas que quiero saber: por qué se ha secado una fuente que antes daba vino y ahora no da ni agua; por qué un árbol que daba manzanas de oro ya no tiene ni hojas, y por qué el barquero debe estar todo el tiempo cruzando el río sin que nadie le releve nunca.

273

—Esas son preguntas muy difíciles —dijo ella—, mas quédate quieto y escucha lo que el Diablo diga cuando yo le arranque los tres pelos de oro.

Al anochecer, el Diablo regresó al infierno. Al instante notó que algo había pasado.

—Huelo a carne humana —dijo—. Hay algo extraño aquí.

Examinó todos los rincones, pero no pudo encontrar nada. Entonces, la abuela refunfuñó:

—Acabo de barrer y ordenarlo todo, y ahora mira el desorden que has organizado. Tienes la carne humana en la cabeza. Siéntate de una vez y cena.

Cuando el Diablo terminó de cenar sintió un gran cansancio y, reclinando la cabeza en el regazo de la abuela, le pidió que le espulgase un poco. Al poco rato se durmió profundamente y empezó a silbar y a roncar. Entonces, la anciana le cogió un pelo de oro, se lo arrancó y lo puso a un lado.

—¡Ay! —gritó el Diablo—. ¿Qué haces?

—He tenido un mal sueño —dijo la abuela— y me he agarrado a tu pelo.

—¿Qué soñabas? —preguntó el Diablo.

—Soñaba que una fuente que antes daba vino se había secado y que ya ni siquiera da agua. ¿Por qué crees que ha pasado esto?

—¡Ah! —dijo el Diablo—. ¡Si lo supieran! Hay un sapo sentado debajo de una piedra en la fuente. Si lo mataran, la fuente volvería a dar vino.

La abuela siguió espulgándolo hasta que el Diablo se durmió otra vez, y empezó a roncar tan fuerte que los cristales de las ventanas retumbaban. Entonces, la anciana le arrancó el segundo pelo.

—¡Ay! —gritó el Diablo con verdadera cólera—. ¿Pero qué es lo que haces?

274

—No te enfades —dijo la abuela—. Estaba soñando.

—¿Y qué soñabas esta vez? —inquirió el Diablo.

—Soñaba que había un árbol en cierto reino que antes daba manzanas de oro y que ahora ni siquiera le crecen hojas. ¿Por qué crees que ha pasado esto?

—¡Ah! —replicó el diablo—. ¡Si lo supieran! Hay un ratón que está royendo las raíces. No tienen más que matarlo y el árbol volverá a dar manzanas de oro, mas si el ratón continúa royendo, el árbol se secará por completo. Y ahora, por favor, deja de molestarme con tus sueños. Si vuelves a despertarme, te daré un bofetón.

La abuela le apaciguó con suaves palabras y comenzó a espulgarlo otra vez hasta que se quedó dormido y empezó a roncar.

Entonces, le arrancó el tercer pelo. El Diablo se despetó sobresaltado y estuvo a punto de golpearla, mas la anciana le calmó por tercera vez y le dijo:

—Nadie puede evitar tener malos sueños.

El Diablo sintió curiosidad y preguntó:

—¿Qué era lo que soñabas?

—Soñaba con un barquero que se quejaba de tener que cruzar el río una y otra vez sin que nadie lo relevase nunca. ¿Por qué crees que ocurre esto?

—¡Jo, jo, jo! —prorrumpió el Diablo—. ¡Es un tonto! No tendría más que poner el remo en las manos de quien se presente a cruzar el río, el pasajero ocuparía su lugar y él podría descansar.

Como ya le había arrancado los tres pelos de oro y había obtenido las respuestas para las tres preguntas, la abuela le dejó en paz y el Diablo se durmió hasta el amanecer.

Cuando el Diablo volvió a salir del infierno, la

anciana cogió a la hormiga de los pliegues de su falda y le devolvió su forma humana.

—Aquí tienes los tres pelos de oro —le dijo—. Y estoy segura de que habrás oído la respuesta del Diablo a tus tres preguntas.

—La he oído perfectamente —repuso el joven—, y no olvidaré sus palabras.

—Entonces si tienes lo que deseabas —dijo la mujer—, ya puedes emprender tu camino.

El joven le agradeció su ayuda y salió del infierno de buen humor, encantado de que todo hubiera salido tan bien.

Cuando llegó al río, el barquero le recordó su promesa, y el joven le dijo:

—Antes llévame a la otra orilla; luego te diré cómo puedes librarte.

Cuando llegaron a la orilla opuesta le dio al buen hombre el consejo del Diablo:

—La próxima vez que alguien te pida que lo cruces al otro lado del río, sólo tienes que poner el remo en sus manos.

Dicho esto, prosiguió su camino, y al llegar a la ciudad en la que crecía el árbol estéril contestó al centinela cuando éste le recordó su promesa:

—Mata al ratón que está royendo la raíz del árbol y éste volverá a dar manzanas de oro.

El centinela le dio las gracias y como recompensa le regaló dos asnos cargados de oro que siguieron mansamente al joven durante el viaje.

Por fin llegó a la ciudad en donde la fuente se había secado, y de nuevo el centinela le recordó su promesa, de modo que el joven repitió el consejo del Diablo:

—Debéis buscar al sapo que hay debajo de una

piedra y matarlo. De ese modo la fuente volverá a dar vino.

El centinela le dio las gracias y también le recompensó con dos asnos cargados de oro.

Por último, el afortunado joven llegó al palacio y fue en busca de su esposa, que lo recibió feliz de volver a verlo y de enterarse de que todo había salido bien. Luego entregó al rey los tres pelos de oro del Diablo, y cuando éste vio los cuatro asnos cargados de oro se quedó encantado.

—Ahora sí que has cumplido todas las condiciones —dijo al joven—, y por lo tanto puedes quedarte con mi hija. Pero dime una cosa, querido yerno: ¿dónde conseguiste todo ese oro? Es un tesoro inmenso.

—Crucé un río —repuso el joven— y allí lo encontré. La orilla era de oro, en lugar de arena.

El rey, consumido por la codicia, preguntó:

—¿Y yo también podré coger algo de ese oro?

—Todo lo que desees —repuso el joven—. Hay un barquero en el río. Dile que te cruce al otro lado, y una vez allí podrás llenar tus alforjas sin ningún problema.

El avaro monarca se puso en camino de inmediato, y al llegar al río le hizo señas al barquero para que le cruzara. El barquero acudió y le invitó a subir a bordo de su barca, y cuando llegaron a la otra orilla puso el remo en manos del rey y saltó a la costa. Desde aquel momento, el rey tuvo que quedarse de barquero en aquel río como castigo de sus pecados.

—¿Y sigue siéndolo todavía?

—¡Claro que sí! Es improbable que haya ido alguien a quitarle el remo de las manos.

La sepultura

N labrador muy rico estaba un día en la puerta de su casa contemplando sus campos y sus huertos. Los sembrados rebosaban de trigo y los árboles frutales estaban repletos de frutos. En el granero quedaba tanto grano del año pasado, que las vigas del techo se doblaban y crujían bajo su peso. El rico fue a la cuadra y echó una ojeada a los magníficos bueyes, las lustrosas vacas y los espléndidos caballos. Finalmente, entró en la casa y dirigió la mirada hacia los cofres de hierro en donde guardaba el dinero. Mientras contemplaba su enorme riqueza, alguien llamó no a la puerta de su casa, sino a la de su corazón. Ésta se abrió y el labrador oyó una voz que decía:

—¿Has empleado tu riqueza en el bienestar de tu familia? ¿Has pensado alguna vez en la desesperación de los pobres? ¿Has compartido tu pan con el hambriento? ¿Has estado alguna vez satisfecho con los bienes que poseías? ¿O has codiciado siempre más y más?

Y su corazón respondió sin vacilar:

—Siempre he sido duro e insensible. Jamás me he

mostrado generoso con mis familiares, y cuando un pobre ha recurrido a mí, le he dado la espalda. Nunca me he preocupado de pensar en Dios, y lo único que me ha interesado ha sido acumular dinero, hasta el punto de que, aunque todo lo que hay bajo el sol me hubiera pertenecido, tampoco en ese caso me hubiera sentido satisfecho.

Cuando el labrador oyó esta respuesta sintió miedo. Las piernas le temblaban y tuvo que sentarse. Entonces oyó otro golpe, pero esta vez a la puerta de su casa. Era su vecino, un campesino muy pobre que tenía una decena de hijos y carecía de medios con qué alimentarlos. Antes de ir a pedir ayuda el pobre pensó: «Sé muy bien que mi vecino es mucho más despiadado que rico. No creo que me ayude, pero no pierdo nada con intentarlo, y mis hijos lloran de hambre.»

El rico abrió la puerta, y el pobre dijo:

—Sé que no das nada de lo tuyo. Mis hijos se están muriendo de hambre. Por favor, dame cuatro fanegas de trigo.

El rico le miró en silencio y, por primera vez, un rayo de bondad empezó a derretir el hielo de su avaricia.

—No te daré cuatro fanegas —repuso—. Te daré ocho, pero con una condición.

—¿Qué debo hacer? —preguntó el hombre pobre.

—Cuando me muera, debes velar sobre mi tumba durante tres noches.

El desgraciado temblaba sólo de pensarlo, pero su necesidad era tal que habría aceptado cualquier exigencia. Prometió cumplir lo que el labrador le pedía y se llevó el trigo a su casa.

Como si el labrador hubiera tenido un presentimiento, tres días después murió de repente. La gente se asombró por lo inesperado de su muerte, mas nadie llevó luto por él. Después del funeral, el pobre recordó su promesa, y se habría desentendido fácilmente de ella si no hubiera sido porque pensó: «Fue generoso conmigo, no puedo negarlo. Pude dar de comer a mis hijos con su trigo y, además, di mi palabra y debo cumplirla.»

Cuando la noche empezó a caer, se dirigió a la iglesia y, tras encontrar en el cementerio la sepultura del labrador, se sentó en ella. La luna brillaba sobre las tumbas y, de vez en cuando, un búho revoloteaba por allí rompiendo el silencio con sus lúgubres gritos. Cuando salió el sol, el pobre hombre volvió sano y salvo a su casa; la segunda noche transcurrió del mismo modo, sin novedades.

Al anochecer del tercer día tuvo un extraño presagio. Junto a la tapia del cementerio vio a un desconocido de mediana edad, con la cara llena de cicatrices y ojos de mirada inquieta y vivaz. Iba envuelto en una vieja capa, bajo la cual sólo eran visibles unas enormes botas.

—¿Qué buscáis aquí? —preguntó el campesino—. ¿Acaso el cementerio no os da escalofríos?

—No busco nada —respondió el forastero—, no me da miedo nada. Soy como el joven que abandonó su casa para aprender lo que era el miedo. No llegó a saberlo, pero se casó con la hija del rey y se hizo rico. La única diferencia es que yo aún soy pobre. Soy un soldado licenciado y he venido aquí a pasar la noche, ya que no tengo otro sitio adonde ir.

—Si no estáis asustado —repuso el campesino—, quedaos conmigo y ayúdadme a velar esta sepultura.

—Hacer guardia es el trabajo de un soldado —dijo

el forastero—. Pase lo que pase, bueno o malo, lo compartiremos.

El pobre asintió y los dos se sentaron en la tumba.

Todo parecía tranquilo hasta que dieron las doce. Entonces, de repente, se dejo oír un agudo silbido y los dos centinelas se encontraron, delante de ellos, al Diablo en persona.

—¿Qué estáis haciendo aquí, miserables? —les increpó—. El hombre que está sepultado aquí me pertenece, y he venido a llevármelo. ¡Fuera de aquí, u os retuerzo el pescuezo!

—Señor de la pluma roja —respondió el soldado—, vos no sois mi capitán. No tengo que obedeceros y jamás he sabido lo que era el miedo. Marchaos de aquí. Nosotros nos quedaremos.

282

Entonces, el Diablo pensó: «La mejor manera de deshacerme de estos bribones es ofrecerles oro.» Así que cambió el tono de su voz y les preguntó amablemente si consentirían en abandonar el lugar a cambio de una bolsa de oro.

—Eso es otra cosa —contestó el soldado—. Pero una bolsa no es suficiente. Danos todo lo que quepa en mis botas y nos retiraremos encantados.

—No llevo tanto encima —dijo el Diablo—, pero iré a buscarlo a casa de un usurero amigo mío, que vive en la ciudad vecina. Él me prestará la suma que me pides.

Cuando el Diablo se marchó, el soldado se quitó la bota izquierda y dijo:

—Vamos a gastarle una pequeña broma al viejo quemacarbones.

Y dicho y hecho, le quitó la suela a la bota y la colocó sobre un agujero, no lejos de la tumba.

—Así está bien —dijo—. Ahora sólo tenemos que esperar que llegue el deshollinador.

Se sentaron a esperar, y al poco rato apareció el Diablo con un pequeño saco de oro.

—Echadlo ahí —dijo el soldado señalando la bota—. Pero me parece que no va a ser bastante.

El Diablo vació el saco, mas el oro cayó al agujero y la bota quedó vacía.

—¡Estúpido Demonio! —gritó el soldado—. ¿Acaso no te lo advertí? No es suficiente. Vuelve a buscar más oro.

El Diablo sacudió la cabeza y se fue disgustado. Al rato regresó cargado con un saco más grande sobre el hombro.

—¡Llena la bota! —dijo el soldado—. Pero dudo que puedas hacerlo.

El oro sonó al caer, mas la bota continuaba vacía. El Diablo miró dentro con sus llameantes ojos, y tuvo que admitir que lo que veía era cierto.

—Tienes piernas de elefante —le dijo al soldado en tono de burla.

—¿Te crees que tengo los pies hendidos como los tuyos? —respondió el soldado—. ¿Desde cuándo te has vuelto tan avaro? Tienes que traer más oro o no habrá trato.

Otra vez se fue el Diablo, pero tardó mucho más tiempo en regresar. Cuando por fin apareció, arrastraba un enorme saco sobre las espaldas y jadeaba bajo su peso. Lo vació dentro de la bota y nuevamente ésta quedó vacía. El demonio enloqueció de rabia al verlo, y estaba a punto de arrancar la bota de manos del soldado, cuando apareció el primer rayo de sol. Entonces, el Diablo tuvo que salir huyendo con un agudo grito, y el alma del rico se salvó del infierno.

El campesino quiso dividir el oro, mas el soldado le dijo:

—Dale mi parte a los pobres. Me iré a vivir a tu cabaña, pasaremos con el resto el tiempo que Dios quiera, y en paz.

Los regalos de los gnomos

N sastre y un herrero viajaban juntos, y un día, al ponerse el sol detrás de las montañas, oyeron una musiquilla lejana que poco a poco iba haciéndose más clara. Tenía una extraña melodía, pero era tan agradable que los dos olvidaron lo cansados que se encontraban y continuaron avanzando rápidamente en la dirección en que sonaba. Al poco rato llegaron a un monte; para entonces la luna había salido ya y bajo su luz pudieron distinguir a una multitud de diminutos hombres y mujeres que bailaban alegremente cogidos de la mano. Al tiempo que bailaban, cantaban la más deliciosa de las melodías, y ésa era la música que los viajeros habían oído.

En el centro del corro estaba sentado un anciano, apenas un poco más alto que los demás. Llevaba un traje de colores y sobre el pecho le flotaba una larga barba canosa.

Los viajeros se detuvieron y se quedaron contemplando aquella danza con la mayor sorpresa. El anciano les hizo señas para que se unieran al grupo y los diminutos bailarines, graciosamente, abrieron su corro. El herrero, que tenía la espalda curvada y era

285

osado como todos los jorobados, se unió al círculo sin pensarlo dos veces. El sastre en cambio se sentía inseguro y se quedó rezagado, mas cuando vio lo felices y alegres que estaban todos, cobró ánimos y siguió a su compañero. A su entrada el corro volvió a cerrarse y los pequeños bailarines continuaron saltando y cantando entusiasmados.

Entonces, el anciano se sacó del cinturon un cuchillo de hoja ancha y se puso a afilarlo. Cuando consideró que estaba bien afilado, miró a los dos peregrinos.

Éstos se asustaron, mas no tuvieron tiempo de pensar. El anciano cogió al herrero y, con la rapidez del rayo, le cortó el pelo y la barba. Luego le tocó el turno al sastre. Pero el miedo desapareció cuando el anciano, una vez concluida su tarea, le dio a cada uno una palmadita en el hombro, como si les agradeciera el que se hubiesen dejado afeitar sin resistirse.

Luego señaló un montón de carbón que estaba amontonado en un lado y les mandó que se llenasen los bolsillos con él. Ambos obedecieron, a pesar de que no podían imaginarse cuál sería el objeto de todo aquello. Después de cumplir la orden del anciano, prosiguieron su camino en busca de un sitio donde pasar la noche. Cuando llegaron al pie del monte, el reloj del convento cercano daba las doce. Al instante cesó el canto y todos los pequeños desaparecieron y la montaña quedó desierta bajo la luz de la luna.

Los dos viajeros encontraron por fin albergue, se acostaron sobre un montón de paja y se cubrieron con sus abrigos. Tan cansados estaban que se olvidaron por completo de sacar el carbón de sus bolsillos. A la mañana siguiente se despertaron antes de lo habitual debido al peso que soportaban sobre sus pier-

nas. Cuál no sería su sorpresa al hurgar en sus bolsillos y sacar oro puro de ellos, en lugar del carbón que se habían metido. Y para completar su felicidad, su pelo y barbas volvían a ser tan abundantes como siempre.

Se habían convertido en dos hombres ricos, mas el herrero, codicioso por naturaleza, se había metido más carbón en los bolsillos y era, por lo tanto, dos veces más rico que el sastre.

Es sabido que la persona codiciosa nunca se contenta con nada, y por eso el herrero sugirió que pasaran el día allí para volver por la noche a la montaña del diminuto anciano y conseguir un tesoro más grande. Mas el sastre sacudió la cabeza:

—No —dijo—. Yo ya tengo bastante. Ahora me podré establecer como maestro en mi oficio, me casaré con mi caprichito (como llamaba a su prometida) y seré un hombre feliz.

No obstante, para no disgustar a su compañero, consintió en quedarse un día más. Al caer el sol, el herrero se echó varios sacos al hombro para poder coger una buena carga, y hecho esto, partió rumbo al monte. Otra vez encontró allí a los diminutos bailarines cantando y saltando en corro. Por segunda vez el pequeño anciano le cortó el pelo y la barba y le indicó que se llenara los bolsillos de carbón.

Sin la menor tardanza, el herrero se atiborró los bolsillos y empezó a llenar los sacos hasta que estuvieron a punto de reventar, después de lo cual se retiró con el espíritu lleno de gozo. Se acostó y se cubrió con su abrigo.

—No me importa que el oro pese —se dijo—. Soportaré la carga encantado.

Por fin se durmió con la dulce fantasía de que al

día siguiente despertaría tan rico como Creso. Por la mañana en cuanto abrió los bolsillos, ¡cuál no sería su sorpresa al ver que todo lo que salía de ellos, por más que hurgara y hurgara, no era más que negro carbón!

«Todavía tengo el oro de la noche anterior», se dijo. Y fue a buscarlo, pero horrorizado vio que también se había convertido en negro carbón. Se llevó la mano ennegrecida a la frente y notó que tenía la cabeza suave y calva, lo mismo que la cara.

Pero ahí no acabaron sus desventuras. En ese momento se dio cuenta de que en el pecho le había salido, como acompañante de la que tenía en la espalda, otra joroba de igual tamaño. Comprendió que era el castigo por su codicia y lloró amargamente.

Su llanto despertó al sastre, que hizo lo que pudo para consolar a su compañero, y le dijo:

—Me has acompañado en todos mis viajes, de modo que te quedarás conmigo y compartirás mi riqueza.

El buen sastre cumplió su promesa, pero el pobre herrero tuvo que soportar sus dos jorobas durante toda la vida y cubrirse con una gorra la cabeza completamente calva.

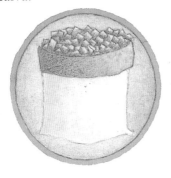

Los duendes

Primer relato

STO era un zapatero que, a consecuencia de varias desgracias, se había quedado tan pobre, que de lo único que disponía era de un trozo de piel para hacer un par de zapatos. Cortó el material por la noche y lo dejó preparado para trabajarlo por la mañana.

Luego, como tenía la conciencia tranquila, se acostó y se durmió profundamente después de encomendarse a Dios. Al levantarse rezó sus oraciones y fue a sentarse ante su mesa de trabajo, mas cuál no sería su sorpresa cuando vio que sobre ella se encontraba el par de zapatos completamente acabado. Se quedó tan sorprendido que no supo qué pensar. Cogió los zapatos y los examinó atentamente; no tenían ni una sola puntada torcida, y el acabado era perfecto, como si lo hubiera hecho un maestro en el oficio. Por si esto fuera poco, en ese momento entró un cliente, que pagó por ellos una suma mayor que la usual.

Con ese dinero el zapatero pudo comprar material para hacer dos pares de zapatos más. Los cortó por la noche, dispuesto a empezar a trabajar por la mañana, mas no tuvo necesidad de ello, ya que de nuevo cuando se levantó los zapatos estaban perfectamente terminados. Otra vez se presentaron dos compradores que le pagaron un precio más alto del habitual, y con esa suma el zapatero pudo comprar material para hacer cuatro pares. Y por la mañana volvió a encontrarlos terminados. De esta manera pronto pudo el buen hombre vivir cómodamente, y en poco tiempo llegó hasta acumular alguna riqueza.

Una noche, poco antes de Navidad, después de dejar el cuero cortado y a punto de irse a la cama, el zapatero dijo a su mujer:

—¿Qué te parece si nos quedamos esta noche despiertos para ver quién es el que nos ayuda?

La mujer aceptó encantada y encendió la lámpara. Luego los dos se ocultaron detrás de unas ropas y aguardaron. Al dar la medianoche aparecieron dos hábiles enanitos, completamente desnudos, que se sentaron en la mesa del zapatero y empezaron a coser y clavar con tal agilidad y destreza con sus diminutos dedos, que nuestro hombre no pudo por menos que quedarse embobado mirándolos.

Trabajaron sin descanso hasta que acabaron todos los pares, y a continuación desaparecieron.

A la mañana siguiente dijo la mujer:

—Los enanitos nos han hecho ricos, y deberíamos hacer algo para demostrarles nuestra gratitud. Deben pasar frío yendo desnudos de un lado a otro. ¿Sabes lo que estoy pensando? Voy a hacerles camisas, casacas, chalecos y pantalones, y les tejeré un par de medias a cada uno. Tú puedes hacerles unos zapatos.

—Es un idea muy buena —repuso el zapatero.

Y aquella noche, cuando las terminaron, colocaron las pequeñas prendas encima de la mesa, en lugar del cuero cortado. Luego se ocultaron para ver la reacción de los hombrecillos.

A medianoche hicieron su aparición dando pequeños brincos y dispuestos a ponerse a trabajar. Al principio manifestaron asombro al ver aquellas ropitas en el lugar del cuero cortado, mas luego empezaron a saltar de alegría y con la rapidez de un rayo se metieron dentro de sus lindas ropitas y muy contentos empezaron a cantar:

—*¡Mira en qué elegantes muchachitos*
nos hemos convertido toditos!
Ya de zapateros
nunca más trabajaremos.

Bailaban y saltaban por encima de bancos y sillas, y al final salieron bailando por la puerta. Después de aquello jamás regresaron, mas el zapatero se había convertido en un artesano tan próspero que hasta el fin de su vida tuvo éxito en todo lo que emprendió.

Segundo relato

Había una vez una pobre criada que era muy limpia y trabajadora. Todos los días barría la casa y sacaba la basura a la calle. Una mañana, cuando estaba a punto de empezar a trabajar, encontró una carta en la basura. Como no sabía leer, dejó la escoba en un rincón y llevó el papel a su patrona. Era una invitación de los duendes, que le pedían que fuese madrina de uno de sus hijos.

La muchacha no sabía qué hacer, mas cuando los dueños de la casa la convencieron de que no podía rechazar una invitación como aquélla, aceptó.

Fueron a buscarla tres duendes y la llevaron a una cueva en la montaña donde vivían. Todo allí era muy pequeño, pero mucho más delicado y hermoso de lo que se pueda expresar con palabras. La madre del niño yacía en una cama de ébano con incrustraciones de perlas, y las sábanas estaban bordadas con hilo de oro. La cuna era de marfil, y la bañerita, de oro puro.

Después del bautismo la muchacha quiso regresar a su casa, pero los duendes le rogaron que pasara tres días con ellos, y la joven aceptó. Las horas pasaban entre festejos y diversiones, y los duendes no paraban de complacerla. Cuando por fin la muchacha insistió en volver, la llenaron los bolsillos de oro y la acompañaron hasta el pueblo.

En cuanto llegó a su casa, como estaba deseando ponerse a trabajar de inmediato, cogió la escoba que estaba en el rincón y empezó a barrer. Mas, para su sorpresa, de la casa salía gente que ella no conocía y que le preguntaron quién era ella y qué estaba haciendo allí. Entonces comprendió que no habían sido tres días los que había pasado con los duendes, sino siete años, y que durante ese tiempo sus amos habían muerto.

Tercer relato

Un día los duendes le cambiaron a una madre el niño que tenía en la cuna, y pusieron en su lugar a otro, que poseía una enorme cabeza y unos ojos saltones que miraban con fijeza. Desesperada la pobre madre acudió a la vecina para que le aconsejara. Ésta le dijo que llevara al sustituto a la cocina y lo colocara cerca del fogón, encendiera la lumbre e hirviera agua dentro de dos cáscaras de huevo. Esto haría reír al engendro, y al reírse se vería obligado a marcharse.

La madre hizo todo lo que la vecina le había indicado, y cuando puso sobre la lumbre las dos cáscaras de huevo llenas de agua, el engendro exclamó:

> —No he visto jamás,
> aunque soy muy viejo,
> a nadie cocinar
> en cáscaras de huevo.

Y se echó a reír. Y mientras se reía apareció una multitud de duendes con el hijo de la señora. Lo colocaron cerca del fogón y se llevaron a su engendro.

El Fiel Juan

ABÍA una vez un anciano rey que cayó enfermo, y pensando que su muerte se acercaba dijo:

—Que venga a mi lado el Fiel Juan.

Era éste su criado favorito, a quien llamaba de esa manera porque siempre le había sido fiel. Cuando el criado llegó junto a su cama, el rey le dijo:

—Mi Fiel Juan, siento que mi fin se aproxima y sólo hay una cosa que pesa sobre mi corazón: mi hijo está en una edad en la que todavía no sabe lo que es bueno para él. No podré cerrar mis ojos en paz a menos que me prometas que le enseñarás todo lo que necesita para desenvolverse en la vida y que serás un padre para él.

El Fiel Juan replicó:

—Jamás lo abandonaré, y le serviré fielmente, aun a costa de mi propia vida.

Entonces dijo el rey:

—Ahora sí puedo esperar la muerte sin angustia y descansar en paz. Cuando yo me haya ido, muéstrale todo el palacio, habitación por habitación, la sala y la cripta con todos los tesoros que en ellas se encuentran. Pero no debes permitirle que entre en la habitación del fondo del pasillo, donde está oculto el retrato de la Princesa de la Cúpula de Oro. Si ve ese retrato, se enamorará perdidamente de ella, caerá desmayado y, al despertarse, tendrá que enfrentarse a grandes peligros en su nombre. Por eso te ruego que lo protejas de esa desgracia.

El Fiel Juan cogió la mano del rey y le repitió su promesa; luego el rey cerró los ojos, reclinó la cabeza sobre la almohada y murió.

Después de los funerales, el Fiel Juan le contó al joven rey lo que le había prometido a su padre en su lecho de muerte y dijo:

—Cumpliré fielmente mi promesa: os seré leal de la misma forma en que le fui a él, aun cuando me cueste la vida.

Cuando pasaron los días de luto, el Fiel Juan dijo al joven rey:

—Ya es hora de que conozcáis vuestro patrimonio. El palacio os pertenece ahora a vos, y yo os lo mostraré.

Lo llevó por todo el palacio; subieron y bajaron escaleras; el Fiel Juan le mostró todas las salas y aposentos y sus magníficos tesoros. La única puerta que no abrió fue la de la habitación en la que se encontraba el peligroso retrato. Había sido colocado de tal manera, que era lo que primero se veía al abrir la puerta, y estaba tan espléndidamente pintado que parecía que la princesa vivía y respiraba, y que no podía haber nadie en el mundo que fuera más graciosa y bella.

Como es natural, el joven monarca notó en seguida que el criado pasaba de largo ante esa puerta, y entonces dijo:

—¿Por qué nunca abres esa puerta?

—Porque hay algo dentro que os asustaría —respondió el Fiel Juan.

Pero el rey replicó:

—Ya he visto todo el palacio y ahora quiero ver qué hay detrás de esa puerta.

Y conforme lo decía, intentaba abrirla por la fuerza, mas el criado le contuvo diciendo:

—Prometí a vuestro padre en su lecho de muerte que jamás os permitiría ver lo que hay dentro de esta habitación. Si lo hicierais, padeceríais grandes infortunios, al igual que yo.

—No lo creo —dijo el rey—. Y si no entro, no podré vivir en paz, ni de día ni de noche; no descansaré hasta que no vea lo que hay ahí dentro. No pienso moverme de esta puerta hasta que no la abras.

Al oír esto, el Fiel Juan comprendió que no tenía alternativa, y con gran pesar suspiró largamente, mientras sacaba la llave del enorme manojo que tenía en la mano.

Abrió la puerta y entró él el primero, pensando que podría así cubrir el retrato con su cuerpo para que el rey no lo viera. Mas no le sirvió de nada, puesto que el rey se puso de puntillas y se asomó por encima de su hombro.

Cuando vio el retrato de la princesa en todo su resplandor, con su oro y sus joyas relucientes, cayó desmayado al suelo.

El Fiel Juan lo levantó y lo llevó a su cama. «Ha ocurrido, ¡Dios mío!, ¿cómo acabará todo esto?», pensó.

Reanimó con un trago de vino al joven monarca y éste se recobró. Sus primeras palabras al volver en sí fueron:

—¡Oh, qué hermoso retrato! ¿Quién es?

—Es la Princesa de la Cúpula de Oro —contestó el Fiel Juan.

Y el rey dijo:

—Mi amor por ella es tan grande que si todas las hojas de los árboles fueran palabras, no bastarían para describirlo. Consagraré mi vida a conseguir su amor, y tú, mi fiel y querido Juan, me ayudarás a lograrlo.

Durante largo rato el fiel criado estuvo pensando en la forma de abordar aquella empresa, ya que aun el simple hecho de acercarse a la princesa era un asunto difícil. Cuando por fin se le ocurrió una idea, le dijo al rey:

—Todo lo que rodea a la princesa: sillas, mesas, fuentes, tazas, platos y muebles de toda clase es de oro. En vuestro palacio hay cinco toneladas. Entregad una a los orfebres del reino para que tallen con él todo tipo de vasos y complementos: pájaros, fieras y criaturas maravillosas. Estos objetos le agradarán. Navegaremos hasta su país y probaremos fortuna con nuestros regalos.

El rey ordenó a todos los orfebres del reino que pusieran manos a la obra y estuvieran trabajando día y noche hasta que miles de maravillosas joyas y utensilios estuvieron terminados.

Lo cargaron todo a bordo del navío y tanto el Fiel Juan como el mismo rey se vistieron de mercaderes para que nadie pudiera reconocerlos. Luego se hicieron a la mar y navegaron hasta llegar a la ciudad en donde vivía la Princesa de la Cúpula de Oro.

El Fiel Juan pidió al rey que le esperara en el barco.

—Tal vez yo pueda traer aquí a la princesa —dijo—. Así que cuida de que todo esté en perfecto orden.

Disponed que los vasos de oro estén a la vista y haced adornar la nave entera con los objetos de oro.

Luego, el criado cogió varios obsequios de oro y se encaminó hacia el palacio real. Al entrar en el patio se encontró con una hermosa doncella en la fuente, que sacaba agua con dos cubos de oro. Cuando se volvió para llevarse el agua, vio al forastero y le preguntó quién era.

—Soy un mercader —repuso el criado.

Dicho esto, abrió la saca y le mostró su carga.

—¡Dios del cielo! —exclamó la muchacha—. ¡Qué cosas tan bonitas!

Entonces dejó en el suelo los cubos de agua y empezó a examinar los objetos uno por uno, hasta que por fin dijo:

—La princesa tiene que ver todo esto; le gustan

tanto los trabajos en oro que estoy segura de que se los comprará todos.

Cogió al criado de la mano y lo llevó al interior del palacio. Cuando la princesa vio aquellas cosas quedó encantada y dijo:

—Son tan hermosas, que me gustaría comprarlas todas.

Pero el Fiel Juan replicó:

—Yo no soy más que el criado de un rico mercader, y lo que tengo aquí no es nada en comparación con todo lo que mi amo tiene en su navío. Jamás se han hecho cosas más delicadas ni hermosas en oro.

La princesa rogó entonces al criado que le llevara todo aquello a palacio. Mas él repuso:

—Hay tanto que llevaría días enteros traerlo, y además, tampoco hay suficiente espacio en vuestro palacio para colocarlo.

La curiosidad y la ansiedad de la princesa aumentaron de tal modo al oír estas palabras que por fin dijo:

—Lléveme hasta el navío. Yo misma iré hasta allí para ver los tesoros de tu amo.

El Fiel Juan la llevó hasta el navío, lleno de alegría.

Cuando el rey vio a la princesa, pensó que era aún más hermosa que su retrato y creyó que el corazón le iba a explotar.

La joven subió a la nave y el rey la condujo al interior; mas el Fiel Juan se quedó en cubierta y ordenó al capitán que levara el ancla.

—Despliega las velas y haz que el barco vuele como un pájaro por el aire.

Mientras tanto, el rey fue enseñando a la princesa, uno por uno, los vasos, fuentes, tazas y platos; y los pájaros, fieras y animales maravillosos. La princesa pasó horas examinándolo todo por los cuatro costados; tal era su arrobamiento que no se daba cuenta de que el barco se movía. Cuando terminó de verlo todo a sus anchas, le dio las gracias al mercader y decidió regresar a su palacio, mas cuando salió a la cubierta vio que el navío se hallaba lejos de la costa y que se deslizaba, con todas las velas desplegadas, por el mar abierto.

—¡Oh, he sido engañada y raptada! —gritó horrorizada—. ¡He caído en manos de un mercader! ¡Preferiría morir!

Pero el rey la cogió de la mano y le dijo:

—No soy un mercader, soy un rey, y de tan buena estirpe como la vuestra. Si os he robado con astucia es sólo porque mi corazón se halla inflamado de un irresistible amor. Cuando vi vuestro retrato por primera vez, caí al suelo desmayado.

Al oír estas palabras, la Princesa de la Cúpula de Oro se tranquilizó y su corazón se sintió inclinado hacia él, de modo que aceptó de buen grado convertirse en su esposa.

Pero mientras estaban en alta mar, el Fiel Juan, que se hallaba sentado a la popa del navío tocando la flauta, vio tres cuervos que se acercaban volando.

Dejó de tocar para escuchar su conversación, ya que entendía la lengua de los cuervos y uno de ellos exclamó:

—¡Mira! ¡Se lleva a la Princesa de la Cúpula de Oro con él!

—Así es —dijo el segundo cuervo—, pero aún no es suya.

—¿Qué quieres decir? —preguntó el tercero—. La tiene en su barco.

El primero tomó nuevamente la palabra y añadió:

—¡Eso no le servirá de nada! Cuando desembarquen, un caballo alazán cruzará delante de él y el rey querrá montarlo, mas si lo hace, el caballo echará a volar y él no volverá nunca a ver a la princesa.

Entonces el segundo cuervo preguntó:

—¿Y no hay ninguna forma de salvarlo?

—Sí, si alguien salta antes sobre el lomo del caballo con una de las pistolas que lleva en la silla y lo deja muerto en el acto. De ese modo el rey estaría salvado. ¿Pero quién va a saber esto? Además, si alguien lo supiera y se lo contara, de inmediato se convertiría en piedra de los pies a las rodillas.

El segundo cuervo dijo:

—Yo sé más todavía. Aun suponiendo que el caballo muera, tampoco se libraría el rey de perder a su prometida. Cuando lleguen al palacio le presentarán al rey un traje de boda en una bandeja, que parecerá tejido de oro y plata, pero que en realidad es de pez y azufre; si el rey llega a ponérselo se quemará hasta la médula de los huesos.

Entonces, el tercer cuervo preguntó:

—¿Y no hay ninguna forma de salvarlo?

—¡Oh sí! —repuso el segundo—. Si alguien coge antes el traje con guantes y lo echa al fuego, el rey se salvaría. ¿Mas quién podría saberlo? Además, si alguien lo supiera y se lo contara, de inmediato la mitad de su cuerpo se convertiría en piedra, desde las rodillas hasta el corazón.

El tercer cuervo dijo aún:

—Yo sé más todavía. Aun suponiendo que el traje sea quemado, el rey no se libraría de perder a su prometida. Después de la boda habrá un baile, y cuando la joven reina esté danzando, súbitamente palidecerá y caerá al suelo como muerta. A menos que alguien la levante y succione tres gotas de sangre de su seno derecho y las escupa luego, la princesa morirá. Pero si alguien supiera esto y lo contara, de inmediato quedaría convertido en piedra de la cabeza a los pies.

Dicho esto, los tres cuervos se alejaron volando. El Fiel Juan lo había entendido todo, palabra por palabra, y desde aquel momento guardó silencio y se puso a meditar. Le invadió una gran tristeza, ya que si no le decía al rey lo que sabía, le exponía a una desgracia, mas si lo hacía sería su propia perdición. Finalmente se dijo: «Salvaré a mi rey, aunque tenga que morir por ello.»

Cuando desembarcaron, todo ocurrió tal como lo habían detallado los cuervos. Un magnífico caballo alazán se acercó al rey al galope, y éste exclamó:

—¡Mirad! Ese caballo me llevará a mi palacio.

Estaba a punto de montarlo cuando el Fiel Juan se le adelantó y, lanzándose sobre su lomo, sacó la pistola de la silla y dejó al caballo muerto en el acto. Entonces, los otros criados del rey, que no querían al Fiel Juan, dijeron en voz alta:

—¡Qué locura matar a un animal tan hermoso y que iba a llevar al rey hasta el palacio!

Mas el rey replicó:

—Callad y dejadle hacer. Es mi querido y Fiel Juan, y habrá tenido sus razones para obrar de ese modo.

Cuando entraron al palacio había una bandeja colocada en el salón y sobre ella se hallaba el traje de boda. Parecía tejido en oro y plata; el joven rey fue hasta él, y estaba a punto de cogerlo, cuando el Fiel Juan lo empujó hacia atrás, lo cogió él mismo con guantes y lo echó apresuradamente al fuego, donde las llamas lo devoraron.

Otra vez los demás criados empezaron a murmurar diciendo:

—¿Qué os parece esto? Ahora ha quemado el traje de boda del rey.

Mas el monarca replicó:

—Callad y dejadlo hacer. Es mi querido y Fiel Juan, y habrá tenido sus razones para obrar así.

Finalmente, el rey y la princesa se casaron. Empezó el baile y la novia salió a bailar. Mientras tanto, el Fiel Juan no dejaba de observar su rostro con atención. De repente se puso pálida y cayó al suelo como si estuviera muerta.

Entonces, el criado llegó hasta la joven de un salto, la cogió en brazos, la llevó a su cámara y la soltó en la cama. Luego se arrodilló a su lado y, después de succionar las tres gotas de sangre de su seno derecho, las escupió al aire.

De inmediato la reina volvió a respirar y recobró el conocimiento.

Mas el rey había visto lo ocurrido y estaba muy enfadado, ya que no sabía por qué el Fiel Juan había hecho aquello.

—¡Llevadlo a prisión! —gritó.

A la mañana siguiente el Fiel Juan fue condenado a muerte y llevado a la horca. Cuando estaba en el patíbulo, el criado dijo:

—A todo condenado se le permite hablar antes de morir. ¿También a mí se me concederá ese derecho?

—Habla —repuso el rey—. Está concedido.

Entonces dijo el Fiel Juan.

—He sido condenado injustamente. Siempre os he sido fiel.

Y acto seguido relató toda la historia: que había oído la conversación de los cuervos en alta mar y que había tenido que hacer todo aquello para salvar a su rey. Al oírlo, el monarca exclamó:

—¡Ay, mi querido y Fiel Juan! ¡Perdóname! ¡Por favor, perdóname! ¡Bajadlo del cadalso!

Pero en cuanto el Fiel Juan pronunció la última palabra cayó muerto y convertido en piedra.

El rey y la reina estaban acongojados, y el rey dijo:

—¡Ay! ¡Tanta abnegación la suya y qué mal le he pagado!

Y dio órdenes de que la estatua de piedra fuera llevada a su cámara y colocada junto a su cama. Cada vez que la miraba se ponía a llorar y se lamentaba:

—¡Ay, ojalá pudiera devolverte la vida, mi querido y Fiel Juan!

El tiempo pasó y la reina dio a luz dos gemelos que a medida que crecían eran motivo mayor de alegría para ella. Un día que la reina estaba en la iglesia y los niños se encontraban jugando con su padre, éste suspiró y dijo en voz alta:

—¡Ay, ojalá pudiera devolverte la vida, mi querido y Fiel Juan!

Entonces, la estatua habló y dijo:

—Tu *puedes* devolvérmela, mas debes sacrificar lo que más amas en el mundo.

—¡Por ti daría todo lo que poseo! —exclamó el monarca.

Y la estatua repuso:

—Pues bien: para que recobre la vida debes cortar la cabeza de tus hijos con tus propias manos y verter su sangre sobre mí.

El rey se horrorizó al oír aquello, mas al recordar cuán leal le había sido el Fiel Juan y cómo había dado su vida por él, sacó la espada y con sus propias manos cortó la cabeza a sus hijos y luego vertió su sangre sobre la piedra. De inmediato, el Fiel Juan volvió a la vida y se quedó de pie frente a él, sano y robusto como siempre. Dijo entonces al rey:

—Tu fidelidad no quedará sin recompensa.

Cogió las cabezas de los pequeños y, uniéndolas a sus cuerpecitos, cubrió las heridas con su sangre. Al instante recobraron también ellos la vida y se pusieron a saltar y jugar como si nada hubiera pasado.

El rey no cabía en sí de alegría, y cuando vio aparecer a la reina ocultó al Fiel Juan y a los gemelos en un gran armario.

—¿Has estado rezando en la iglesia? —preguntó el monarca a la reina cuando entró en su aposento.

—Sí —respondió ella—, mas no podía dejar de pensar en el Fiel Juan y en la terrible desgracia que tuvo que padecer por nuestra culpa.

Entonces, el rey dijo:

—Querida esposa, si queremos podemos devolverle la vida, pero nos costará la de nuestros dos hijos: tendremos que sacrificarlos.

La reina palideció y el terror invadió su corazón, mas luego repuso:

—Le debemos ese sacrificio por su abnegación.

El rey se sintió entonces feliz al comprobar que su esposa sentía de la misma forma que él, y, sin aguardar más, fue al armario y lo abrió. El Fiel Juan y los niños salieron de él, y el rey dijo:

—Por la gracia de Dios hemos recuperado a nuestro Fiel Juan y tenemos también a nuestros hijos.

Luego le relató cómo había ocurrido todo, y desde aquel momento vivieron felices hasta el fin de sus vidas.

El muchacho que dejó
su casa para averiguar
qué era el miedo

N padre tenía dos hijos; el mayor era listo y despierto, y era capaz de enfrentarse a todo lo que le salía al paso, mientras que el menor era tonto y nunca entendía ni aprendía nada. Cuando la gente le veía, decía:

—¡Menudo trabajo tendrá su padre con él!

Cuando había algo que hacer, siempre era el mayor quien debía encargarse de ello, mas si su padre le encomendaba alguna tarea por la noche, o debía pasar por el cementerio o algún otro sitio sombrío, el joven decía:

—¡Oh, no, padre! No iré, me da miedo.

Si por la noche se contaban historias espeluznantes, todos los presentes exclamaban:

—¡Qué miedo!

El hijo menor, que desde un rincón las escuchaba, no podía comprender lo que querían decir:

—Siempre están diciendo: «¡Qué miedo!, ¡qué miedo!» *Yo* no sé lo que es el miedo. Debe de ser alguna de esas cosas que no puedo aprender —se decía.

Un día su padre le dijo:

—Oye tú, que siempre estás en el rincón: ya te has hecho mayor y fuerte. Tienes que aprender algo que te sirva para ganarte la vida. Tu hermano trabaja constantemente, pero tú eres un inútil.

—¡Oh, sí, padre! —respondió el muchacho al oírlo—. Me gustaría aprender algo; si fuera posible, me gustaría aprender lo que es el miedo, pues no entiendo lo que puede ser.

Al oírlo, su hermano mayor se echó a reír y se dijo para sus adentros: «¡Dios mío, qué tonto es mi hermano! Nunca saldrá de él nada bueno: de tal palo tal astilla.»

El padre suspiró y repuso:

—No te vendrá mal saber lo que es el miedo, pero con eso no te ganarás el sustento.

Pocos días después el sacristán fue a hacerles una visita y el padre se desahogó contándole lo ignorante que era su hijo menor, quien, además de no saber nada, era incapaz de aprender cualquier cosa.

—Imaginaos que cuando le pregunté qué iba a hacer para ganarse la vida me respondió que quería aprender lo que era el miedo.

—Si eso es lo que quiere —repuso el sacristán—, yo se lo enseñaré. Enviádmelo a mi casa, que yo lo meteré en cintura.

Al padre no le disgustó aquella idea, ya que pensó: «El muchacho sacará algo de eso.»

Así pues, el sacristán se lo llevó a su casa y le encomendó la tarea de tocar las campanas de la iglesia. A los pocos días le despertó a la medianoche y le ordenó que subiera al campanario y tocara las campanas.

«Ahora aprenderás lo que es el miedo», pensó, y subió a escondidas detrás de él. Cuando el muchacho llegó a lo alto y se volvió para coger la cuerda vio a una figura vestida de blanco parada en la escalera al otro lado del hueco del campanario.

—¿Quién hay ahí? —preguntó, mas la figura permaneció inmóvil en su sitio sin contestarle—. Responde —gritó entonces— o vete. No tienes nada que hacer aquí a estas horas de la noche.

Pero el sacristán no se movió para que el muchacho creyera que se trataba de un fantasma. Mas él volvió a preguntar:

—¿Qué estás haciendo ahí? Respóndeme si eres un hombre honesto o te tiraré escaleras abajo.

«No lo hará», pensó el sacristán, pero tampoco esta vez salió una palabra de sus labios y permaneció inmóvil como la piedra, el muchacho lo increpó nuevamente, y al no obtener respuesta se agarró a la cuerda y de un empujón tiró al fantasma por las escaleras. Éste rodó diez escalones y fue a parar a un rincón. Luego, el muchacho tocó las campanas, volvió a la casa y se acostó sin decir palabra.

La mujer del sacristán aguardó largo rato, y, como su marido no regresaba, empezó a inquietarse y fue a despertar al muchacho.

—¿Sabes dónde está mi marido? —le preguntó—. Subió a la torre detrás de ti.

—No —repuso el joven—. Pero había alguien en la escalera, frente al hueco, y como no me contestaba ni se marchaba, pensé que no estaba allí para nada bueno, así que lo empujé por la escalera. Id a mirad por si fuera él. Lo sentiría mucho.

La mujer fue al campanario y encontró a su marido tirado en el rincón y con una pierna rota.

Lo llevó a la casa, y luego corrió a casa del padre del muchacho gritando y quejándose de la estupidez del hijo.

—¡Vuestro hijo ha hecho algo terrible! —vociferó—. Ha empujado a mi marido por las escaleras y le ha roto una pierna. ¡Llevaos a ese inútil de nuestra casa!

El padre se quedó horrorizado al oírla, y de inmediato fue a la casa del sacristán e interpeló a su hijo:

—¿Qué nuevo desastre has hecho ahora? El Diablo debe haberte impulsado a ello.

—Padre —replicó el joven—, te ruego que me escuches: soy totalmente inocente. El sacristán estaba parado ahí en medio, en la oscuridad, como un ladrón. Yo no sabía que era él; tres veces le advertí que respondiera o se marchara.

—¡Por todos los cielos! —exclamó el hombre—. No me traerás más que problemas. Desaparece de mi vista, no quiero volver a verte nunca más.

—Bien, padre, haré lo que quieras. Esperaré a que se haga de día y me iré de casa para aprender lo que es el miedo. Cuando lo sepa, al menos podré ganarme el sustento.

—Aprende lo que quieras —dijo el padre—. Me da igual. Aquí tienes cincuenta táleros, tómalos y sal por el mundo. Pero jamás le digas a nadie de dónde procedes ni quién es tu padre; yo me avergüenzo de ti.

—Así lo haré, padre. Si eso es todo lo que quieres de mí, no me será difícil recordarlo.

Cuando amaneció, el muchacho se metió sus cincuenta táleros en el bolsillo y abandonó su pueblo por la carretera principal, murmurando para sí durante todo el camino: «¡Ojalá supiera lo que es el miedo! ¡Ojalá supiera lo que es el miedo!» Al poco rato un hombre se unió a él y oyó el soliloquio del joven.

Después de recorrer un trecho considerable llegaron a un sitio desde el que se divisaba una horca. Entonces dijo el hombre:

—Mira, allí hay un árbol en el que esos siete han celebrado su boda con la hija del cordelero, y ahora están aprendiendo a volar. Siéntate ahí debajo y espera a que caiga la noche. Sin duda sabrás lo que es el miedo.

—Si en eso consiste todo —repuso el muchacho—, será bien fácil. Si aprendo lo que es el miedo tan pronto como tú dices, te daré mis cincuenta táleros. Vuelve por la mañana.

Luego se encaminó hacia la horca, se sentó debajo del árbol y esperó a que cayera la noche. Como tenía frío hizo un fuego, pero hacia la medianoche el viento era tan helado que a pesar de la lumbre no podía entrar en calor. Y cuàndo el viento se hizo todavía más fuerte e hizo que los ahorcados se balancearan tanto que chocaban unos con otros, el muchacho pensó: «Si yo me estoy helando aquí junto al fuego, no quiero ni pensar el frío que deben estar pasando esos hombres ahí arriba.»

Y como tenía buen corazón, cogió una escalerilla, subió arriba y tras desatar a los ahorcados los colocó a los siete en el suelo, alrededor del fuego.

Luego avivó la llama y sopló para que los cadáveres se calentaran. Mas éstos permanecieron inmóviles y el fuego comenzó a pegarse a sus ropas.

—Tened cuidado —les advirtió el joven— u os colgaré arriba otra vez.

Pero los muertos no le escucharon ni le respondieron, simplemente dejaron que sus harapos ardieran. Seguidamente, el muchacho se enfadó y les dijo:

—Si no queréis preocuparos, no puedo ayudaros o haréis que me queme yo también.

Y dicho esto, volvió a colgarlos de la horca uno a uno. Después se sentó otra vez junto al fuego y se quedó dormido. A la mañana siguiente, el hombre acudió por sus cincuenta táleros.

—Y bien —dijo al joven—. ¿Ahora ya sabes lo que es el miedo?

—No —replicó éste—. ¿Cómo podría saberlo? Esos tipos de ahí arriba no abrieron la boca. Son tan estúpidos que dejaron que los pocos harapos que llevan sobre la espalda se les quemaran.

El hombre comprendió entonces que ese día no ganaría los cincuenta táleros, y al tiempo que reemprendía su camino se dijo en voz alta:

—Nunca había visto a un tipo como éste antes.

El muchacho también se puso en camino, sin dejar de repetirse: «¡Ojalá supiera lo que es el miedo! ¡Ojalá supiera lo que es el miedo!» Al oírlo, un carretero que iba detrás de él le preguntó:

—¿Quién eres?

—No lo sé —respondió el muchacho.

—¿De dónde vienes?

—No lo sé —volvió a decir.

—¿Quién es tu padre?

—No debo decirlo.

—¿Qué es lo que repites continuamente?

—¡Oh! —exclamó el joven—. Me gustaría saber lo que es el miedo, pero nadie puede enseñármelo.

—Eso es una tontería —repuso el carretero—. Olvídalo y vente conmigo; te conseguiré un sitio donde puedas quedarte.

El muchacho acompañó al carretero y al anochecer llegaron a una posada en donde decidieron pasar

313

la noche. Al atravesar el umbral, el muchacho volvió a decir en alta voz:

—¡Ojalá supiera lo que es el miedo! ¡Ojalá supiera lo que es el miedo!

El posadero lo oyó y se echó a reír.

—Si eso es lo que quieres, creo que yo puedo arreglarlo —le dijo.

—No digas eso —replicó su mujer, dirigiéndose al joven—. Piensa en todos los hombres temerarios que han perdido la vida. Sería una pena que esos hermosos ojos no volvieran a ver la luz del día.

Mas el muchacho respondió:

—No me importa lo difícil que sea, yo quiero aprenderlo. Por eso me he ido de mi casa.

Y no dejó en paz al posadero hasta que éste le

habló de un castillo encantado que se hallaba en las cercanías y en donde cualquier hombre podía aprender fácilmente lo que es el miedo, siempre que estuviera dispuesto a pasar allí tres noches seguidas. El rey había prometido la mano de su hija al que se atreviera a realizarlo, y la princesa era la doncella más hermosa que existía en todo el mundo. Además, había enormes tesoros en aquel sitio, guardados por malos espíritus, pero que convertirían en rico al hombre que afrontara el desafío. El posadero añadió que muchos lo habían intentado, pero que ninguno había podido salir del castillo.

A la mañana siguiente el joven se presentó ante el rey y dijo:

—Si me lo permitís, quisiera pasar tres noches en el castillo encantado.

El rey le observó atentamente, y como el muchacho le agradó, respondió:

—Puedes llevarte tres cosas al castillo, mas deben ser objetos sin vida.

—Me llevaré fuego, un torno y un banco de tallador de madera con su cuchillo.

El rey ordenó que llevaran estas cosas al castillo aquel día.

Al caer la noche el muchacho se metió dentro, hizo un buen fuego en una de las habitaciones, colocó el banco de tallador de madera con su cuchillo junto a él y se sentó sobre el torno.

—¡Oh, si supiera lo que es el miedo! —suspiró—. Pero tampoco lo aprenderé en este sitio.

Hacia la medianoche se disponía a avivar el fuego cuando de repente escuchó voces que procedían de un rincón.

—¡Miauu, miauu! ¡Tenemos mucho frío!

—¡Tontos! —gritó el joven—. ¿De qué os sirve gritar? Si tenéis frío, venid y sentaos junto al fuego.

Apenas había terminado de hablar, cuando dos enormes gatos negros saltaron hacia él y se le colocaron cada uno a un lado y lo miraron con unos ojos feroces. Un rato después, cuando ya habían entrado en calor, dijeron:

—Amigo, ¿que te parece si jugamos a las cartas?

—¿Por qué no? —repuso el joven—. Pero antes, enseñadme las uñas.

Entonces, los gatos extendieron las patas hacia él.

—Dios mío —exclamo el joven—. ¡Qué uñas tan largas tenéis! Aguardad, voy a cortároslas antes de empezar.

Acto seguido los cogió del cogote, los colocó sobre el banco y les sujetó las patas con el tornillo.

—Ahora que ya os he visto las uñas, no quiero jugar con vosotros —dijo.

Luego los mató con el cuchillo y los tiró al lago. Pero una vez que se hubo deshecho de los dos y había vuelto a sentarse junto al fuego, se abalanzó sobre él una multitud de gatos y perros negros con cadenas de fuego; salían de todos los rincones y rendijas en número cada vez mayor, hasta que el joven no tenía sitio para eludirlos. Gritaban y gruñían horriblemente, y pisoteaban y dividían el fuego intentando apagarlo. El muchacho los miró tranquilamente durante un rato, mas cuando se cansó cogió el cuchillo y dijo:

—¡Fuera de aquí, canallas! —y se abalanzó sobre ellos.

Algunos huyeron, el joven mató a los restantes y los arrojó al lago. Al regresar, volvió a reavivar el fuego que se había quedado en ascuas y se sentó a calentarse. Entonces, los ojos se le empezaron a cerrar y le entró mucho sueño. Miró a su alrededor y vio una cama enorme en un rincón.

—Esto es justo lo que necesito —dijo, y se tumbó en ella.

Mas al cerrar los ojos la cama empezó a moverse sola y a pasearse por todo el castillo.

—Perfecto —musitó el joven—. No podría ser mejor.

Y la cama siguió desplazándose, como si fuera tirada por seis caballos, atravesando portales y subiendo y bajando escaleras. De repente se dio la vuelta por sí sola y se colocó sobre la espalda del joven con el peso de una montaña. El muchacho se desembarazó de sábanas y almohadas, se deslizó fuera y dijo:

—Ahora, si quieres, sigue tú sola.

Luego se tendió junto al fuego y durmió hasta que llegó el día. Por la mañana acudió el rey, y, al verle tendido en el suelo, creyó que los fantasmas habían dado buena cuenta de él y que estaba muerto.

—¡Qué pena! —exclamó—. ¡Un chico tan guapo!

Pero el joven lo oyó, se incorporó y replicó:

—Todavía no tenéis por qué compadeceros.

El rey se quedó sorprendido, pero complacido a la vez, y le preguntó cómo le había ido.

—Muy bien —respondió el muchacho—. Ya ha pasado una noche, y las otros dos también pasarán.

Cuando ese mismo día fue a la posada, al posadero se le salieron los ojos de las órbitas de asombro.

—No esperaba volver a verte con vida —le dijo—. ¿Has aprendido lo que es el miedo?

—No —repuso el muchacho—. Es inútil. ¡Ojalá alguien pudiera enseñármelo!

A la noche siguiente se fue al castillo y volvió a sentarse junto al fuego repitiendo su viejo lamento:

—¡Ojalá supiera lo que es el miedo! ¡Ojalá supiera lo que es el miedo!

Al acercarse la medianoche empezó a oírse jaleo y un vocerío, primero lejano, y luego cada vez más cerca. Hubo un momento de silencio, y luego, con unos gritos agudísimos, apareció un medio hombre por la chimenea y se paró frente a él.

—¡Hola! —exclamó el joven—. Todavía falta la otra mitad, esto no es suficiente.

Entonces volvió el alboroto; todo tronó y aulló, hasta que por fin apareció la otra mitad.

—Aguarda —dijo el joven—, avivaré el fuego para que te calientes.

Hecho esto, miró a su alrededor. Las dos mitades se habían unido y un hombre horrible se había sentado en su sitio.

—Ése no es el trato —replicó el muchacho—. Ese banco es mío.

El monstruo trató de quitárselo, pero el joven no se lo permitió. Le sacudió con toda su fuerza y volvió a sentarse en su sitio. Luego empezaron a aparecer hombres como él dando tumbos por la chimenea, uno detrás de otro. Sacaron nueve fémures y dos calaveras y se pusieron a jugar a los bolos. Al joven le apeteció unirse a ellos y dijo:

—¡Eh! ¿Me permitís participar?

—Seguro, si tienes dinero —respondieron.

—Tengo mucho —contestó el joven—. Pero estos bolos no están bien redondeados.

Entonces cogió las calaveras, se sentó en el torno y las pulió hasta que quedaron perfectamente redondas.

—Muy bien —dijo entonces—. Ahora sí podemos jugar. ¡Qué buena partida vamos a echar!

Se puso a jugar con ellos y perdió algo de dinero, pero al poco rato el reloj dio las doce y todos desaparecieron. El joven se echó, pues, a dormir tranquilamente, y esa noche no ocurrió nada más.

A la mañana siguiente el rey volvió al castillo a ver lo que había pasado.

—¿Cómo te ha ido esta vez? —preguntó.

—Estuve jugando a los bolos y perdí algunas monedas —fue la respuesta del muchacho.

—¿No has pasado miedo?

—¡Ojalá! —exclamó—. Sólo me divertí un poco. ¡Si alguien me enseñara lo que es el miedo!

Y así llegó la tercera noche. Sentado junto al fuego, el joven musitaba como siempre:

—¡Ojalá supiera lo que es el miedo! ¡Ojalá supiera lo que es el miedo!

Era muy tarde cuando aparecieron seis hombres fuertes con un ataúd.

—¡Ajá! —exclamó el muchacho—. Éste debe ser el primo que murió hace pocos días.

Le hizo señas al muerto con el dedo y gritó:

—¡Sal fuera, primo!

Los hombres depositaron el ataúd en el suelo, el muchacho se acercó y levantó la tapa. Dentro había un cadáver.

El joven le tocó la cara y la encontró fría como el hielo.

—Aguarda —dijo—. Te calentaré un poco.

Fue hasta el fuego, se calentó la mano y volvió a ponerla sobre el rostro del cadáver, mas siguió estando frío. Entonces sacó al muerto del ataúd, se sentó junto al fuego y apoyando la cabeza inerte sobre su regazo empezó a frotarle los brazos para hacer circular la sangre. Como tampoco esto resultaba, recordó de pronto que «cuando dos yacen juntos en el mismo lecho se calientan el uno al otro»; así pues, colocó al muerto en la cama, lo cubrió y se metió a su lado. Al cabo del rato, el cadáver entró en calor y empezó a moverse.

—¿Ves cómo te he calentado, primito? —preguntó el joven.

Pero el muerto gritó:

—¡Te voy a estrangular!

—¿Qué? ¿Así es como me lo agradeces? —exclamó el muchacho—. Ahora mismo te vuelves a tu ataúd.

Y sin pensarlo dos veces lo metió dentro y cerró la tapa. Entonces aparecieron otra vez los seis hombres y se llevaron el ataúd.

—¡No puedo aprender lo que es el miedo! —se lamentó el joven— ¡Jamás lo aprenderé en este sitio, aunque viviera cien años!

Luego apareció un hombre, más grande que todos los anteriores, y de un aspecto espeluznante. Era viejo y tenía una larga barba blanca.

—¡Tú, bribonzuelo! —gritó—. ¡Ahora sí que sabrás lo que es el miedo, porque vas a morir!

—No tan rápido —dijo el muchacho—. Si quieres matarme, antes tendrás que cogerme.

—Te cogeré en un instante —dijo el monstruo.

—Cálmate y deja de alardear; soy tan fuerte como tú, y quizás más.

—Eso ya lo veremos —dijo el viejo—. Si verdaderamente eres más fuerte que yo, te dejaré ir. Ven aquí y lo probaremos.

Lo llevó a través de oscuros pasillos hasta una fragua, cogió un hacha y de un solo golpe clavó el yunque en la tierra.

—Puedo hacer algo mejor que eso —dijo el joven.

El viejo se acercó a mirarle, con la barba colgando.

El muchacho cogió el hacha, partió el yunque de un solo golpe y clavó dentro la barba del viejo.

—Ahora te tengo en mi poder —dijo—. ¿Quién es el que va a morir?

Luego cogió una barra de hierro y empezó a golpearlo hasta que el viejo le suplicó que se detuviese, y, entre quejidos, le prometió que a cambio le daría grandes riquezas. El muchacho arrancó entonces el hacha y lo dejó en libertad. De inmediato el hombre llevó al muchacho a través del castillo y allí, en un sótano, le enseñó tres arcones llenos de oro.

—Una parte es para los pobres —le dijo—, otra es para el rey y la tercera es para ti.

Al instante el reloj dio las doce y el monstruo desapareció, dejando al joven en la oscuridad.

—No importa —musitó éste—. Ya sabré encontrar el camino.

Echó a andar a tientas, hasta que por fin dio con su habitación y se echó a dormir junto al fuego.

Por la mañana acudió el rey y le dijo:

—Apuesto a que esta vez sí has aprendido lo que es el miedo.

—No —replicó el joven—. ¿Cómo iba a hacerlo? Primero estuvo aquí el primo muerto y luego un viejo barbudo que me enseñó un montón de oro que hay en el sótano; pero nadie me enseñó lo que es el miedo.

Entonces, el rey dijo:

—Has librado al castillo del encantamiento y te casarás con mi hija.

—Eso sí que me agrada —replicó el muchacho—. Pero todavía no sé lo que es el miedo.

Sacaron todo el oro del sótano y la boda se celebró con gran pompa, pero aun cuando el joven rey amaba a su esposa y era feliz con ella, no dejaba de repetir:

—¡Ojalá supiera lo que es el miedo! ¡Ojalá supiera lo que es el miedo!

Tanto lo repetía, que por fin disgustó a su mujer.

—Procuraré enseñarle lo que es el miedo —dijo a sus doncellas.

Entonces fue al arroyo que corría por el jardín y mandó sacar un cubo lleno de agua con pececillos. Aquella noche, mientras el joven rey dormía, la reina le quitó la sábana y vació el cubo entero de agua helada y pececillos sobre el durmiente.

Los pececillos se pusieron a saltar y a moverse sobre su cuerpo, y el rey se despertó gritando:

—¡Ay, querida esposa! ¿Quién me asusta? ¡Por fin sé lo que es el miedo!

Los niños de oro

ABÍA una vez un pobre hombre y una mujer cuya única pertenencia era una cabaña muy pequeña. Con la pesca se ganaban el sustento y vivían en la estrechez. Un día el hombre echó las redes al agua y sacó un maravilloso pez de oro. El pescador se quedó boquiabierto ante él, y el pez empezó a hablar y le dijo:

—Escúchame, pescador, si me dejas libre convertiré tu cabaña en un magnífico palacio.

Entonces, el hombre replicó:

—¿Y de qué me serviría un palacio cuando no tengo nada para comer?

—De eso me ocuparé también —repuso el pez—. Habrá en el palacio un armario, y cuando lo abras encontrarás en él platos llenos de cosas maravillosas para comer, la mejor comida que puedas imaginar.

—En tal caso —dijo el pescador—, haré lo que me pides.

—Muy bien —contestó el pez—. Pero hay una condición. No podrás decir a nadie de dónde procede tu fortuna. Si dejas escapar una sola palabra, todo se desvanecerá.

Así pues, el hombre devolvió al mar al pez milagroso y volvió a su casa. Mas en donde antes se encontraba una cabaña, había ahora un enorme palacio. Por un momento el pescador se quedó parado, mirándolo, pero luego entró y encontró a su mujer, que iba vestida como una reina y ocupaba un sillón en una espléndida sala. La mujer estaba muy contenta.

—¡Esposo! —exclamó al verlo—. ¡Mira lo que ha pasado de repente! Me gusta.

—También a mí —dijo el hombre—, pero tengo mucha hambre. Tráeme algo de comer.

—No tengo nada —respondió la mujer—, y no puedo encontrar nada en esta nueva casa.

—No te preocupes por eso —dijo el pescador—. ¿Ves aquel armario tan grande de allí enfrente? Ve y ábrelo.

Cuando la mujer lo abrió encontró tortas, carne, frutas, vino: un magnífico cuadro, en suma, y exclamó loca de alegría:

—¡Oh, mi querido esposo! ¿Qué más podemos pedir?

Luego se sentaron a la mesa y comieron y bebieron. Al terminar, la mujer preguntó a su marido:

—Dime, esposo, ¿de dónde viene todo este esplendor?

—No me lo preguntes —repuso el hombre—. No puedo decírtelo. Si se lo dijera a alguien, todo se desvanecería.

—Muy bien —dijo ella—. Si no debo saberlo, entonces no lo sabré.

Pero no era eso lo que realmente pensaba para sus adentros. Ni de día ni de noche se le iba esa pregunta de la cabeza y no dejaba de atormentar a su marido en ningún momento. Por fin, éste perdió la paciencia y le soltó que todo aquello procedía de un maravilloso pez de oro que había sacado en la red y había devuelto luego al mar.

Apenas hubo terminado de contárselo, cuando el hermoso palacio desapareció, con el enorme armario y todo lo demás, y de nuevo se encontraron en la misma cabaña que antes poseían.

El hombre tuvo que volver a pescar nuevamente. Mas la suerte le sonrió y al poco tiempo pescó otra vez al pez de oro.

—Mira —le dijo el pez—, si me dejas ir te devolveré el palacio con el armario lleno de exquisitas comidas. Pero ten la firmeza necesaria como para no decir a nadie de dónde procede tu fortuna, o volverás a perderlo todo.

—Te aseguro que la tendré —respondió el pescador, y devolvió el pez al agua por segunda vez.

Cuando volvió a su casa encontró en su lugar el palacio en todo su esplendor, y su mujer rebosante de alegría por su buena suerte.

Mas la curiosidad continuaba acosándola como antes, y a los pocos días volvió a bombardear a su esposo con mil y una preguntas. ¿De dónde venía todo? ¿Cómo se las había arreglado para lograrlo? Al principio el pescador se mantuvo firme en su silencio, pero al final tanto insistió ella, que el pobre hombre perdió la paciencia y explotó contando el secreto. Al instante el palacio se desvaneció y de nuevo se encontraron en la vieja cabaña.

—¡Ahora lo has conseguido definitivamente! —exclamó el pescador—. Pasaremos hambre de nuevo.

—Muy bien —replicó la mujer—. Si no puedo saber de dónde procede mi riqueza, prefiero no ser rica. Me pone muy nerviosa.

El hombre volvió a la pesca y al poco tiempo volvió a coger al pez de oro por tercera vez.

—Escúchame —le dijo éste—; ya veo que estoy destinado a caer siempre en tus manos, llévame a tu casa y córtame en seis pedazos. Dale a tu mujer dos trozos para que coma, dale otros dos a tu caballo y sepulta los dos trozos restantes en la tierra. Te traerá buena suerte.

El pescador se llevó el pescado a su casa y cumplió lo que éste le había pedido. De los dos trozos que enterró crecieron al poco tiempo dos lirios de oro, el caballo engendró dos potrillos de oro y la mujer del pescador dio a luz dos niños de oro.

Los niños crecían sanos y apuestos, y los lirios y los potros crecían con ellos.

Un día los niños dijeron:

—Padre, nos gustaría irnos a recorrer mundo en nuestros caballos de oro.

El pescador respondió con tristeza:

—¿Cómo podré sobrellevar mi pesar cuando os hayáis ido y no sepa qué es de vosotros?

—Los lirios de oro seguirán aquí, y podrás saber de nosotros observándolos. Si están frescos, significará que estamos bien y con buena salud; si están mustios, estaremos enfermos, y si caen al suelo, estaremos muertos.

Por fin partieron y llegaron a una taberna llena de gente.

Cuando vieron a los dos niños de oro, todos los presentes se echaron a reír y se burlaron de ellos. Al oír las burlas, uno de los dos hermanos no pudo superar la vergüenza y no quiso seguir el viaje, de modo que regresó a casa de su padre.

Pero el otro prosiguió su camino hasta llegar a un

espeso bosque. Cuando estaba a punto de internarse en él, la gente le advirtió:

—Es mejor que no entres en ese bosque, está lleno de ladrones. Te asaltarán, y cuando os vean, a ti y a tu caballo, y se den cuenta de que sois de oro puro, os matarán a los dos.

Pero el joven no conocía el miedo, y dijo:

—Debo atravesar el bosque, y lo haré.

Luego se buscó varias pieles de oso y se cubrió él y a su caballo, de tal modo, que no se veía ni un centímetro de oro; hecho lo cual se internó con toda calma en el bosque.

Había andado un poco, cuando oyó el crujido de unos arbustos, acompañado por un rumor de voces. De un rincón salía una que decía:

—Ahí viene alguien.

Y otra que contestaba desde el otro costado:

—Déjalo ir, es un vagabundo; seguramente es más pobre que un ratón de iglesia. ¿Qué podríamos sacarle?

Así fue como el niño de oro atravesó con su caballo el bosque entero sin que le ocurriera nada.

Otro día llegó a una aldea, y vio allí a una niña tan bella, que pensó que no podía existir nada más hermoso en el mundo. Sintió un amor tan intenso que fue hasta ella y le dijo:

—Te amo con todo mi corazón. ¿Quieres ser mi esposa?

La doncella, por su parte, también se sintió atraída por el joven y consintió, diciendo:

—Sí. Seré tu esposa y te guardaré fidelidad mientras viva.

La boda se celebró de inmediato, y cuando más contentos se encontraban, llegó el padre de la novia y se quedó sorprendido al ver que su hija estaba celebrando un banquete de bodas.

—¿Dónde está el novio? —preguntó.

Todos le señalaron al niño de oro, que todavía estaba cubierto con las pieles de oso. Entonces, el padre dijo enfadado:

—Ningún vagabundo se casará con mi hija.

Iba a matarle, mas la novia le rogó y suplicó llorando y diciendo:

—Pero es mi esposo, y le amo con todo mi corazón.

Se calmó finalmente el padre, mas no cambió su apreciación del asunto, y a la mañana siguiente se levantó muy temprano para ver a su yerno de cerca y comprobar si efectivamente se trataba de un vagabundo. Cuando entró en el cuarto vio sin embargo a un hermoso hombre de oro en la cama y las pieles de oso en el suelo. Entonces volvió a su habitación pensando: «Por fortuna contuve mi enfado; podría haber cometido un terrible crimen.»

Aquella noche el niño de oro soñó que estaba cazando un magnífico ciervo, y al despertarse a la mañana siguiente dijo a su esposa:

—Me voy a cazar.

—Temo que te ocurra algo malo.

Mas él replico:

—Debo ir, y lo haré.

Así pues, se levantó y se internó en el bosque, y no pasó mucho tiempo antes de que apareciera ante él un hermoso ciervo, igual que el de su sueño. Entonces, el joven sacó la escopeta y estaba a punto de disparar cuando el ciervo huyó dando un brinco.

Durante todo el día el joven persiguió al animal por el bosque sin cansarse en ningún momento.

Cuando cayó la noche perdió de vista al ciervo, y al detenerse a mirar a su alrededor vio una casita a poca distancia de donde estaba. Llamó a la puerta y salió una vieja bruja que le dijo:

—¿Qué haces tú en este espeso bosque a estas horas?

—¿Has visto al ciervo? —preguntó el joven.

—¡Oh, sí! —respondió la bruja—. Conozco muy bien a ese ciervo.

Entonces, el perrito, que también había salido a la puerta, empezó a ladrarle con ferocidad. El joven le amenazó:

—¡Cállate, sapo, o te mato de un tiro!

Al oír aquello, la bruja se enfadó mucho.

—¿Pero qué es esto? ¿Así que amenazas con matar a mi perrito?

Al instante lo transformó en una piedra, y allí se quedó el joven.

Mientras tanto, su esposa lo esperaba en vano en la casa diciendo:

—Lo que tanto temía y pesaba sobre mi corazón debe de haber ocurrido.

Mas en la casa de su padre el otro hermano de oro se hallaba contemplando los lirios de oro cuando súbitamente uno de ellos se dobló hasta el suelo.

—¡Dios mío! —exclamó—. Algo terrible le ha ocurrido a mi hermano. Debo salir en su busca. Quizás pueda salvarlo.

Su padre dijo:

—No vayas. ¿Qué pasaría conmigo si también te perdiera a ti?

Mas el joven replicó:

—Debo ir, y lo haré.

Montó en su caballo de oro y a galope llegó al

espeso bosque en donde estaba su hermano convertido en piedra. Entonces, la bruja salió de la cabaña y
lo llamó. Iba a convertirlo a él también en piedra,
mas en vez de acercarse a ella el joven dijo:

—Devuélvele la vida a mi hermano o dispararé
sobre ti.

Ante esto, la bruja no pudo hacer nada y, acercán-
dose a la estatua de piedra, la tocó con el dedo. De
inmediato el joven recobró la vida.

Los dos hermanos de oro se alegraron mucho de
encontrarse de nuevo. Se abrazaron y besaron y salieron del bosque cada uno en su caballo: uno hacia la
casa de su esposa; el otro, a la de su padre.

Cuando el segundo hijo llegó a su casa, el padre
dijo:

—Supe que habías salvado a tu hermano porque
de repente el lirio de oro se enderezó y está tan fresco
y rozagante como antes.

Y desde aquel momento todos vivieron felices
hasta su muerte.

La guardadora de gansos

ABÍA una vez una reina cuyo esposo había muerto hacía mucho tiempo y que tenía una hija muy hermosa. Cuando la princesa alcanzó la edad conveniente fue prometida a un príncipe que vivía muy lejos de allí, y pronto llegó la hora de disponer la boda. La princesa se preparó, pues, para el viaje al distante reino, y la reina empaquetó toda clase de objetos preciosos: joyas, copas, platos de oro y plata; en suma, todo lo que una dote real requiere, ya que amaba a su hija con todo su corazón.

También le asignó una doncella que la sirviera, cuidara de ella durante el viaje y se ocupara de que la princesa llegara a su destino sana y salva. Cada una recibió un caballo para la travesía, y el de la princesa, llamado Fallada, podía hablar. Cuando llegó el momento de la partida, la anciana reina fue a su cámara, cogió un cuchillo y se cortó un dedo hasta que sangró. Luego dejó caer tres gotas de sangre sobre un trozo de tela blanca y se lo dio a su hija, diciéndole:

—Cuida bien de esto. Lo necesitarás en tu viaje.

Tras una triste despedida, la princesa se metió el trozo de tela en el corpiño, montó en el caballo y emprendió el camino rumbo al palacio de su prometido. Llevaban una hora cabalgando cuando sintió una gran sed, y le dijo a su doncella:

—Tengo sed. Desmonta, coge la taza de oro que hemos traído y dame agua del arroyo.

Mas la doncella repuso:

—Si tienes sed, ve y sírvete tú misma. Inclínate sobre el arroyo y bebe. No elegí yo ser tu doncella.

La princesa tenía tanta sed, que desmontó, se inclinó sobre el arroyo y bebió. La doncella ni siquiera le permitió usar su taza de oro.

—¡Pobre de mí! —suspiró.

Y las tres gotas de sangre respondieron:

—Si tu madre supiera esto se le partiría el corazón.

Pero la princesa era de caracter dócil y, sin decir una sola palabra, volvió a montar y siguieron cabalgando.

Mas era un día muy caluroso, el sol quemaba con fuerza y pronto la joven sintió sed nuevamente. Llegaron a un río y la princesa pidió a su doncella:

—Desmonta y tráeme un poco de agua en la taza de oro.

Había olvidado las duras palabras que ésta le había dirigido antes, y en esta segunda ocasión la doncella le repondió aún con mayor altanería:

—Si tienes sed, ve y bebe. Yo no elegí ser tu doncella.

La princesa tenía tanta sed que desmontó y se inclinó sobre la fresca corriente llorando:

—¡Pobre de mí!

Y por segunda vez las tres gotas de sangre respondieron:

—Si tu madre supiera esto se le partiría el corazón.

Pero mientras la princesa bebía, inclinada sobre el

río, el trozo de tela con las tres gotas de sangre se le salió del corpiño y la corriente se lo llevó flotando. La princesa estaba tan triste que no se percató de ello, pero su doncella había visto caer el trozo de tela y se regocijaba, puesto que así tenía poder sobre la princesa, ya que sin las gotas de sangre se volvería débil e indefensa. Cuando la novia iba a montar a su caballo Fallada, la doncella le dijo:

—Yo lo montaré. Mi rocín es suficiente para ti.

Y la princesa tuvo que resignarse. Luego, la doncella le dijo ásperamente:

—Ahora dame tus ropas reales y ponte mis harapos.

Cuando hicieron el cambio, la pérfida doncella le hizo jurar, bajo el cielo abierto, que jamás saldría una palabra de su boca sobre lo sucedido al llegar a la corte, y si la princesa no hubiera hecho ese juramento, la doncella la hubiera matado en el acto. Mas Fallada lo había visto todo y tomaba buena nota.

Entonces, la doncella montó a Fallada y la verdadera novia lo hizo en el miserable rocín, y así cabalgaron hasta llegar al palacio real. Hubo gran alegría a su llegada, y el príncipe, con la satisfacción de recibirlas, tomó a la doncella por su prometida y, levantándola de la silla, la llevó hacia la escalinata mientras la verdadera princesa se quedaba sola en la entrada.

El anciano rey se asomó por la ventana y vio lo delicada y hermosa que era la joven; luego se dirigió al apartamento real e interrogó a la novia acerca de la doncella que había ido con ella y que esperaba en el patio.

—¡Oh!, la cogí en el camino para que me hiciera compañía —dijo—. Dadle alguna tarea para que no se muera de hambre.

Mas el anciano rey no tenía trabajo para ella y no se le ocurría qué tarea encomendarle. Por fin dijo:

—Hay un muchachito que cuida de los gansos, ella puede ayudarle.

Así pues, la novia verdadera tuvo que ayudar al pequeño guardián de los gansos, cuyo nombre era Conrad.

Poco tiempo después, la falsa novia dijo al joven rey:

—Amado esposo, te suplico que me concedas una cosa.

—No tienes más que pedirla —repuso él.

—Entonces manda buscar al matarife y ordena que le corte la cabeza al caballo que me trajo hasta aquí. Esa bestia me exasperó durante todo el viaje.

Pero la verdad era que tenía miedo de que el caballo le contara a alguien lo que ella había hecho con la princesa.

Así pues, la orden fue dada, y cuando la princesa verdadera oyó que el fiel Fallada iba a morir, prometió al matarife algún dinero a cambio de un pequeño favor. En las afueras de la ciudad había una puerta enorme y oscura, por la cual ella pasaba todas las mañanas y todas las tardes con los gansos. Le pidió al matarife que clavara la cabeza de Fallada sobre el marco de la puerta, de modo que ella pudiera verla todos los días. El matarife se lo prometió y, después de cortar la cabeza al noble animal, la clavó sobre el marco de la oscura puerta.

Por la mañana temprano, cuando la joven pasaba por la puerta, con el pequeño Conrad y los gansos, decía:

—*¡Oh, pobre Fallada, colgado ahí arriba!*

Y la cabeza respondía:

—*¡Oh, pobre princesa, por una malvada sorprendida!*
Si lo supiese vuestra madre querida,
su corazón en dos se partiría.

Luego la joven no volvía a abrir la boca y llevaba los gansos al campo. Al llegar se sentaba en la hierba y se deshacía su trenza para peinarse los cabellos, que eran de oro puro, y Conrad se quedaba mirándola.

Le agradaba mucho la forma en que relucía el pelo de la joven a la luz del sol, y trataba de arrancarle alguno para guardárselo. Entonces, ella decía:

—*Sopla, viento, sopla,*
coge el sombrero de Conrad y haz que corra
volando a un lado y a otro,
y que él lo persiga loco
hasta que esté mi cabello
peinado y trenzado,
y en un moño levantado.

Y en ese momento soplaba un viento que hacía volar muy alto y muy lejos el sombrero del pequeño Conrad, y éste tenía que correr tras él. Cuando regresaba, la joven ya había terminado de peinarse y de trenzar su cabello, y no podía el muchachito obtener ninguna hebra para él. Se enfadaba mucho entonces y dejaba de hablarle durante todo el día, y así llegaba el anochecer, cuando se llevaban de nuevo los gansos al palacio.

Un día, al pasar con los animales a través de la oscura puerta, la princesa, como de costumbre dijo:

—¡Oh, pobre Fallada, colgado ahí arriba!

Y Fallada respondió:

—¡Oh, pobre princesa, por una malvada sorprendida!
Si lo supiese vuestra madre querida,
su corazón en dos se partiría.

Cuando llegaron al prado, nuevamente se sentó la joven y se desató el pelo para peinarse, y otra vez Conrad corrió hacia ella e intentó arrancarle algunas hebras. Entonces, la joven dijo:

—Sopla, viento, sopla,
coge el sombrero de Conrad y haz que corra
volando a un lado y a otro,
y que él lo persiga loco
hasta que esté mi cabello
peinado y trenzado,
y en un moño levantado.

Sopló el viento y se llevó alto y lejos el sombrero del niño, y éste tuvo que correr tras él. Cuando por fin regresó, la joven ya se había recogido el pelo en un moño y Conrad no pudo arrancarle algunas hebras. Y así transcurrió el día cuidando a los gansos.

Cuando esa noche volvieron al palacio, el pequeño Conrad se presentó ante el anciano rey y le dijo:

—No quiero seguir cuidando gansos con esa joven.

—¿Y por qué no? —preguntó el monarca.

—Porque no hace más que irritarme de la mañana a la noche.

—Cuéntame lo que hace —le dijo el rey.

—Bueno —dijo el muchacho—, por la mañana, cuando pasamos con los gansos a través de la puerta oscura, hay una cabeza de caballo colgada a la que siempre le habla y le dice:

—¡Oh, pobre Fallada, colgado ahí arriba!

Y la cabeza siempre responde:

—¡Oh, pobre princesa, por una malvada sorprendida!
Si lo supiese vuestra madre querida,
su corazón en dos se partiría.

Y el pequeño Conrad siguió contando al anciano rey lo que ocurría en el prado y cómo debía él correr detrás de su sombrero que el viento hacía volar.

Entonces, el anciano rey ordenó al niño que volviera a salir con los gansos al día siguiente, y por la mañana él mismo se sentó cerca de la oscura puerta y oyó como la princesa hablaba con la cabeza de Fallada. Luego, la siguió hasta el prado y se ocultó tras un arbusto. Allí vio con sus propios ojos a los dos guardianes de los gansos llegar con los animales, al poco rato vio sentarse a la joven y desatar su cabello reluciente como el oro. Nuevamente, ella volvió a recitar:

—Sopla, viento sopla,
coge el sombrero de Conrad y haz que corra
volando a un lado y a otro,
y que él lo persiga loco
hasta que esté mi cabello
peinado y trenzado,
y en un moño levantado.

En ese momento se desató una ráfaga de viento que hizo volar el sombrero del pequeño Conrad, y éste salió tras él corriendo mientras la joven se peinaba y trenzaba su cabello con calma. El anciano rey volvió entonces al palacio sin ser visto y, cuando la guardiana de los gansos regresó al anochecer, la hizo acudir a su presencia y le preguntó por qué hacía todas aquellas cosas.

—No puedo decíroslo —repuso la joven—. No puedo desahogar mi corazón con nadie porque bajo el cielo abierto he jurado no hacerlo, y hubiera sido asesinada si no hubiera hecho tal juramento.

El monarca formulaba sin descanso la misma pregunta, pero no pudo sacar nada más de la joven. Finalmente dijo:

—Si no puedes decírmelo, entonces desahoga tu corazón con esta estufa de hierro.

Dicho esto, el monarca abandonó la habitación y la joven se metió dentro de la estufa y, llorando y lamentándose, desahogó allí su corazón:

—¡Ay, aquí estoy, abandonada de todo el mundo! —se quejó—. Y sin embargo soy la hija del rey. Una falsa doncella me obligó a cambiar mis ropas por sus harapos, y así se hizo pasar por mí ante mi prometido, y ahora soy una pobre guardiana de gansos, obligada a trabajar de criada. Si mi querida madre supiese esto, su corazón se partiría en dos.

El anciano rey se había quedado afuera, de modo que oyó todo lo que dijo la joven. Entonces entró de nuevo en la habitación y ordenó a la princesa que saliera de la estufa, después de lo cual ordenó que la vistieran con un traje real. La joven se puso su nuevo atuendo y estaba tan hermosa que todo el mundo creía que se trataba de un milagro.

A continuación el anciano rey mandó llamar a su hijo, y le dijo que su novia era falsa y que la verdadera era aquélla, la guardiana de los gansos, mientras que la otra era una simple doncella.

El joven rey se regocijó enormemente al ver cuán hermosa y noble era su verdadera prometida y ordenó preparar un gran banquete al que fueron invitados todos los cortesanos y amigos del príncipe. Éste se sentó en la cabecera de la mesa, y a cada uno de los lados se sentaron la princesa y la doncella, quien no reconoció a la primera, ya que llevaba joyas que brillaban tanto que la deslumbraban.

Cuando terminaron de comer y beber, y se hallaban de buen humor, el anciano rey le planteó un acertijo a la doncella.

¿Qué merecería una mujer que traiciona de tal y tal forma a su soberana?, le preguntó. Y prosiguió contándole la historia, hasta que por fin le dijo:

—¿Qué castigo merece una mujer como ésa?

Y la falsa novia repuso:

—Lo único que merece es ser despojada de sus ropas y que la metan completamente desnuda en un tonel, que lleve incrustados puntiagudos clavos por dentro. Luego deberían engancharse dos caballos blancos al tonel para que lo arrastraran por la calle hasta que quedara muerta.

—¡Tú eres esa mujer! —exclamó el anciano rey—. Has pronunciado tu propia sentencia y ése será tu castigo.

Cuando la sentencia fue cumplida, el joven se casó con la verdadera novia y juntos gobernaron el reino en paz y felicidad.

La lámpara azul

ABÍA un soldado que sirvió lealmente al rey durante muchos años, mas cuando la guerra concluyó se encontró inútil a causa de sus muchas heridas y el rey le dijo:

—Puedes volver a tu casa, ya no te necesito. No voy a seguir pagándote un salario sin recibir nada a cambio.

El soldado se quedó muy triste, porque no veía de qué forma iba a sustentarse de ahí en adelante. Apesadumbrado, dejó al rey y anduvo durante todo el día hasta que llegó a un bosque. Caía la noche, pero distinguió a lo lejos una débil luz y se encaminó en esa dirección. Pronto llegó a una casa que pertenecía a una bruja.

—Te suplico que me des alojamiento esta noche, y algo de comer y beber —le dijo—, o moriré.

—¡Oh! —exclamó la bruja—. Nadie daría nada a un soldado licenciado. Pero yo seré compasiva contigo y te dejaré entrar si haces lo que te diga.

—¿Y qué deberé hacer?

—Pues remover la tierra de mi jardín mañana.

El soldado aceptó la proposición de la bruja y

trabajó duramente durante todo el día siguiente. Cuando terminó el trabajo, la noche estaba cayendo, de modo que la bruja musitó:

—Humm, veo que ya no puedes partir hoy. Te alojaré otra noche en mi casa, pero a condición de que me cortes una buena cantidad de leña.

Esta tarea ocupó al soldado durante todo el día, y al anochecer la bruja volvió a pedirle que se quedara otra noche en su casa.

—Tengo un pequeño trabajito para ti mañana —le dijo—. Hay un pozo seco detrás de la casa y se me ha caído la lámpara en él. Tiene una luz azul que nunca se apaga. Quiero que bajes al pozo y me la traigas.

Al día siguiente la bruja le llevó al pozo y le bajó en una cesta.

El soldado encontró la lámpara sin ninguna dificultad, y dio a la bruja la señal para que lo levantara.

Cuando estaba justo debajo del borde del pozo, la malvada mujer tendió la mano para que el soldado le diera la lámpara.

—¡Oh, no! —dijo él, que le había leído el pensamiento—. No te daré la lámpara hasta que tenga los dos pies sobre la tierra.

Al oír esto, la bruja se enfureció, lo dejó caer de nuevo al fondo del pozo y se fue.

La tierra del fondo estaba húmeda, así que el soldado no se hirió al caer. La luz azul seguía ardiendo, ¿pero qué ganaba con ello? Allí dentro estaba destinado a morir, y él lo sabía. Durante un largo rato se quedó sentado, presa de un gran desaliento. Luego se metió la mano en el bolsillo y encontró su pipa, que todavía tenía algo de tabaco.

—¡Mi último placer sobre esta tierra! —exclamó el soldado.

La sacó, la encendió con la luz de la lámpara y empezó a fumar. El humo se elevó formando un anillo y, de repente, un genio negro apareció frente a él.

—¿Qué mandas, amo? —le preguntó.

El soldado no cabía en sí de sorpresa.

—Muy bien —dijo, reponiéndose—. En primer lugar, sácame de este pozo.

El genio le cogió de la mano y lo condujo por un pasadizo subterráneo. El soldado no se olvidó llevar consigo la lámpara azul, y durante el trayecto el genio le mostró los tesoros que la bruja mantenía ocultos allí, ocasión que aprovechó nuestro hombre para coger todo el oro que pudo cargar. Cuando se encontró otra vez en la superficie, le dijo al genio:

—Ahora coge a la bruja y llévala a prisión.

Un segundo después se oyeron unos gritos espeluznantes y la bruja salió montada en un gato montés a la velocidad del viento. Al poco rato el genio regresó.

—Tus órdenes se han cumplido —anunció—. Ya está colgando de la horca. ¿Qué más deseas, amo?

—Nada más de momento. Puedes irte, pero debes estar preparado para cuando te llame.

—Todo lo que tienes que hacer es encender la pipa con la lámpara azul —repuso el genio, y se desvaneció.

Entonces, el soldado regresó a la ciudad de la que había salido. Se detuvo en la mejor posada, se hizo confeccionar trajes muy finos y ordenó al posadero que amueblara su habitación con el mayor esplendor posible. Cuando la habitación estuvo lista y el soldado instalado en ella, llamó al genio negro y le dijo:

—He servido al rey fielmente, pero él me despidió dejándome en la miseria. Ahora quiero desquitarme.

—¿Qué debo hacer? —preguntó el genio.

—Quiero que, muy entrada la noche, cuando la hija del rey esté dormida en su cama, me la traigas aquí sin despertarla. La convertiré en mi esclava.

—Eso será fácil para mí, mas muy peligroso para ti —repuso el genio—. Si te descubren te encontrarás en un grave aprieto.

Cuando dieron las doce se abrió la puerta y entró el genio con la hija del rey.

—¡Ajá! —exclamó el soldado—. ¡Así que ya estás aquí! Bien, pues ponte a trabajar. Coge la escoba y barre todo esto.

Cuando la joven concluyó la tarea, el soldado le ordenó que se acercase a él y, estirando las piernas, le dijo:

—Quítame las botas.

Una vez hecho, el soldado le tiró las botas en la cara y la hija del rey tuvo que recogerlas, limpiarlas y lustrarlas hasta que quedaron relucientes. Todo lo hizo con los ojos medio cerrados, y sin la más mínima protesta. Y al oír el primer canto del gallo, el genio la llevó otra vez a su cama en el palacio real.

Cuando la princesa se levantó por la mañana se presentó ante su padre y le dijo que había tenido un sueño muy extraño.

—Me llevaron por las calles de la ciudad a la velocidad del relámpago hasta que de pronto me encontré en la habitación de un soldado. Entonces tuve que ser su esclava y hacer todo el trabajo desagradable: barrer y limpiarle las botas. Sólo fue un sueño, pero me siento tan cansada como si realmente hubiera hecho todo eso.

—Tu sueño puede haber sido realidad —repuso el rey—. Sigue mi consejo: hazte un agujerito en el bolsillo y llénalo de guisantes. Si vuelven a llevarte, los guisantes dejarán el rastro por las calles.

Mas el genio, que se había vuelto invisible, estaba presente cuando el rey aconsejaba a su hija, y escuchó atentamente. Aquella noche, al llevar otra vez a la princesa dormida por las calles, los guisantes cayeron, en efecto, pero no pudieron señalar ninguna senda, ya que el astuto genio había sembrado guisantes por toda la ciudad antes de ir por ella. Así pues, una vez más la princesa se vio obligada a realizar tareas de esclava hasta el primer canto del gallo.

A la mañana siguiente el rey ordenó a sus hombres que siguieran el rastro, mas éstos no pudieron encontrarlo ya que por toda la ciudad los niños recogían guisantes y se decían unos a otros:

—Anoche llovieron guisantes.

—Tendremos que pensar en otra cosa —dijo en-

tonces el rey—. No te quites los zapatos esta noche al meterte en la cama, y antes de volver de ese sitio esconde uno y no te preocupes: yo lo encontraré.

El genio negro lo había oído todo también esta vez, y esa noche, cuando el soldado volvió a ordenarle que le llevara a la princesa, le advirtió del peligro que correría.

—No conozco ningún medio de frustrar ese plan. Si el zapato es encontrado en tu habitación te harán pagar caro por ello.

—Haz lo que te ordeno —contestó el soldado.

Y la princesa se convirtió en su esclava por tercera vez.

Mas antes de que el genio la llevara al palacio, escondió uno de sus zapatos debajo de la cama.

A la mañana siguiente el rey hizo registrar minuciosamente toda la ciudad en busca del zapato de la princesa, y finalmente fue encontrado en los aposentos del soldado. El genio le imploró que se salvara, y obedeciéndole, el soldado había huido de la ciudad. No obstante, los hombres del rey no tardaron en dar con él y fue hecho prisionero.

Con las prisas por escapar, había olvidado sus más preciosos tesoros en la habitación, la lámpara azul y el oro que tenía, así que todo lo que le quedaba en los bolsillos era un ducado.

Cuando se hallaba encadenado a la ventana de su celda, quiso la suerte que pasara por ella uno de sus viejos amigos; entonces el pobre hombre se puso a golpear los cristales para atraer su atención. Cuando su amigo se acercó a la ventana, el soldado le dijo:

—Te suplico que me hagas un gran favor. Tráeme el atillo que he olvidado en la posada. Te daré un ducado a cambio.

Su amigo corrió a la posada y volvió con el bulto del prisionero. Tan pronto como el soldado se quedó a solas, encendió la pipa con la lámpara y el genio apareció ante él.

—No temas —le dijo entonces—. Ve adonde te lleven y déjales que hagan lo que quieran. Sólo preocúpate de llevar la lámpara azul contigo.

Al día siguiente el soldado fue llevado a juicio y, a pesar de que no había hecho ningún mal, el juez le sentenció a muerte. En el momento en que lo conducían al cadalso, el soldado pidió al rey una última gracia.

—¿Qué clase de gracia? —preguntó el monarca.

—Dejadme fumar una última pipa por el camino.

—Puedes fumar tres si quieres —repuso el rey—, pero no esperes que te perdone la vida.

Entonces, el soldado sacó la pipa y la encendió con la lámpara azul. Los anillos de humo se elevaron por el aire y de inmediato apareció el genio con un garrote en la mano.

—¿Cuál es la voluntad de mi amo? —preguntó.

—Golpea a estos falsos jueces y a sus secuaces —dijo el soldado—, y no excluyas al rey, que me ha tratado de una manera indigna.

Sin perder un instante, el genio comenzó a blandir su garrote a diestra y siniestra, y en cuanto tocaba con él a alguien, el miserable se echaba al suelo sin atreverse a hacer el menor movimiento.

El rey estaba tan aterrorizado que suplicó al soldado que se apiadase de él, y meramente para preservar su vida, le cedió todo el reino y le dio a su hija por esposa.

Pulgarcito

ABÍA una vez un pobre labrador que, sentado junto a la chimenea una noche, atizaba
el fuego mientras su mujer hilaba.

—Es muy triste que no hayamos podido tener hijos —se lamentó—. En otras casas hay alegría y bulli-
cio, pero en la nuestra hay demasiado silencio.

—Sí, tienes razón —repuso su mujer, suspirando—.
Aunque tuviéramos sólo uno, y que no fuera más
grande que mi dedo pulgar, me sentiría satisfecha.
¡Oh, cuánto le querríamos!

Y su deseo se cumplió. Siete meses más tarde dio
a luz un niño que, aunque perfectamente formado,
no era más grande que un dedo pulgar.

—¡Es justo lo que deseábamos! —exclamaron sus
padres—. Será nuestro hijo adorado.

A causa de su tamaño, le llamaron Pulgarcito, y a
pesar de que le daban todo lo que podía comer, nunca creció ni superó la talla que tenía el día que nació.
Mas sus ojos relampagueaban de inteligencia, y pronto demostró que era un muchachito brillante y ágil,
que tenía éxito en todo lo que emprendía.

Un día el labrador se aprestaba para ir a los bosques a cortar leña murmurando para sus adentros: «Si al menos hubiera alguien que me llevara el carro.»

—¡Oh, padre! —exclamó Pulgarcito—. Yo te llevaré el carro, puedes contar conmigo. En el bosque lo necesitarás.

Entonces, el hombre se rió y dijo:

—¿Cómo vas a hacerlo? Eres demasiado pequeño aún para coger las riendas.

—Eso no es problema. Dile a madre que enganche el caballo y me siente en su oreja, yo le indicaré qué camino seguir.

—Muy bien —dijo el labrador—. Lo intentaremos.

A su debido tiempo la madre enganchó el caballo y colocó a Pulgarcito en la oreja del animal. Luego, el muchachito gritó:

—¡Arre! —y le indicó a la bestia qué camino tomar.

Todo salió bien; el caballo cogió la senda correcta, como si un cochero lo guiara, y así llegaron al bosque. El carro doblaba por un recodo del camino cuando Pulgarcito gritó:

—¡Arre!

Justo en ese momento pasaban por allí dos desconocidos.

—¡Buen Dios! —exclamó uno—. ¿Qué es esto? Por ahí va un carro, y el cochero acaba de gritar a los caballos, pero no se ve a ningún cochero.

—Aquí hay algo raro —contestó el otro—. Vamos a seguirlo hasta que se detenga.

El carro se internó en el bosque hasta llegar a donde el labrador estaba cortando la leña. Al ver a su padre, Pulgarcito gritó:

—Aquí estoy con el carro, padre. Ayúdame a bajar.

El buen hombre sujetó al caballo por las riendas con la mano derecha, y con la izquierda cogió a su diminuto hijo, que estaba detrás de la oreja del animal. Luego, Pulgarcito, tan activo como siempre, saltó al suelo y se sentó en un tallo de hierba.

Al verlo, los dos forasteros se quedaron boquiabiertos. Se alejaron un poco y uno dijo al otro:

—Oye, si lleváramos a este muchachito a una gran ciudad y cobráramos por exhibirlo, estoy seguro de que nos haríamos ricos en poco tiempo. Comprémoslo.

Entonces se acercaron al labrador y le dijeron:

—Véndanos al enanito. Lo trataremos muy bien.

—No —repuso el padre—. Es la niña de mis ojos y no lo vendería por todo el oro del mundo.

Pero cuando Pulgarcito oyó la oferta, trepó por los pliegues de la ropa del labrador y le dijo al oído:

—Padre, déjales que me lleven. No te preocupes por mí, muy pronto estaré de vuelta.

Así pues, el padre lo vendió por una buena suma de dinero.

—¿Dónde quieres sentarte? —le preguntaron los desconocidos.

—¡Oh!, ponedme sobre el ala de vuestro sombrero, así podré dar vueltas a su alrededor y ver el paisaje. No me caeré.

Ellos le dejaron hacer y, una vez que Pulgarcito se despidió de su padre, partieron. Anduvieron hasta el atardecer, y entonces Pulgarcito dijo:

—Ponedme en el suelo un momento. Tengo que hacer mis necesidades.

—Hazlo encima de mi sombrero —contestó el hombre sobre el que estaba Pulgarcito—. Estoy acostumbrado a que los pájaros me lo ensucien.

—No —insistió Pulgarcito—. No me parece educado. Ponedme en el suelo sólo un momento.

El hombre se quitó entonces el sombrero y colocó a Pulgarcito sobre la hierba a un lado del camino. Pulgarcito saltó de un terrón a otro durante un rato y se dio un paseo por los alrededores; luego se escondió en la cueva de un ratón de campo, que había divisado, y desapareció.

—Adiós, caballeros —exclamó; y luego, mofándose—: Volveos a casa sin mí.

Los hombres acudieron corriendo y empezaron a meter palillos por el agujero de la cueva, mas todo fue en vano, ya que Pulgarcito se internó cada vez más profundamente en la tierra. Pronto cayó la noche cerrada y no les quedó otro remedio que volverse a sus casas disgustados y con la bolsa vacía.

Cuando Pulgarcito vio que se habían ido, salió de la cueva y dijo:

—Es peligroso andar por el campo en la oscuridad; una pierna o un brazo se rompen con facilidad.

Afortunadamente dio con una concha de caracol vacía y exclamó:

—¡Gracias a Dios! Éste sí que es un sitio seguro para pasar la noche.

Y se acurrucó en la concha. Mas cuando estaba a punto de quedarse dormido, oyó que pasaban dos hombres y uno le decía al otro:

—¿Qué vamos a hacer para apoderarnos del oro y la plata de este rico sacerdote?

—¡Yo puedo decíroslo! —gritó Pulgarcito.

—¿Qué ha sido eso? —preguntó uno de los ladrones, atemorizado—. He oído hablar a alguien.

Entonces se detuvieron y escucharon con atención. Pulgarcito habló otra vez:

—Llevadme con vosotros y os lo diré.

—¿Y tú quién eres?

—Mirad al suelo y mirad de dónde procede mi voz —replicó Pulgarcito.

En seguida, los ladrones lo encontraron y lo levantaron del suelo.

—¡Tú, bribonzuelo! —exclamaron—. ¿Cómo puedes ayudarnos?

—Es muy fácil —dijo Pulgarcito—. Me deslizaré por las rejas y una vez dentro de la habitación del sacerdote me diréis lo que queréis y yo os alcanzaré lo que sea.

—Muy bien—contestaron los maleantes—. Veremos qué es lo que eres capaz de hacer.

Cuando llegaron al presbiterio, Pulgarcito se metió en la habitación del sacerdote, mas en cuanto estuvo dentro empezó a gritar:

—¿Queréis todo lo que hay aquí?

Los ladrones se asustaron y dijeron:

—Habla en voz baja, ¿quieres? Vas a despertar a todos.

Pero Pulgarcito fingió no entender y volvió a gritar:

—¿Qué es lo que queréis? ¿Queréis todo lo que hay aquí?

La cocinera, que dormía en el cuarto de al lado, lo oyó y sentándose en la cama prestó atención. Los ladrones, por su parte, que asustados habían echado a correr, cobraron valor y pensaron: «Este bribonzuelo nos está gastando una broma.» De modo que volvieron y murmuraron:

—Ahora ponte a trabajar y alcánzanos algo.

—Os daré lo que queráis. Extended las manos.

Entonces, la cocinera, que lo había oído todo claramente, saltó de la cama y entró en la habitación a tientas. Al verla, los ladrones salieron corriendo como si los persiguiera el Abominable Hombre de las Nieves. Mientras tanto, la cocinera, que no veía nada en la oscuridad, fue a buscar una vela, pero cuando regresó, Pulgarcito se había escapado sin que nadie lo viera y se había metido en la cuadra. La mujer examinó todos los rincones y rendijas, pero al no encontrar nada volvió a la cama pensando que había tenido un sueño.

Pulgarcito había encontrado en el heno un confortable sitio para dormir. Decidió que se quedaría allí hasta el amanecer y luego regresaría a casa de sus padres. Pero algo muy diferente le esperaba aquel día. Realmente el mundo está lleno de infortunios y tribulaciones.

Apenas empezó a clarear, la cocinera se levantó para dar de comer a las vacas; se dirigió a la cuadra y cogió un manojo de heno, justo aquél en el que estaba el pobre Pulgarcito. Se encontraba tan profundamente dormido que no se dio cuenta de lo que ocurría y fue a despertarse entre las mandíbulas de la vaca.

—¡Dios mío! —exclamó—. ¿Cómo he venido a parar a este molino?

Pero en seguida se dio cuenta de dónde estaba y tuvo buen cuidado de mantenerse lejos de los dientes del animal para evitar ser destrozado; luego, no le quedó mas remedio que descender hasta el estómago de la vaca entre el heno que ésta engullía. «Aquí sí que no llega la luz del sol —se dijo para sus adentros—, se han olvidado de poner ventanas y no veo a nadie que traiga velas.» Resumiendo, aquello no era en absoluto de su agrado, y lo peor de todo es que cada vez entraba más heno por la puerta y casi no quedaba espacio para él. Esto le asustó tanto que, finalmente, gritó con todas sus fuerzas:

—¡No más comida! ¡No más comida!

La cocinera, que estaba ordeñando la vaca, al oír hablar a alguien y no ver a nadie, y sobre todo con la misma voz que había oído por la noche, se asustó de tal modo que se cayó del banquillo y derramó toda la leche. Luego echó a correr en busca de su amo, tan rápido como sus piernas se lo permitieron.

—¡Dios misericordioso, padre! —gritó—. ¡La vaca está hablando!

—Estás fuera de quicio —respondió el sacerdote; mas, así y todo, se dirigió a la cuadra.

Apenas entró oyó a Pulgarcito que gritaba:

—¡No más comida! ¡No más comida!

El sacerdote se asustó mucho también y pensó que un mal espíritu había tomado posesión de la vaca, de modo que ordenó matar al animal, y así se hizo; el estómago fue tirado al cubo de la basura y Pulgarcito tuvo sus buenas dificultades para salir de aquella víscera. Por fin llegó a la superficie, y al asomar la cabeza, otra desventura cayó sobre él. En ese momento acudió un lobo hambriento y de un solo bocado engulló el estómago entero.

No obstante, Pulgarcito no perdió el ánimo. «Tal vez este lobo sea un animal razonable», se dijo. De modo que le gritó desde lo más profundo de sus entrañas:

—¡Querido lobo, sé dónde puedes dar con una espléndida comida!

—¿Y dónde es? —preguntó el lobo.

—En tal y cual casa —describió Pulgarcito—. Sólo tienes que deslizarte por el desagüe y encontrarás todas las tortas, jamón y salchichas que te apetezcan.

Por supuesto, se trataba de la casa de los padres de Pulgarcito. La idea atrajo al lobo, y aquella misma noche se coló en la despensa por el desagüe y empezó a engullir a sus anchas. Cuando se hubo hartado, quiso salir, mas había engordado tanto que no pasaba por el tubo de desagüe. Pulgarcito, que ya contaba con eso, empezó a gritar con toda la fuerza de sus pulmones desde las entrañas del lobo y a armar un jaleo de padre y muy señor nuestro.

—¡Cállate! —exclamó el lobo—. Vas a despertar a todos.

—Tonterías —replicó Pulgarcito—. Tú has tenido buena comida, ahora yo podré divertirme.

Y volvió a gritar con toda la fuerza de sus pulmones.

Por fin su padre y su madre se despertaron, corrieron a la despensa y, abriendo la puerta bruscamente, inspeccionaron el interior. Al ver al lobo salieron corriendo para volver, el hombre con un hacha y la mujer con una guadaña.

—Quédate a mi lado —dijo el hombre—. Si no lo mato yo al primer golpe, le asestas tú otro con la guadaña y lo partes en dos.

—¡Padre querido, estoy aquí, en la barriga del lobo!

Entonces, el padre exclamó con mucha alegría:

—¡Gracias a Dios! Hemos encontrado a nuestro hijito.

Acto seguido, le ordenó a su mujer que dejara la guadaña por temor a herir a Pulgarcito, y, blandiendo el hacha, le asestó tal golpe al lobo en la cabeza que cayó muerto instantáneamente. Luego cogieron un cuchillo y unas tijeras, le cortaron la barriga al lobo y sacaron a Pulgarcito.

—¡Por todos los cielos! —exclamó el padre—. ¡Qué preocupados estábamos por ti!

—¡Oh, padre, no sabes los viajes que he hecho! —dijo Pulgarcito—. ¡No te imaginas lo agradable que es respirar aire fresco otra vez!

—¿Pero dónde has estado?

—¡Oh, padre!... En la cueva de un ratón, en el estómago de una vaca y en el vientre de un lobo. Pero de ahora en adelante me quedaré con vosotros en casa.

—Y nosotros no te venderemos nunca más, ni por todo el oro del mundo —dijeron sus padres, abrazando y besando a su querido Pulgarcito.

Luego le dieron una excelente cena y le buscaron ropas nuevas, ya que las que llevaba se le habían estropeado en el curso de sus aventuras.

ÍNDICE

TRÉBOL ORO

Títulos de la colección:

Serie «Novelas»